황정견시집주 14
黃庭堅詩集注

Anotations of Hwang Jeong-gyeon's Poems

옮긴이

박종훈 朴鍾勳 Park Chong-hoon
지곡서당(芝谷書堂)에서 한학(漢學)을 연수했으며, 조선대학교 국어국문학부(고전번역전공)에 재직 중이다.

박민정 朴玟貞 Park Min-jung
고려대학교에서 중국고전시 박사학위를, 중국저장대학(浙江大學)에서 대외한어교학 박사학위를 취득했다. 현재 세종사이버대학교 국제학과 교수로 재직 중이다.

이관성 李灌成 Lee Kwan-sung
곡부서당에서 서암 김희진 선생에게 한문을 배웠다. 현재 퇴계학연구원에 재직 중이다.

황정견시집주 14

초판발행 2024년 8월 15일

지은이 황정견
옮긴이 박종훈・박민정・이관성

펴낸이 박성모
펴낸곳 소명출판
출판등록 제1998-000017호
주소 06641 서울시 서초구 사임당로14길 15 서광빌딩 2층
전화 02-585-7840
팩스 02-585-7848
이메일 somyungbooks@daum.net
홈페이지 www.somyong.co.kr

ISBN 979-11-5905-928-5 94820
       979-11-5905-914-8 (전14권)
정가 26,000원

이 저서는 2019년 대한민국 교육부와 한국연구재단의 지원을 받아 수행된 연구임 (NRF-2019S1A5A7069036).
This work was supported by the Ministry of Education of the Republic of Korea and the National Research Foundation of Korea (NRF-2019S1A5A7069036).

한국연구재단
학술명저번역총서

황정견시집주 14
黃庭堅詩集注

Anotations of Hwang Jeong-gyeon's Poems

황정견 저

박종훈 · 박민정 · 이관성 역

일러두기

1. 본 번역은 『黃庭堅詩集注』(전5책)(北京 : 中華書局, 2007)를 저본으로 삼았다.

2. 위 저본에 있는 '교감기'는 해당 구절의 원문에 각주로 붙였고 '[교감기]'라고 표시해 두어, 번역자가 붙인 각주와 구별했다.

3. 서명과 작품명이 동시에 나올 때는 '『 』'로 모았고, 작품명만 나올 때는 '「 」'로 처리했다.

4. 번역문과 원문 중에 나오는 소자(小字)는 '【 】'로 표시해 묶어 두었다.

5. 번역문과 원문 중에 나오는 '○'는 저본에 있는 것을 그대로 옮겨온 것으로, 주석 부분에 추가로 주석을 붙인 부분이다.

6. 번역문에는 1차 인용, 2차 인용, 3차 인용까지 된 경우가 있는데, 모두 큰따옴표("")로 처리했다.

1. 황정견은 누구인가?

  황정견黃庭堅, 1045~1105은 북송北宋의 대표 시인으로, 자는 노직魯直, 호는 산곡山谷 또는 부옹涪翁이며 홍주洪州 분녕分寧, 지금의 장시江西성 슈수이修水 사람이다. 소식蘇軾, 1036~1101의 문하생 중 가장 핵심적인 인물로, 장뢰張耒·조보지晁補之·진관秦觀 등과 함께 '소문사학사蘇門四學士'로 불린다. 어릴 때부터 총명했던 황정견은 23세에 진사에 급제하여 국사편수관까지 역임했으나 이후 여러 지방관과 유배지를 전전하는 등 벼슬길이 순탄치 않았다. 두보杜甫, 712~770를 존경했고 소식의 시학詩學을 계승했으며, 소식과 함께 소·황蘇·黃으로 불린다.

  중국시가의 최고 전성기라 할 수 있는 당대唐代를 뒤이어 등장한 북송의 시인들에게는 당시에서 벗어난 송시만의 특징을 만들어 내야 하는 일종의 숙명이 있었다. 이러한 숙명은 북송 초 서곤체에 의해 시도되었으며 북송 중기에 이르러 비로소 송시다운 시가 시대를 풍미하기에 이르렀다. 황정견이 그 중심에 있었으며 그를 중심으로 진사도陳師道 등 25명의 시인이 황정견의 문학을 계승하며 하나의 유파로 활동했다. 이들을 일컬어 '강서시파江西詩派'라 했는데, 이 명칭은 남송 여본중呂本中, 1084~1145의 『강서시사종파도江西詩社宗派圖』에서 비롯되었다. 25인 모두 강서江西 출신은 아니지만, 여본중은 유파의 시조인 황정견이 강서출신이라는 점에서 강서시파로 붙인 것이다. 시파의 성원들은 모두 두보를 배웠기에 송대 방회方回, 1227~1305는 두보와 황정견, 진사도, 진여의陳與義를 강서시파의 일조삼종一朝三宗이라 칭하였다.

여본중이 『강서종파시집江西宗派詩集』 115권을 편찬했으며, 뒤이어 증굉曾紘, 1022~1068이 『강서속종파시江西續宗派詩』 2권을 편찬했다. 송대 시단에 있어서 황정견의 영향력은 남송南宋에까지도 미쳤는데, 우무尤袤, 양만리楊萬里, 범성대范成大, 육유陸游, 소덕조蕭德藻 같은 남송의 대가들도 모두 그 풍조에 영향을 받았다. 황정견강서시파의 시풍詩風은 송대 뿐만 아니라 원대元代 및 조선의 시단에도 적지 않은 영향을 미쳤다.

2. 북송의 시대 배경과 문학풍조

송나라는 개국開國 왕조인 태조부터 인종조仁宗朝를 거치면서 만당晚唐·오대五代의 장기간 혼란했던 국면이 어느 정도 정리되어 나라가 안정되고 백성들의 생활환경 또한 비교적 안정을 찾게 되었다. 전대前代의 가혹했던 정세가 완화됨에 따라 농업이 급속도로 발달하였고 안정된 농업의 경제적 기초 위에서 상공업이 번창하고 번화한 도시가 등장하는 등 사회 전반에 걸쳐 전대에 비해 상당한 풍요를 구가하게 되었다. 이처럼 사회 전체가 안정되고 발전함에 따라 일반 백성들은 점차 단조로운 것보다는 복잡하고 화려한 것을 추구하게 되었다. 시대적·사회적 환경은 곧 문학 출현의 배경이고, 문학은 사회생활이 반영된 예술이라고 할 만큼 불가분의 관계에 있다. 유협劉勰이 "문학의 변천은 사회 정황에 따르다文變染乎世情, 興廢繫乎時序"고 한 것처럼, 사회의 각종 요인은 문학적 현상을 결정하기 때문에 이러한 요소의 변화는 필연적으로 문학 풍조의 변혁을 동반한다. 송초 시체詩體의 변천은 이러한 사실을 보여주는 객관적인 증거이다. 특히 송대에는 일찍부터 학문이 중시되었다. 이는 주로 군주들의 독서열과 학문 제창으로 하나의 사회적 풍조로 자리잡게 되어 송대의 중문중학重文重學적 분위기가 마련되었다.

중국 시가의 전성기라 할 수 있는 당대唐代가 마무리되고 뒤이어 등장한 북송 초는 중국시가발전사 측면에서 보면 일종의 '답습의 시기'이면서 '개혁의 시기'였다고 할 수 있다. 이 시기 시단에서는 백체白體, 만당체晚唐體, 서곤체西崑體 등 세 시풍이 크게 유행했다. 이중 개국 초 성세기상盛世氣象 및 시대 분위기와 사람들이 추구하던 심미취향에 매우 적합했던 서곤체가 시간상 가장 늦게, 가장 긴 기간 동안 성행했고 결과적으로 이러한 시대적 문학적 요구는 황정견 시를 통해 꽃을 피우며 북송 시단 및 송대 시단을 대표하게 되었다.

3. 황정견 시의 특징과 시사적 위상

황정견은 시를 지을 때 힘써 시의 표현을 다지고 시법을 엄격히 지켜 한 마디 한 글자도 가벼이 쓰지 않았다. 황정견은 수많은 대가들을 본 받으려고 했지만, 그중에서도 두보杜甫를 가장 존중했다. 황정견은 두보 시의 예술적인 성취나 사회시社會詩 같은 내용 측면에서의 계승보다는, 엄정한 시율과 교묘巧妙한 표현 등 시의 형식적 측면을 본받으려 했다. 『창랑시화滄浪詩話』·『시인옥설詩人玉屑』·『허언주시화許彦周詩話』·『후산 시화后山詩話』·『왕직방시화王直方詩話』·『초계어은총화苕溪漁隱叢話』 등에 보이는 황정견 시론의 요점을 정리하면 대략 다음과 같다.

첫째, 시의 조구법造句法으로서의 환골법換骨法과 탈태법奪胎法이다. 이 에 대해 황정견은 "시의 의미는 무궁한데 사람의 재주는 한계가 있다. 한계가 있는 재주로 무궁한 의미를 좇으려고 하니, 비록 도잠과 두보 라고 하더라도 공교롭기 어렵다. 원시의 의미를 바꾸지 않고 그 시어 를 짓는 것을 환골법이라고 하고, 원시의 의미를 본떠서 형용하는 것 을 탈태법이라고 한다[詩意無窮, 而人才有限. 以有限之才, 追無窮之意, 雖淵明少陵, 不得工 也. 不易其意而造其語, 謂之換骨法. 規摹其意而形容之, 謂之奪胎法]"라고 한 바 있다『시인옥 설(詩人玉屑)』에 보인다. 이로 보건대, 황정견이 언급한 환골법은 의경을 유 사하게 하면서 어휘만 조금 바꾼 것을 일컫고, 탈태법은 의경을 변형 하여 사용하는 방법이라고 할 수 있다.

예를 들면, 당대唐代 유우석劉禹錫의 "멀리 동정호의 수면을 바라보니, 흰 은쟁반 속에 하나의 푸른 고동 있는 듯[遙望洞庭湖水面, 白銀盤里一靑螺]"를 근거로 황정견이 "아쉬워라, 호수의 수면에 가지 못해, 은빛 물결 속에서 푸른 산을 보지 못한 것[可惜不當湖水面, 銀山堆裏看靑山]"이라 읊은 것은 환골법이고 백거이白居易의 "사람의 한평생 밤이 절반이고, 한 해의 봄철은 많지 않다오[百年夜分半, 一歲春無多]"라 한 것을 기반으로 황정견이 "한평생 절반은 밤으로 나눠 흘러가고, 한 해에도 많지 않노니 봄 잠시 오네[百年中去夜分半, 一歲無多春再來]"라고 읊은 것은 탈태법이다. 황정견이 환골법과 탈태법을 활용한 작품에 대해서는 『시인옥설詩人玉屑』에서 언급한 바 있다.

둘째, 요체拗體의 추구이다. 요체란 근체시의 평측平仄 격식을 반드시 엄정하게 따르지는 않은 것을 말한다. 이를테면, 평성이 들어가야 할 자리에 측성을 두거나 측성의 위치에 평성을 두어 율격적 참신성을 획득하는 방식으로 두보와 한유韓愈도 추구했던 것이다. 황정견은 더욱 특이한 표현을 추구하기 위해 시율에 어긋나는 기자奇字를 자주 사용하면서 강서시파 특징 중 하나가 되었다. 이와 관련하여, 송대 위경지魏慶之가 찬술한 『시인옥설詩人玉屑』에 '촉구환운법促句換韻法'과 '환자대구법換字對句法' 등을 소개하면서, "기세를 떨쳐 평범하지 않으려는 의도에서 비롯되었다. 이전에는 이러한 체제로 시를 지은 사람은 없었는데, 오직 황정견이 그것을 바꾸었다[欲其氣挺然不群, 前此未有人作此體 , 獨魯直變之]"라는 평어가 보인다.

 셋째, 진부한 표현이나 속된 말을 배척하고 특이한 말과 기이한 표현을 추구했다. 구체적으로는 술어를 중심으로 평이한 글자를 기이하게 단련鍛鍊시켰고 조자助字의 사용에 힘을 특히 기울였으며, 매우 궁벽하고 어려운 글자를 사용했고 기이한 풍격을 형성하기 위해 전대前代 시에서 잘 쓰지 않던 비속非俗한 표현을 시어로 구사하여 참신한 의경을 만들어내곤 했다. 이와 관련해 황정견은 "차라리 음률이 조화롭지 않을지언정 구句를 약하게 만들지 말아야 하며, 차라리 글자 구사가 공교롭지 않을지언정 시어를 속되게 만들어서는 안 된다[寧律不諧, 而不使句弱. 寧用字不工, 不使語俗]"라고 했으며[『시인옥설(詩人玉屑)』], 황정견의 시구 중에는 "다른 사람을 따라 계획을 세우는 것은 결국 사람에게 뒤지게 된다[隨人作計終後人]"라는 구절과 "문장에게 가장 피해야 할 것은 다른 사람을 따라 짓는 것이다[文章最忌隨人後]"라는 구절도 있다.
 또한 엄우嚴尤는 『창랑시화滄浪詩話』에서 "소식과 황정견에 이르러 비로소 자신의 기법에서 나온 것을 시로 여기며, 당대 시인들의 시풍에서 벗어난 것이다. 황정견은 공교로운 말을 쓰는 것이 더욱 심해졌고, 그 후로 시를 짓는 자리에서 황정견의 시풍이 성행했는데 세상에서는 '강서종파'라 불렀다[至東坡山谷始自出己法以爲詩, 唐人之風變矣. 山谷用工尤深刻, 其後法席盛行, 海內稱爲江西宗派]"라고 했다. 송대 허의許顗의 『허언주시화許彦周詩話』에 "시를 지을 때 평이하고 비루한 기운을 제거하지 않으면 매우 잘못된 작품이 된다. 객이 묻기를 "어떻게 하면 그런 것을 제거할 수 있습니까" 라 하였다. 이에 내가 "당의 의산 이상은의 시와 본조 황정견의 시를 숙독하여 깊이 생각하면 제거할 수 있다"라고 대답했다作詩淺易鄙陋之氣不除, 大可惡. 客問, 何從去之. 僕曰, 熟讀唐李義山詩與本朝黃魯直詩而深思之, 則去也"라는 구절이 보인다. 이밖에 『후산시화后山詩話』이나 『왕직방시화王直方詩話』 및 『초계어은총화苕溪漁隱叢話』 등에도 황정견이 시어 사용에 있어서의 기이한 측면에 대한 언급이 보인다.

넷째, 전고典故의 정밀한 사용을 추구했다. 이는 황정견 시론의 "한 글자도 유래가 없는 것은 없다[無一字無來處]"와 연관된다. 강서시파는 독서를 중시했는데, 이것은 구법의 차원에서 전대 시의 장점을 수용하기 위한 것이지만, 이는 전고의 교묘巧妙한 활용이라는 결과로 표현되기도 했다. 그러면서 전인의 전고를 그대로 답습하지 않고 자신의 의도에 맞게 변용했다.

이와 같은 황정견의 환골탈태법과 요체와 기이한 표현 및 전고의 활용이라는 창작법에 대해 부정적 평가도 적지 않다. 『예원치원』에서는 "시격이 소식과 황정견으로부터 변했다고 한 논의는 옳다. 황정견의 뜻은 소식이 불만스러워 곧바로 능가하려 했는데도 소식보다 못하다. 어째서인가? 교묘하게 하려고 하면 할수록 졸렬해지고 새롭게 하려고 하면 할수록 진부해지며, 가까워지려고 하면 할수록 멀어지기 때문이다[詩格變自蘇黃, 固也. 黃意不滿蘇, 直欲凌其上, 然故不如蘇也. 何者. 愈巧愈拙, 愈新愈陳, 愈近愈遠]", "노직 황정견은 소승이 되기에는 부족하고 다만 외도일 따름이며, 이미 방생 가운데 빠져 있었다[魯直不足小乘, 直是外道耳, 已墮傍生趣中]", "노직 황정견은 생경生硬한 기법을 구사했는데 어떤 경우는 졸렬하고 어떤 경우는 공교로우니, 두보의 가행체에서 본받았다[魯直用生拗句法, 或拙或巧, 從老杜歌行中來]"라고 평가했다. 이러한 부정적 평가는 황정견 시의 파급력에 대한 반증이기도 하다. 황정견을 중심으로 한 강서시파가 당대當代는 물론 후대 및 조선의 문인들에도 적지 않은 영향을 미쳤다.

한국 한시는 중종中宗 연간에 큰 성과를 이루어 이행李荇, 1478~1534, 박상朴祥, 1474~1530, 신광한申光漢, 1484~1555, 김정金淨, 1486~1521, 정사룡鄭士龍, 1491~1570, 박은朴誾, 1479~1504 등의 시인을 배출했고 선조宣祖 연간에는 이를 이어 노수신盧守愼, 1515~1590, 황정욱黃廷彧, 1532~1607, 최경창崔慶昌, 1539~1583, 백광훈白光勳, 1537~1582, 이달李達, 1539~1612 등 걸출한 시인을 배출했다. 이때 우리 한시의 흐름은 고려 이래 지속되어 온 소식을 위주로 한 송시풍宋詩風의 연장선상에 있다가, 황정견과 진사도를 배우게 되었으며, 다시 변해 당시唐詩를 배우게 되었다. 이에 따라 이 시기 시인은 송시를 모범으로 삼는 부류와 당시를 모범으로 삼는 경우로 대별된다. 또한 송시를 모범으로 삼는 경우도 다시 소식을 배우고자 했던 인물과 황정견이나 진사도를 배우고자 했던 인물로 나눌 수 있다. 그만큼 황정견의 영향력이 컸다는 것을 알 수 있다.

황정견과 진사도를 배웠다고 언급되는 시인으로는 박은, 이행, 박상, 정사룡, 노수신, 황정욱 등을 들 수 있다. 이들은 각기 한 시대를 대표하는 시인으로, 우리 한시사韓詩史에서 심도 있게 다루어지고 있다. 이들 시인을 '해동강서시파海東江西詩派'라고 규정하고 있는데, 그 이유는 황정견과 진사도로 대표되는 '강서시파'의 영향력 아래에서 찾아볼 수 있다.

이인로李仁老, 1152~1220는 『보한집補閑集』에서 "소식과 황정견의 문집을 읽는 것이 좋은 시를 짓는 방법이다"라고 했으니, 고려 중기에 황정견의 문집이 유통되고 있었음을 확인할 수 있다. 이후 공민왕恭愍王 때에는 『산곡시집주山谷詩集註』가 간행되었고 조선조에는 황정견을 중심으로 한 강서시파 시인의 작품을 뽑은 시선집이나 문집이 여러 차례 간행되었다. 안평대군安平大君도 황정견 등을 포함한 『팔가시선八家詩選』을 엮었고 황정견 시를 가려 뽑아 『산곡정수山谷精粹』를 엮은 바 있다. 성종成宗 때에도 한 차례 황정견 시집을 간행했고 성종의 명으로 언해諺解를 시도했지만 실행되지는 못했다. 이후 유호인俞好仁, 1445~1494이 『황산곡집黃山谷集』을 발간하였고 중종에서 명종 연간에 황정견의 문집이 인간印刊되었다. 황정견 시문집에 대한 잇닿은 간행은 고려와 조선의 시인들이 지속적으로 강서시파를 배우고자 했다는 당대當代 시단의 흐름을 반영한 것이다.

고려시대부터 조선 초기까지 강서시파의 영향을 확인할 수 있는 시인으로 이인로李仁老, 임춘林椿, ?~?, 이담李湛, ?~?, 이색李穡, 1328~1396, 신숙주申叔舟, 1417~1475, 성삼문成三問, 1418~1456, 조수趙須, ?~?, 김종직金宗直,

1431~1492, 홍귀달洪貴達, 1438~1504, 권오복權五福, 1467~1498, 김극성金克成, 1474~1540, 조신曺伸, 1454~1529 등 셀 수 없을 정도이다. 이러한 흐름은 두보의 시를 배우고자 한 것으로 파악되는데, 앞서 보았듯이 황정견이 두시杜詩를 가장 잘 배웠다고 칭송되고 있었기에, 황정견을 통해 두보의 시에 접근해 보려는 노력도 깔려있었다고 할 수 있다. 정사룡도 이달에게 두시를 가르쳤고 노수신은 그의 시가 두시의 법도를 얻은 것으로 평가되고 있으며, 황정욱도 두보의 시를 엿보고 있다는 지적을 받고 있다. 그 밖에 박은, 이행, 박상의 시가 두시의 숙독에서 나온 것을 작품의 도처에서 확인할 수 있다. 이러한 경향으로 볼 때, 두보의 시를 배우는 한 일환으로 강서시파의 핵심인 황정견에 관심을 기울인 것으로 보인다. 이 밖에도 조선 초 화려한 대각臺閣의 시풍에 대한 반발도 강서시파의 작품을 배우고자 하는 한 배경으로 작용했다.

지속적인 강서시파 관련 서적의 수입과 인간印刊을 바탕으로 강서시파에 대한 학습이 고려에서부터 조선 초까지 지속되었고 이를 배경으로 강서시파를 배우고자하는 움직임이 성종 연간에 집중적으로 나타났으며, 한시사에게 거론되는 주요 시인들이 등장하게 되었다. 이러한 연장선상에서 소위 '해동강서시파'가 출현하게 된다.

해동강서시파는 강서시파의 영향을 받고 이에 따라 유사한 시풍을 견지했던 일군의 시인을 지칭하는 개념이다. 이 점에서 해동강서시파는 강서시파의 시풍이나 창작방법론을 대거 수용하고 이에서 한 걸음 더 나아가 자신만의 변용을 꾀한 시인들이라 평가할 수 있다. 황정견을 위주로 한 강서시파를 배웠다고 언급되는 해동강서시파의 시인으로는 박은, 이행, 박상, 정사룡, 노수신, 황정욱 등을 들 수 있다. 이들 시인들이 강서시파의 배웠다는 구체적인 기록도 남아 있다.

해동강서시파의 시가 중국 강서시파의 작법을 수용했다는 것은 단순히 자구를 모방하는 차원의 것이 아니라, 시를 쓰는 법을 배워 우리의 정서와 실정에 맞는 시를 쓰기 위해 노력한 것이다. 결국 해동강서시파의 작품에 대한 올바른 접근은 강서시파에 대한 접근에서부터 비롯되어야 한다. 시작법을 어떻게 수용하고 있는지, 또 어떠한 변용이 이루어진 것인지에 대한 입체적인 접근이 있어야만 해동강서시파에 대한 올바른 평가를 내릴 수 있다. 그 출발점이 바로 해동강서시파에 지대한 영향을 미쳤던 황정견 문집에 대한 완역이다.

4. 『황정견시집주黃庭堅詩集注』는?

『황정견시집주』는 북경北京 중화서국中華書局에서 2007년에 출간한 책이다. 전5책으로 『산곡시집주山谷詩集注』 권1~20, 『산곡외집시주山谷外集詩注』 권1~17, 『산곡별집시주山谷別集詩注』 상·하, 『산곡시외집보山谷詩外集補』 권1~4, 『산곡시별집보山谷集別集補』 권1로 구성되어 있다.

『산곡시집주』 권1~20은 송宋 임연任淵이, 『산곡외집시주』 권1~17

은 송宋 사용史容이, 『산곡별집시주』 상·하는 송宋 사계온史季溫이 각각 주석을 붙여놓은 것이다. 『산곡시외집보』 권1~4와 『산곡시별집보』 권1은 청淸 사계곤謝啓崑이 엮은 것이다.

『황정견시집주』의 체계와 구성을 정리하면 다음 표와 같다.

책	권	비고
제1책	집주(集注) 권1~9	임연(任淵) 주(注)
제2책	집주(集注) 권10~20	
제3책	외집시주(外集詩注) 권1~8	사용(史容) 주(注)
제4책	외집시주(外集詩注) 권9~17	사용(史容) 주(注)
제5책	별집시주(別集詩注) 上·下	사계온(史季溫) 주(注)
	외보유(外補遺) 권1~4	사계곤(謝啓崑) 주(注)
	별집보(別集補)	

각 권에 수록된 시작품 수를 일람하면 다음 표와 같다.

권 수	수록 작품 수	권 수	수록 작품 수
山谷詩集注卷第一	22제(題) 30수(首)	山谷外集詩注卷第三	23제(題) 61수(首)
山谷詩集注卷第二	14제(題) 18수(首)	山谷外集詩注卷第四	18제(題) 31수(首)
山谷詩集注卷第三	19제(題) 30수(首)	山谷外集詩注卷第五	13제(題) 43수(首)
山谷詩集注卷第四	8제(題) 30수(首)	山谷外集詩注卷第六	20제(題) 25수(首)
山谷詩集注卷第五	9제(題) 29수(首)	山谷外集詩注卷第七	27제(題) 31수(首)
山谷詩集注卷第六	28제(題) 29수(首)	山谷外集詩注卷第八	27제(題) 40수(首)
山谷詩集注卷第七	25제(題) 40수(首)	山谷外集詩注卷第九	35제(題) 39수(首)
山谷詩集注卷第八	21제(題) 28수(首)	山谷外集詩注卷第十	30제(題) 33수(首)
山谷詩集注卷第九	28제(題) 44수(首)	山谷外集詩注卷第十一	29제(題) 45수(首)
山谷詩集注卷第十	17제(題) 23수(首)	山谷外集詩注卷第十二	28제(題) 50수(首)
山谷詩集注卷第十一	23제(題) 47수(首)	山谷外集詩注卷第十三	34제(題) 48수(首)
山谷詩集注卷第十二	28제(題) 50수(首)	山谷外集詩注卷第十四	23제(題) 46수(首)
山谷詩集注卷第十三	27제(題) 41수(首)	山谷外集詩注卷第十五	34제(題) 40수(首)

권 수	수록 작품 수	권 수	수록 작품 수
山谷詩集注卷第十四	14제(題) 43수(首)	山谷外集詩注卷第十六	35제(題) 47수(首)
山谷詩集注卷第十五	29제(題) 54수(首)	山谷外集詩注卷第十七	27제(題) 44수(首)
山谷詩集注卷第十六	18제(題) 42수(首)	山谷別集詩注卷上	36제(題) 37수(首)
山谷詩集注卷第十七	25제(題) 29수(首)	山谷別集詩注卷下	25제(題) 46수(首)
山谷詩集注卷第十八	17제(題) 27수(首)	山谷詩外集補卷第一	50제(題) 58수(首)
山谷詩集注卷第十九	28제(題) 45수(首)	山谷詩外集補卷第二	70제(題) 93수(首)
山谷詩集注卷第二十	19제(題) 27수(首)	山谷詩外集補卷第三	91제(題) 138수(首)
山谷外集詩注卷第一	24제(題) 29수(首)	山谷詩外集補卷第四	95제(題) 128수(首)
山谷外集詩注卷第二	22제(題) 30수(首)	山谷詩別集補	25제(題) 28수(首)
총 1,260제(題) 1,916수(首)			

『황정견시집주』에는 총 1,260제題 1,916수首의 시작품이 수록되어 있다. 이 거질의 서적에 임연任淵·사용史容·사계온史季溫·사계곤謝啓崑이 주석을 부기했는데, 이를 통해서도 황정견의 박학다식함을 재삼 확인할 수도 있다.

임연·사용·사계온·사계곤은 주석에서 시구의 전체적인 표현이나 단어 및 고사와 관련해 『시경』·『논어』·『장자』·『초사』·『문선』·『한서』·『사기』·『이아』·『좌전』·『세설신어』·『본초강목』·『회남자』·『포박자』·『국어』·『서경잡기』·『전국책』·『법언』·『옥대신영』·『풍토기』·『초학기』·『한시외전』·『모시정의』·『원각경』·『노자』·『명황잡록』·『이원』·『진서』·『제민요술』·『오초춘추』·『신서』·『이문집』·『촉지』·『통전』·『남사』·『전등록』·『초목소』·『당본초』·『왕자년습유기』·『도경본초』·『유마경』·『춘추고이우』·『초일경』·『전심법요』·『여씨춘추』·『부자』·『수훤록』·『박물지』·『당서』·『신어』·『적곡자』·『순자』·『삼보결록』·『담원』·『한서음의』·『공자가어』·『당척언』·『극담록』·『유양잡조』·『운서』·『묘법연화경』·『지도론』·『육도삼략』·『금강경』·『양양기』·『관자』·『보적경』 등의 용례를 들어 자세하게 구절의 의미를 부연 설명했다. 또한 두보를 필두로 ·도잠·소식·한유·백거이·유종원·이백·유몽득·소무·이하·좌사·안연년·송옥·장적·맹교·유신·왕안석·구양수·반악·전기·하손·송기·범중엄·혜강·예형·왕직방·사령운·권덕여·사마상여·매요신·유우석·노동·구준·조하·강엄·장졸 등의 작품에 보이는 구절을 주석으로 부연하여 작품의 전례前例와 전체적인 의미를 상세하게 서술했다. 이밖에도 여타의 시화집에 보이는 황정견의 작품과 관련된 시화를 주석으로 부기하여, 작품의 창작배경이나 자신의 상황 및 의미를 자세하게 설명한 있다.

이처럼 『황정견시집주』 전5책은 황정견 작품의 구절 및 시어詩語 하나하나가 갖는 전례와 창작배경 그리고 구절의 의미 및 전체적인 의미를 상세하게 주석을 통해 소개해 주어, 황정견 작품의 세밀한 이해를 돕고 있다.

5. 향후 연구 전망

황정견과 강서시파에 대한 연구는 지금까지 꾸준히 진행되어 왔다. 그러나 아직까지 황정견 시작품에 대한 전체적인 번역이 이루어지지 않았기에, 구체적인 실상의 일면만을 위주로 하거나 혹은 피상적으로 연구가 진행되었다는 점에서 아쉬움이 남는다. 이에 상세한 주석을 통해 작품에 대한 이해를 돕는 『황정견시집주』에 대한 완역은, 부족하나마 후학들에게 실질적으로 황정견 시를 이해하기 위한 토대 내지는 발판의 역할 정도는 할 수 있을 것으로 판단되며, 이를 계기로 유관 연구가 활발하게 진행되기를 기대하는 바이다.

첫째, 중국 문학 연구의 측면에서도 황정견을 중심으로 한 강서시파에 대한 연구가 활발하게 진행 될 것으로 기대한다. 강서시파 시론의 핵심이라고 할 수 있는 시의 조구법造句法으로서의 환골법換骨法과 탈태법奪胎法, 요체拗體의 추구, 진부한 표현이나 속된 말을 배척하고 특이한 말과 기이한 표현을 추구, 전고의 정밀한 사용 등에 대한 실제적인 접근이 이루어질 수 있는 계기가 될 것이며, 이로 인해 황정견뿐만 아니라 강서시파, 그리고 강서시파의 영향을 받았던 원대 시인에 대한 연구가 활발하게 진행 될 것이다.

둘째, 조선 문단에 대한 연구도 활발해질 것으로 기대한다. 고려 이

후 지속적인 강서시파 관련 서적의 수입과 인간印刊을 바탕으로 강서시파에 대한 학습이 고려에서부터 조선 초까지 지속되었고 이를 배경으로 강서시파를 배우고자하는 움직임이 성종 연간에 집중적으로 나타났으며, 한시사에게 거론되는 주요 시인들이 등장하게 되었다. 이러한 연장선상에서 소위 '해동강서시파'가 출현했다.

　해동강서시파로 지목된 박은朴誾, 이행李荇, 박상朴祥, 정사룡鄭士龍, 노수신盧守愼, 황정욱黃廷彧 등 이외에도 이인로李仁老, 임춘林椿, 이담李湛, 이색李穡, 신숙주申叔舟, 성삼문成三問, 조수趙須, 김종직金宗直, 홍귀달洪貴達, 권오복權五福, 김극성金克成, 조신曺伸 등도 모두 황정견이 주축이 된 강서시파의 영향 하에 있다는 연구 성과도 보고된 바 있다.

　이로 보건대, 『황정견시집주』 전5권의 완역은 강서시파의 영향을 받았던, 소위 해동강서시파의 실체를 밝히는데 적지 않은 도움이 될 것으로 보인다. 또한 어떠한 부분에서 적극적으로 수용하려고 했는지, 그 목적이 무엇이었는지에 대한 연구의 초석이 될 것이다. 더불어, 강서시파의 영향 하에서 해동강서시파는 어떠한 변용을 통해, 각 개인의 특장을 살려 나갔는지에 대한 연구도 활발하게 진행될 것이다. 시인 개개인에 대한 접근을 통해, 해동강서시파의 특장을 밝히는데 있어 출발점이 될 것으로 기대한다.

　황정견시집의 완역은 황정견 시작품과 중국 강서시파의 실체를 밝힐 수 있는 계기가 될 것이며, 동시에 지속적인 관심을 쏟았던 조선의

해동강서시파의 영향 관계 및 변용에 대한 연구가 본격적으로 진행될
수 있는 초석이 되리라 기대한다.

　대저 시로써 세상에 이름을 날린 자는 한 글자 한 구절을 반드시 달로 분기로 단련하여 일찍이 함부로 드러내지 않고서 반드시 심사숙고한 바가 있다. 옛날 중산中山 의 유우석劉禹錫이 일찍이 말하기를 '시에 벽자僻字를 사용할 때는 반드시 근거한 바가 있어야 한다'라고 했다. 공고功 송지문宋之問의 「도중한식塗中寒食」에서 "말 위에서 한식을 맞으니, 봄이 와도 당락을 보지 못하네[馬上逢寒食, 春來不見餳]"라고 하였다. 일찍이 '당餳'이란 글자가 벽자임을 의아하게 생각하였는데, 이윽고 『모시毛詩』의 고주瞽注를 읽고 나서 이에 육경 가운데 오직 이 주에서 이 '당餳'자에 대한 설명이 있는 것을 알게 되었다. 경문공景文公 송기宋祁 또한 이르기를 "몽득夢得 유우석이 일찍이 「구일九日」이란 시를 지으면서 '고糕'자를 쓰려고 하였는데 생각해보니 육경에 이 글자가 없어서 결국 쓰지 못하였다"라고 했다. 그러므로 경문공 송기의 「구일식고九日食糕」에서 "유랑은 기꺼이 '고糕'자를 쓰지 않았으니, 세상 당대의 호걸을 헛되이 저버렸어라[劉郎不肯題糕字, 虛負人間一世豪]"라고 했다. 이처럼 전배들의 글자 사용은 엄밀하였으니 이 시주詩注를 짓게 된 까닭이다.

　본조 산곡山谷 노인의 시는 『이소離騷』와 『시경·아雅』의 변체變體를 다하였으며 후산後山 진사도陳師道가 그 뒤를 이어 더욱 그 결정을 맺었다. 그러므로 두 사람의 시는 한 구절 한 글자가 고인古人 예닐곱 명을 합쳐 놓은 것과 같다. 대개 그 학문은 유儒, 불佛, 노老, 장莊의 깊은 이치를 통달하였으며, 아래로 의서醫術, 복서卜筮, 백가百家의 학설에 이르기까지 그 정수를 모두 캐어내어 시로 발하지 않음이 없다.

처음 산곡이 우리 고을에 와서 암곡 사이를 소요할 때 나는 경전經典을 배웠다. 한가한 날에는 인하여 두 사람의 시를 가지고 조금씩 주를 달았는데, 과문하여 그 깊은 의미를 자세히 파악하기 어려운 것이 한스러웠다. 일단 집에 보관하고서 훗날 나와 기호가 같은 군자를 기다려 서로 그 의미를 넓혀 나갔으면 한다.

정화政和 신묘년辛卯年, 1111 중양절重陽節에 쓰다.

大凡以詩名世者, 一字一句, 必月鍛季鍊, 未嘗輕發, 必有所考. 昔中山劉禹錫嘗云, 詩用僻字, 須要有來去處. 宋考功詩云, 馬上逢寒食, 春來不見餳. 嘗疑此字僻, 因讀毛詩有餳注, 乃知六經中唯此注有此餳字, 而宋景文公亦云, 夢得嘗作九日詩, 欲用餻字. 思六經中無此字, 不復爲. 故景文九日食餻詩云, 劉郞不肯題餻字, 虛負人間一世豪. 前輩用字嚴密如此, 此詩注之所以作也. 本朝山谷老人之詩, 盡極騷雅之變, 後山從其游, 將寒冰焉. 故二家之詩, 一句一字有歷古人六七作者. 蓋其學該通乎儒釋老莊之奧, 下至於毉卜百家之說, 莫不盡摘其英華, 以發之於詩. 始山谷來吾鄕, 徜徉於巖谷之間, 余得以執經焉. 暇日因取二家之詩, 略注其一二. 第恨寡陋, 弗詳其祕. 姑藏於家, 以待後之君子有同好者, 相與廣之. 政和辛卯重陽日書.[1]

---

1   [교감기] 근래 사람 모회신(冒懷辛)이 상단의 문자를 고정(考訂)하면서 "이 편의 서문은 광서(光緖) 26년(1900)에 의녕(義寧) 진씨(陳氏)가 복각(復刻)한 『산곡시집주(山谷詩集注)』의 권 머리에 실려 있다. 원문(原文)과 파양(鄱陽) 허윤(許尹)의 서문은 함께 이어져 허윤 서문의 제1단락이 되어버렸다. 현재는 내용에

육경六經은 도道를 실어서 후세에 전해주는 것인데, 『시경』은 예의禮義에 멈추니 도가 존재하는 바이다. 『주시周詩』 305편 가운데 그 뜻은 남아 있지만 그 가사가 없어진 것은 6편이다. 크게는 천지와 해와 별의 변화에서부터 작게는 충조초목蟲鳥草木의 변화까지, 엄한 군신과 부자, 분별이 있는 부부와 남녀, 온순한 형제, 무리의 붕우, 기뻐도 더러움에 이르지 않고 원망하여도 어지러움에 이르지 않으며 간하여도 고자질에 이르지 않고 화를 내어도 사람을 끊지 않으니, 이것이 『시경』의 대략이다. 옛날 청묘淸廟에 올라 노래하며 제후들과 회맹할 때, 계자季子가 본 것과 정인鄭人이 노래한 것, 사대부들이 서로 상대할 때 이것을 제쳐두고 서로 마음을 통할 것이 없다. 공자孔子가 "이 시를 지은 자는 그 도를 아는구나"라고 했으며, 또한 "시를 배우지 말았으면 말을 할 수 없다"라고 했으니, 대개 세상에서 시를 사용하는 것이 이와 같다.周나라가 쇠하여 관원이 제 임무를 못하고 학교가 폐하여 대아大雅가 지어지지 못한 지 오래되었다. 한나라 이후로 시도詩道가 침체되고 무너져서 진晉, 송宋, 제齊, 양에 이르러서는 음란한 소리가 극심해졌다. 조식, 유정劉楨, 심전기沈佺期, 사령운謝靈運의 시는 공교롭지 않은 것은 아니지만 화려한 비단에 아름답게 장식한 것 같아 귀공자에게 베풀 수는 있지만 백성들에게 쓸 수는 없다. 연명淵明 도잠陶潛과 소주蘇州 위응

　　근거하여 이것이 임연(任淵)이 손수 쓴 서문임을 확정하고서 인하여 허윤의 서문에서 뽑아내어 기록한다'라고 하였으니 이 말을 『후산시주보전(後山詩註補箋)·부록(附錄)』과 참고하여 볼 것이다.

물위응물物韋應物의 시는 적막하고 고고枯槁하여 마치 깊은 계수나무 아래 난초 떨기 같아 산림에는 어울리지만 조정에 놓을 수는 없다. 태백太白 이백李白과 마힐摩詰 왕유王維의 시는 어지러운 구름이 허공에 펼쳐지고 차가운 달이 물에 비친 것 같아 비록 천만으로 변화하지만 사물에 미치는 곳은 또한 적었다. 맹교孟郊와 가도賈島의 시는 산한酸寒하고 험루儉陋하여 새우와 조개를 한 번 먹으면 곧 마치니 비록 하루 종일 씹어도 배가 부르지 않는 것과 같다. 다만 두보杜甫의 시는 고금을 드나들어 천하에 두루 퍼져 충의忠義의 기氣가 성대하니 이를 능가하는 후대의 작자는 없다.

송宋나라가 일어나고 이백 년이 흘러 문장의 성대함은 삼대三代를 뒤좇을만한데, 시로 세상에 이름을 날린 자로 예장豫章의 노직魯直 황정견黃庭堅이 있으며 그 후로는 황정견을 배웠으나 그에 약간 미치지 못한 자로 후산後山 무기無己 진사도陳師道가 있다. 두 공의 시는 모두 노두老杜에서 근본 하였으나 그를 직접적으로 따라 하진 않았다. 용사用事는 대단히 치밀한데다 유가와 불가를 두루 섭렵하였으며, 우초虞初의 패관소설稗官小說과 『준영雋永』・『홍보鴻寶』 등의 책에다가 일상생활의 수렵까지 모두 망라하였다. 후대의 학자들이 이 시의 비밀을 보지 못하여 이따금 알기 어려움에 어려움을 느낀다. 삼강三江의 군자 임연任淵은 군서群書에 박학하고 옛사람을 거슬러 올라가 벗하였는데, 한가한 날에 드디어 두 사람의 시에 주해를 내었으며 또한 시를 지은 본의의 시말에 대해 깊이 따져 학자들에게 알려주었다. 그러나 세상의 전주箋注와 같지 않고 다만 출처만을 드러내었을 뿐이다. 이윽고 완성되자 나에게 주면서 그 서문을 지어달라고 하였다.

　내가 일찍이 두 시인의 시흥詩興이 고원高遠함에 의탁하여 읽어도 무슨 의미인지 알 수 없는 것을 걱정하였다. 임연 군의 풀이를 얻고서 여러 날에 걸쳐 음미해 보니 마치 꿈에서 깬 것 같고 술에 취했다가 깬 것 같으며, 앉은뱅이가 일어서게 된 것과 같으니 어찌 통쾌하지 않으랴. 비록 그러나 그림을 논하는 자는 형체는 비슷하게 할 수는 있지만 그림을 그려낸 심정을 포착하여 말로 표현하기 어렵고, 거문고 소리를 들은 자는 몇 번째 줄인 줄은 알지만 그 음은 설명하기 어렵다. 천하의 이치 가운데 형명도수形名度數에 관련된 것은 전할 수 있지만, 형명도수를 넘어서는 것은 전할 수 없다. 옛날 후산 진사도가 소장少章 진구秦覯에게 답하기를 "나의 시는 예장豫章의 시이다. 그러나 내가 예장에게 들은 것은 그 자상한 것을 말하고 싶지만, 예장이 나에게 말해주지 않았고 나 또한 그대를 위해 말하고 싶어도 못한다"라고 했다. 오호라, 후산의 말은 아마도 이를 가리킬 것이다. 지금 자연子淵 임연이 이미 두 공에게서 얻은 것을 글로 드러내었다. 정미하여 오묘한 이치는 옛말에 이른바 '맛 너머의 맛'이란 것에 해당한다. 비록 황정견과 진사도가 다시 태어난다 해도 서로 전할 수 없으니, 자연이 어찌 말해줄 수 있으랴. 학자들은 마땅히 스스로 얻는 것이 옳을 것이다.

　자연子淵의 이름은 연淵으로 일찍이 문예류시유사文藝類試有司로써 사천四川의 제일이 되었다. 대개 금일의 국중의 선비이며 천하의 선비이다.

　소흥紹興 을해년乙亥年, 1155 12월 파양鄱陽 허윤許尹은 삼가 서문을 쓰다.

六經所以載道而之後世,[2] 而詩者, 止乎禮義, 道之所存也. 周詩三百五篇, 有其義而亡其辭者, 六篇而已. 大而天地日星之變, 小而蟲鳥草木之化, 嚴而君臣父子, 別而夫婦男女, 順而兄弟, 羣而朋友, 喜不至瀆, 怨不至亂, 諫不至訐, 怒不至絶, 此詩之大略也. 古者登歌清廟, 會盟諸侯, 季子之所觀, 鄭人之所賦, 與夫士大夫交接之際, 未有舍此而能達者. 孔子曰, 爲此詩者, 其知道乎! 又曰, 不學詩, 無以言. 蓋詩之用於世如此.

周衰, 官失學廢, 大雅不作久矣. 由漢以來, 詩道浸微陵夷, 至於晉宋齊梁之間, 哇淫甚矣. 曹劉沈謝之詩, 非不工也, 如刻繒染穀, 可施之貴介公子, 而不可用之黎庶. 陶淵明韋蘇州之詩, 寂寞枯槁, 如叢蘭幽桂, 可宜於山林, 而不可置於朝廷之上. 李太白王摩詰之詩, 如亂雲敷空, 寒月照水, 雖千變萬化, 而及物之功亦少. 孟郊賈島之詩, 酸寒儉陋, 如蝦蠏蜆蛤, 一啖便了, 雖咀嚼終日, 而不能飽人. 唯杜少陵之詩, 出入今古, 衣被天下, 藹然有忠義之氣, 後之作者, 未有加焉.

宋興二百年, 文章之盛, 追還三代. 而以詩名世者, 豫章黃庭堅魯直, 其後學黃而不至者, 後山陳師道無已. 二公之詩皆本於老杜而不爲者也. 其用事深密, 雜以儒佛. 虞初稗官之說, 雋永鴻寶之書, 牢籠漁獵, 取諸左右. 後生晚學, 此祕未覩者, 往往苦其難知. 三江任君子淵, 博極羣書, 尚友古人. 暇日遂以二家詩爲之注解, 且爲原本立意始末, 以曉學者. 非若世之箋訓, 但能標題出處而已也. 旣成, 以授僕, 欲以言冠其首.

予嘗患二家詩興寄高遠, 讀之有不可曉者. 得君之解, 玩味累日, 如夢而寤,

---

2   [교감기] '而'는 전본에는 '傳'으로 되어 있는데, 의미가 더 분명하다.

如醉而醒, 如痿人之獲起也, 豈不快哉. 雖然論畫者可以形似, 而捧心者難言, 聞絃者可以數知, 而至音者難說. 天下之理涉於形名度數者可傳也, 其出於刑名度數之表者, 不可得而傳也. 昔後山答秦少章云, 僕之詩, 豫章之詩也. 然僕所聞於豫章, 願言其詳, 豫章不以語僕, 僕亦不能爲足下道也. 嗚乎, 後山之言, 殆謂是耶, 今子淵既以所得於二公者筆之乎. 若乃精微要妙, 如古所謂味外味者, 雖使黃陳復生, 不能以相授, 子淵相得而言乎. 學者宜自得之可也.

子淵名淵, 嘗以文藝類試有司, 爲四川第一, 蓋今日之國士天下士也.

紹興乙亥冬十二月, 鄱陽許尹謹叙.

에 성 이십구 중숙이 고을을 다스리고 있을 때 이름을 써
놓은 것을 보았다. 이에 이 절이 얼마 되지 않아 지어진
것을 탄식하고 고을의 학궁이 사라져 다시 회복할 수 없
다는 것에 슬펐다【원풍 6년 태화에서 지은 작품이다】癸
亥立春日, 煮茗於石池寺, 見庚戌中盛二十舅中叔爲縣時題名, 歎此寺
不日而成, 哀縣學弊而不能復【元豐六年太和作】

산곡시별집보山谷詩別集補

산곡시별집보山谷詩別集補

황정견시집주 전체 차례

1. 어부. 2수【희녕 원년 섭현에서 지은 작품이다】

漁父. 二首【熙寧元年葉縣作】

첫 번째 수 其一

秋風淅淅蒼葭老	가을바람 속에 푸른 갈대는 시들어가고
波浪悠悠白鬢翁	물결 아득함 속에 흰머리의 늙은이.
范子幾年思狡兎	범자는 몇 해나 교활한 토끼 생각했나[1]
呂公何處兆非熊	여공은 어느 곳서 곰이 아님 조짐 드러냈나.[2]
天寒兩岸識漁火	추워지자 양 언덕에 고기잡이 불빛 보이고
日落幾家[3]收釣筒	해 지자 몇 집에서나 낚시 통발 거두네.

---

1 범자는 (…중략…) 생각했나 : 춘추시대 오왕(吳王) 부차(夫差)가 월(越)나라 대부(大夫) 종(種)과 범려(范蠡)의 군중(軍中)에 글을 보내어 말하기를, "교활한 토끼가 죽고 나면 사냥개가 삶아 죽임을 당하고, 적국(敵國)이 멸망하고 나면 모신(謀臣)이 반드시 죽게 된다"라고 한 데서 온 말이다.

2 여공은 (…중략…) 드러냈나 : 『사기·제세가(齊世家)』에서 "여상(呂尙)은 나이가 많았는데 물고기를 낚다가 주나라 서백(西伯)에게 등용되었다. 문왕이 장차 사냥하려 하는데, 점괘가 "잡은 것이 용도 아니고 이무기도 아니며 호랑이도 아니고 곰[羆]도 아니고, 바로 제왕을 돕는 자다"라고 했다. 과연 태공을 위양(渭陽)에서 만나 같이 수레에 타고 돌아와 국사(國師)로 삼았다[呂尙年老, 以漁釣干周西伯. 西伯將獵, 卜之曰, 所獲非龍非彲非虎非羆, 所獲霸王之輔. 果遇于渭水之陽. 載與俱歸, 立爲師]"라고 했다.

3 [교감기] '家'가 고본에는 '人'으로 되어 있다.

| 不困田租與王役 | 토지세와 왕역에 곤란함을 겪지 않고 |
| 一船妻子樂無窮 | 한 배에서 처자와의 즐거움 끝이 없구나. |

두 번째 수其二

草草生涯事不多	보잘것없는 인생에 일도 많지 않아
短船身外豈知他	작은 배의 몸뚱이 외엔 다른 것 모르네.
蒹葭浩蕩雙蓬鬢	드넓은 갈대 속에 귀밑머리 희끗희끗
風雨飄零一釣蓑	비바람 휘날리는 가운데 고기 잡는 도롱이.
春鮪出潛留客鱠	잡힌 봄 물고기는 길손에게 회로 올리고
秋葉遮岸和兒歌	언덕 가득한 가을 연꽃 속에
	아이 노래에 화답하네.
莫言野父無分別	농부여, 분별이 없다고 말하지 마시게나
解笑沈江捐⁴汨羅	멱라수에 빠져 죽은 이⁵를 비웃는다오.

---

4 [교감기] '捐'이 본래 '指'로 되어 있는데, 고본·건륭본에 의거해 고친다.
5 멱라수에 (…중략…) 이 : '멱라수(汨羅水)'는 상강(湘水)의 지류(支流)로, 전국
  시대 초(楚)나라 굴원(屈原)이 나랏일을 근심 걱정하여 개탄하는 마음을 지닌
  채 이 물에 빠져 죽었다.

2. 옛 어부

古漁父

窮秋漫漫蒹葭雨	늦가을 풍경 속에 갈대숲에 비 내리고
短褐休休白髮翁	짧은 베옷 입은 편안한 백발의 늙은이.
范子歸來思狡兔	범자는 돌아와 교활한 토끼 생각했고[6]
呂公何意兆非熊	여공은 무슨 마음으로 곰 아님을 점쳤던가.[7]
漁收亥日妻到市	어부는 해일에 거두고 아내는 시장서 파니
醉臥水痕船信風	물가에 취해 누워 바람에 배를 맡기네.
四海租庸人草草	사해에서 세금 내느라 사람들 바쁜데
太平長在碧波中	태평스레 푸른 물결 위에 있구나.

6　범자는 (…중략…) 생각했고 : 춘추시대 오왕(吳王) 부차(夫差)가 월(越)나라 대부(大夫) 종(種)과 범려(范蠡)의 군중(軍中)에 글을 보내어 말하기를, "교활한 토끼가 죽고 나면 사냥개가 삶아 죽임을 당하고, 적국(敵國)이 멸망하고 나면 모신(謀臣)이 반드시 죽게 된다"라고 한 데서 온 말이다.

7　여공은 (…중략…) 점쳤던가 : 『사기·제세가(齊世家)』에서 "여상(呂尙)은 나이가 많았는데 물고기를 낚다가 주나라 서백(西伯)에게 등용되었다. 문왕이 장차 사냥하려 하는데, 점괘가 "잡은 것이 용도 아니고 이무기도 아니며 호랑이도 아니고 곰[羆]도 아니고, 바로 제왕을 돕는 자다"라고 했다. 과연 태공을 위양(渭陽)에서 만나 같이 수레에 타고 돌아와 국사(國師)로 삼았다[呂尙年老, 以漁釣干周西伯. 西伯將獵, 卜之曰, 所獲非龍非彲非虎非羆, 所獲霸王之輔. 果遇于渭水之陽. 載與俱歸, 立爲師]"라고 했다.

3. 양도인의 묵헌에 쓰다【숭녕 2년 융주에서 지은 작품이다】

題楊道人黙軒【崇寧二年戎州作】

灸手權門烈火炎	권력을 갖춰[8] 그 기세 불타는 듯 했는데
冷溪寒谷反幽潛	싸늘한 골짜기에 도리어 숨어 산다오.
輕塵不動琴橫膝	가벼운 먼저 일지 않고 거문고 무릎에 올리니
萬籟無聲月入簾	온갖 소리 잠잠해지고
	달빛 주렴 사이로 비치네.
秋後絲錢誰數得	가을 지난 뒤 비단을 누가 얻을 것인가
春餘蒼竹自知添	봄 지난 후 푸른 대나무만이 절로 자랐구나.
客星異日乘槎去	객성이 훗날 뗏목 타고서 떠난다면
會訪成都人姓嚴	성도의 엄 씨 성 갖은 이 방문해 보시게나.

8　권력을 갖춰 : '구수(灸手)'는 권력은 대단히 뜨거운 것이라 거기에 손을 대면 반드시 데인다는 말이다.

4. 기복의 운자를 써서 백 씨의 사당에 쓰다【치평 3년에 지은 작품이다】

用幾復韻, 題伯氏思堂【治平三年作】

夫子勤於蘧伯玉	부자는 거백옥처럼 되려 노력하시어
洗心觀道得靈龜	마음 씻고 도 보면서 신령한 거북 얻었지.
開門擇友盡三益	문 열고 벗 가려 모두 삼익의 벗들이었고
淸[9]坐不言行四時	맑게 앉아 말없는 가운데 때에 맞게 사셨네.
風與蛛絲遊碧落	바람과 거미줄이 푸른 허공에 너울거렸고
日將槐影下瑤墀[10]	날마다 홰나무 그림자의 계단에서 내려오셨네.
天空地迥何處覓	하늘 비고 땅 머니 어느 곳에서 찾을거나
歲計有餘心自知	한 해의 계획 여유로워 마음만이 절로 알 뿐.

---

9   [교감기] '淸'이 본래 '階'로 되어 있는데, 고본·건륭본에 의거해 고친다.
10 [교감기] '墀'가 고본에는 '瑤'로 되어 있다.

5. 기복에게 주면서 헤어지다

贈別幾復[11]

風驚鹿散豫章城	예장성에선 바람에 놀라 사슴 흩어지고
邂逅相逢食楚苹	우연히 서로 만나 초평을 먹었다네.
佳友在門忘燕寢	좋은 벗 집안에 있어 편안한 잠자리 잊었고
故人發藥見平生	옛 벗이 약을 주니 평생의 마음 알겠어라.
只今滿坐且樽酒	지금 자리 가득하고 술동이 술 있는데
後夜此堂還月明	훗날 밤엔 이 집에 밝은 달만 비치겠지.
契闊愁思已知處	멀리 떨어져 그리워할 줄 이미 알겠거니
西山影落暮江淸	서산에 그림자 지고 맑은 강물에 저녁 드네.

---

11 [교감기] 살펴보건대, 황순(黃㬊)이 작성한 『연보(年譜)』에서는 이 작품을 치평
   (治平) 3년에 지은 작품 속에 편입시켰다.

6. 조령이 술을 실고 방문했기에【희녕 원년 섭현에서 지은 작품이다】
趙令許載酒見【熙寧元年葉縣作】

玉馬何時破紫苔	옥마는 어느 때나 푸른 이끼 밟으려나
南溪水滿綠徘徊	남계에 물 가득해 푸른 빛 어지럽구나.
買魚斫鱠須論網	물고기 사 회 치며 모름지기 그물 논하고
撲杏供盤不數枚	살구 따서 쟁반에 올리며 가지 세지 않네.
廣漢威名知訟少	광한에서 위엄 있어 송사가 적음 알았고
平原樽俎費詩催	평원의 술자리에서는 시 재촉 했었다오.
草玄寂寂下簾幀	쓸쓸히 『태현경』 쓰며 장막을 내리었는데
稍得閒時公合來	잠시 한가롭게 있는데 그대 마침 오시었네.

7. 조령에게 화답하다. 앞 작품은 운자와 같다

和答趙令. 同前韻12

人生政自無閒暇	인생은 진정 절로 한가로울 때 없노니
忙裏偸閒得幾回	바쁜 가운데 틈 낸 것이 얼마나 되던가.
紫燕黃鸝驅日月	제비와 꾀꼬리가 세월을 몰아가는데
朱櫻紅杏落條枚	앵두와 살구는 가지에서 떨어지누나.
詩成稍覺嘉賓集	시 짓자 좋은 손님 모이는 것 차츰 알겠고
飮少先愁急板催	조금 마셨는데 음악13 재촉할까 걱정이네.
親遣小童鋤草徑	친히 소동을 보내 풀길의 풀 매었으니
鳴騶早晩出城來	말 타고 조만간 성 나와 오시게나.

---

12 [교감기] 살펴보건대, 황순(黃𩑺)이 작성한 『연보(年譜)』에서는 이 작품을 희녕(熙寧) 원년 섭현(葉縣)에서 지은 작품 속에 편입시켰다.

13 음악 : '급판(急板)'은 음악의 속도를 말한다.

8. 조령의 답시에서 기녀를 데리고 찾아오겠다고 약속했기에
趙令答詩約携山妓見訪[14]

晴波瀲灩漾潭隈	넘실대는 연못 가 개인 물결에 물오리 나니
能使遊人判不回	노니는 사람은 분명 돌아오지 않았으리.
風入園林寒漠漠	원림에 바람이 드니 싸늘함이 스며들 테고
日移宮殿影枚枚	궁전에서 해 옮겨가 그림자 늘어섰으리.
未嘗綠蟻何妨撥	녹의주 마시지 않은 들 어떠하랴
宿戒紅妝莫待催	고운 기녀 데리고 옴 재촉하지 않으리라.
缺月西南光景少	서남쪽에 걸린 조각달 달빛 사라지면
仍須挽[15]取燭籠來	이에 촉롱을 가지고 오리라.

14　[교감기] 살펴보건대, 황순(黃𩖃)이 작성한 『연보(年譜)』에서는 이 작품을 희녕(熙寧) 원년 섭현(葉縣)에서 지은 작품 속에 편입시켰다.

15　[교감기] '挽'에 대해 원교(原校)에서는 "다른 판본에는 '담(擔)'이라 되어 있다"라고 했다.

9. 조령이 술을 실고 온 것에 사례하다

【희녕 원년 섭현에서 지은 작품이다】

謝趙令載酒【熙寧元年葉縣作】

邂逅相將倒一壺	우연히 만나 술 한 병 다 마시고서
看朱成碧倩人扶	정신 몽롱해지자 하인이 부축하네.
欲眠甚急須公去	너무도 졸리니 그대는 돌아가시게나
能略陶潛醉後無	도잠이 취한 이후의 일과 비슷하지 않은가.

10. 매화를 감상한 작품에 차운하다

次韻賞梅[16]

安知宋玉在隣墻	송옥이 이웃에 있는 줄 어찌 알았으랴
笑立春晴照粉光	개인 봄날 환한 꽃송이 웃으며 보노라.
淡薄似能知我意	담박한 것이 마치 내 마음을 아는 듯
幽閒元不爲人芳	유한하여 본래 사람 위해 향기롭지 않다네.
微風拂掠生春思	실바람에 흔들려 봄 생각 일게 하고
小雨廉纖洗暗妝	부슬부슬 가랑비에 그윽한 자태 씻노라.
只恐濃葩[17]委泥土	다만 예쁜 꽃이 진흙에 떨어질까 염려되니
今誰[18]解合返魂香	지금 누가 반혼의 향기를 이해할 것인가.

---

16 **[교감기]** 살펴보건대, 황순(黃𩾇)이 작성한 『연보(年譜)』에서는 이 작품을 희녕(熙寧) 원년 섭현(葉縣)에서 지은 작품 속에 편입시켰다.

17 **[교감기]** '葩'가 고본에는 '而'로 되어 있는데, 고본의 교(校)에서 "다른 판본에는 '葩'로 되어 있다"라고 했다.

18 **[교감기]** '今誰'가 원래 '誰令'으로 되어 있는데, 평측(平仄)의 시율(詩律)에 어긋나 지금 고본을 따른다.

11. 차운하여 이단숙에게 답하다

【원풍 3년 태화에서 지은 작품이다】

次韻答李端叔【元豊三年太和作】

喜接高談若飲冰	기쁘게 고담 접하니 마치 얼음물 마시는 듯
風騷清興坐來增	시인의 청아한 흥취가 자리에 밀려두네.
重尋伐木君何厚	거듭 벌목편[19] 찾으니
	그대 어찌 그리 두터운가
欲賦驪駒我未能	여구편[20] 읊조리고자 하나 내 그리 못하네.
山影北來浮匯澤	산 그림자 북쪽으로 와 연못에 떠 있고
松行東望際鍾陵	솔 길 따라 동쪽 와 보니 종릉 사이했네.
相期爛醉西樓月	약속했네, 서루의 달밤에 맘껏 취해서
緩帶憑欄濯鬱蒸	허리띠 풀고 난간에서 더위 씻기로.

---

19 벌목편 : 『시경』의 「벌목(伐木)」이란 작품을 말하는데, 이 작품은 벗을 그리워한
다는 내용으로 되어 있다.
20 여구편 : 『시경』의 「여구(驪駒)」라는 작품을 말하는데, 이 작품은 벗이 떠나는
것을 내용으로 하고 있다.

12. 봄이 다가오기에. 칠언절구 4수
【희녕 2년 섭현에서 지은 작품이다】

春近. 四絶句【熙寧二年葉縣作】

첫 번째 수 其一

閏後陽和臘裏回	윤달 후 봄날의 화사함 납월 중에 돌아오고
濛濛小雨暗樓臺	부슬부슬 가랑비에 누대는 어둑해라.
柳條榆莢弄顏色	버들과 느릅나무 가지가 안색을 희롱하니
便恐入簾雙燕來	쌍쌍이 제비가 주렴으로 들어올 듯하네.

두 번째 수 其二

亭臺[21]經雨壓塵沙	누대에 비 지나 모래먼지 짓누르고
春近登臨意氣佳	봄 가까워 노니니 의기가 생동하누나.
更喜輕寒勒成雪	다시 찬 기운이 엉켜 눈 내리니 좋은데
未春先放一城花	봄 전에 먼저 한 성에 꽃이 피었구나.

세 번째 수 其三

小雪晴沙不作泥	개인 모래밭에 내린 눈 진흙 되지 않았고

---

21 **[교감기]** '亭臺'가 본래 '亭亭'으로 되어 있으나, 고본에 의거해 고친다.

疏簾紅日弄朝暉　　　　　성긴 주렴에 붉은 해의 아침 햇살 희롱하네.

年華已伴梅梢晚　　　　　백발로 매화 짝하는 것 이미 늦었으니

春色先從草際歸　　　　　봄빛이 먼저 풀 사이로 밀려드누나.

네 번째 其四

梅英欲盡香無賴　　　　　매화 꽃잎 다 지고 향기가 사라지니

草色才蘇綠未勻　　　　　풀빛은 막 일어나 푸르름 고르지 않네.

苦竹空將歲寒節　　　　　고죽은 부질없이 세한의 절개 갖춘 채

又隨官柳到靑春　　　　　또한 관청 버들 따라 푸른 봄날 이르렀네.

13. 장난삼아 보진각에 쓰다【희녕 원년 섭현에서 지은 작품이다】
戲題葆眞閣【熙寧元年葉縣作】

眞常自在如來性	진실로 늘 여래의 성품 있었고
肯縶修持祇益勞	몸가짐 닦으면서 더욱 노력을 했다네.
十二因緣無妙果	열 두 인연의 열반[22]의 경지는 없었지만
三千世界起秋毫	삼천 세계에서 가을터럭 일으켰다오.
有心便醉聲聞酒	마음으론 성문[23]의 술에 취했었고
空手須磨般若刀	빈손으로 반야의 칼을 갈았다네.
截斷衆流尋一句	모든 잡념 끊고 한 구절을 찾으면서
不離兎角與龜毛	토끼 뿔과 거북 터럭[24]에서 떠나지 않았네.

---

22 열반 : '묘과(妙果)'는 불교어로 열반을 말한다.
23 성문(聲聞) : 불교어로, 불교의 가르침을 말한다.
24 토끼 뿔과 거북 터럭 : '토각귀모(兎角龜毛)'는 토끼의 뿔과 거북의 터럭이란 뜻
   으로, 세상에 있을 수 없는 사물(事物)인바, 『수신기(搜神記)』에 "상주 때에 큰
   거북에게서 털이 나고 토끼가 뿔이 났으니, 이는 전쟁이 일어날 조짐이었다[商紂
   之時, 大龜生毛 兎生角, 兵甲將興之象也]"라고 한 데서 온 말로, 본디 전쟁의 징조
   를 말하는데, 전하여 세상에 존재할 수 없는 것, 혹은 유명무실한 사물에 비유하
   기도 한다.

14. 혜남선사에게 장난삼아 주다【혜남은 곧 강서의 늙은 중으로, 적취암 청은이라 부르는데, 또한 분녕에 있었다】

戲贈惠南禪師.25【惠南卽26江西老禪, 號積翠庵淸隱, 亦在分寧】

佛子禪心若葦林	불자의 선심은 갈대숲과 같으니
此門無古亦無今	불문에 이런 사람 옛날에도 지금에도 없었다네.
庭前栢樹祖師意	뜰 앞의 잣나무는 조사의 뜻이요
竿上風幡仁者心	장대 위 바람에 나부끼는 깃발은 인자의 마음일세.
草木同霑甘露味	초목이 모두 감미로운 이슬 맛에 젖고
人天傾聽海潮音	사람과 하늘은 해조음27 경청하네.
胡牀默坐不須說	책상 앞에 조용히 앉아 말할 필요 없노니
撥盡寒28灰劫數深	식은 재를 들추면서 겁의 깊이를 헤아리네.

---

25 [교감기] 살펴보건대, 황순(黃䇕)이 작성한 『연보(年譜)』에서는 이 작품을 희녕(熙寧) 원년 섭현(葉縣)에서 지은 작품 속에 편입시켰다.
26 [교감기] '卽'이 고본의 『연보』에는 '蓋'로 되어 있다.
27 해조음(海潮音) : 부처가 설법(說法)하는 음성을 해조음이라 한다.
28 [교감기] '寒'이 고본에는 '爐'로 되어 있다.

15. 갓 생산된 차를 남선사에게 주다

【희녕 원년 섭현에서 지은 작품이다】

寄新茶與南禪師【熙寧元年葉縣作】

筠焙熟香茶	대나무로 불 지펴 향기로운 차 익히니
能醫病眼花	능히 눈에 꽃 피는 병 고칠 수 있다네.
因甘野夫食	들 노인이 먹어보고 감미롭기에
聊寄法王家	이에 법왕의 집으로 보낸다오.
石鉢收雲液	석발에 구름 진액 거두고
銅缾煮露華	동병에 이슬 꽃을 달이시게나.
一甌資舌本	한 사발이면 혀 충분히 적실 것이니
吾欲問三車	나는 삼거[29]를 물어보고자 하네.

---

29 삼거(三車) : 불가(佛家)에서 쓰는 용어로, 『법화경·비유품(比喩品)』에서 말한
    우거(牛車), 녹거(鹿車), 양거(羊車)를 말하는데, 이들은 각각 보살승(菩薩乘)
    즉 대승(大乘)과 연각승(緣覺乘) 즉 중승(中乘)과 성문승(聲聞乘) 즉 소승(小乘)
    에 비유한다.

16. 『진사』를 읽다【희녕 원년 섭현에서 지은 작품이다】

讀晉史【熙寧元年葉縣作】

天下放玄虛	천하에 현허가 넘쳐 났노니
誰知與道俱	누가 도와 함께 할 줄을 알았으랴.
唯餘范武子[30]	오직 범무자[31]만이 남아 있어서
乃是晉諸儒	이에 진나라의 제유가 있게 되었네.

30　[교감기] '范武子'의 구절 아래에 고본에는 '范寧'이라는 원주(原注)가 있다.

31　범무자(范武子) : 이름이 사회(士會)로 진(晉)나라의 문공(文公), 양공(襄公), 영공(靈公), 성공(成公), 경공(景公) 등 다섯 군주를 충성스럽게 섬긴 대부이다.

17. 책을 읽고 기복에게 올리다. 2수【치평 3년에 지은 작품이다】

讀書呈幾復. 二首【治平三年作】

첫 번째 수 其一

身入群經作蠹魚	여러 경전 보다가 책벌레 되었고
斷編殘簡伴閒居	남긴 책들을 한가로울 때에 짝 했네.
不隨當世師章句	당세에 장구 익힌 것 따르지 않았으니
頗識揚雄善讀書	양웅이 책 읽는 것 좋아했음 알겠어라.

두 번째 수 其二

得君眞似指南車	그대 보니 진실로 지남거와 같노니
杖策方圖問燕居	지팡이 짚고 사는 한가로움 묻고자 하네.
吾欲忘言觀道妙	나는 말없이 도의 오묘함 보고자 하니
六經俱是不完書	육경도 모두 완벽한 책은 아니어라.

18. 물길 때문에 막혀, 장난삼아 기복에게 올리다. 2수

阻水戲呈幾復. 二首32

첫 번째 수其一

秋風落木秋天高	가을바람에 잎 지고 가을 하늘 높은데
月入金樽動酒豪	달빛이 금 술잔에 들어 술 기운 일으키네.
過眼衰榮等昏曉	스쳐가는 영고성쇠는 저녁 새벽 같노니
勿嗟遲速把心勞	빠르고 늦음에 마음 수고롭게 하지 말라.

두 번째 수其二

月明遙夜見秋高	달 밝은 기나긴 밤 가을은 깊어 가는데
挂影依稀數兎豪	그림자에 희미하게 토끼털을 세어보네.
散髮行歌野田上	들판에서 산발한 채 거닐며 노래하면
一樽可慰百年勞	한 잔 술에 한평생 수고로움 위안되리.

32　[교감기] 살펴보건대, 황순(黃䎐)이 작성한 『연보(年譜)』에서는 이 작품을 치평(治平) 3년에 지은 작품 속에 편입시켰다.

19. 열도에게 주며 헤어지다【희녕 3년 섭현에서 지은 작품이다】

寄別說道【熙寧三年葉縣作】

數行嘉樹紅張錦	몇 줄의 좋은 나무에 붉게 비단 펼쳐졌고
一派春波綠潑油	한 줄기 봄 물결은 푸르게 일렁이누나.
回望江城見歸鳥	강성을 돌아보니 돌아가는 새 보이고
亂鳴雙櫓散輕鷗	삐거덕 쌍 노 소리에 갈매기 흩어지누나.
柳條折贈經年別	버들가지 꺾어 이별한 지 한 해 지났는데
蘆管吹成落日愁	갈대 피리 불며 지는 해에 수심겹네.
雙鯉寄書難盡信	쌍 잉어로 소식 다하기 진실로 어려우니
有情江水尙回流	유정한 강물만이 오히려 맴돌아 흐르누나.

20. 허 씨의 설문해자를 익히고 여러 아우들에게 주다【치평 3년 북경에서 지은 작품이다】

學許氏說文贈諸弟【治平三年北京作】

六書章句苦支離	육서에 대한 구절은 너무도 지리하니
非復黃神太古時	다시 태고 황제 시절은 아니라오.
鳥跡蟲紋皆有法	새발자국 벌레 무늬도 모두 본보기 되었으니
猶勝雙陸伴兒嬉	쌍륙을 어린 아이와 하는 것보다는 낫구나.

21. 이대부를 불러 술을 마시다

【원우 3년 비서성에서 지은 작품이다】

李大夫招飮【元祐三年秘書省作】

欲遣吟人對好山	시인 불러 멋진 산 대하고자
莫天和雨醉憑欄	저물녘 빗속에 취해 난간에 기대네.
座中雲氣侵衣[33]濕	자리의 구름 기운이 옷에 스며 축축하고
砌下泉聲逼酒寒	섬돌 아래 샘 소리 술에 스쳐 차갑구나.
紅燭圍棊生死急	등불 아래 바둑에 생사가 급하지만
淸風揮塵笑談閒	맑은 바람에 먼지떨이 휘두르며
	담소 한가롭네.
更籌報盡不成起	술 다 마셔 일어나지 못하는데
車從厭厭夜已闌	수레 시끄러움 속에 밤 이미 깊었어라.

---

33 [교감기] '衣'가 건륭본에는 '人'으로 되어 있다.

22. 남강 자리에서 유, 이 두 군에게 주다

【원풍 3년 관직이 바뀐 태화에서 지은 작품이다】

南康席上贈劉李二君【元豐三年改官太和作】

伯倫酒德無人敵	백륜[34]의 술은 대적할 사람 없고
太白詩名有古風	태백의 시명은 고풍에 있다오.
浪許薄才酬大雅	부질없이 못난 재주로 대아에 수창 허락하니
長愁小戶對洪鍾	길이 근심 속에 작은 집에서 홍종[35]을 대하네.
月明如畫九江水	대낮 같은 밝은 달빛 내리는 구강의 물결
天靜無雲五老峯	구름 없이 고요한 하늘의 오노봉.
此賞不疏眞共喜	이 누림 대단해 진실로 함께 즐거운데
登臨歸興尙誰同	유람 끝나고 돌아가는 흥취는 뉘와 함께 할까.

---

34 백륜(伯倫) : 진(晉)나라 죽림칠현(竹林七賢)의 한 사람인 유령(劉伶)의 자이다.

35 홍종(洪鍾) : 종을 두드린다는 것은 시를 짓는다는 것이다. 『예기·학기(學記)』에
서 "남이 묻는 것에 잘 대답하는 자는 마치 쇠북을 두드리는 것과 같아서 작은
채로 치면 작게 울어주고, 큰 채로 치면 크게 울어준다"라고 했다.

23. 어부에게 묻다【희녕 원년 섭현에서 지은 작품이다】

問漁父【熙寧元年葉縣作】

白髮丈人持竹竿	백발의 노인이 대나무 낚싯대 잡고
繫船留我坐柴關	배 매어 날 기다리며 사립문에 앉아 있네.
偶然領會一談勝	우연히 한 번 담소 나누는 것이 좋음 깨달았노니
落日使人思故山	지는 해에 고향 생각나게 하누나.

24. 광산 가는 길에【치평 4년 섭현에 이르러 지은 작품이다】

光山道中【治平四年赴葉縣作】

客子空知行路難	길손은 부질없이 가는 길 어렵다는 것 알지만
中田耕者自高閒	밭 가는 이는 저절로 너무 한가롭구나.
柳條鶯囀淸陰裏	버들가지 그늘 아래에서 꾀꼬리는 울어대고
楸樹蟬嘶翠帶間	가래나무 푸르름 속에 매미는 울어대네.
夢幻百年隨逝水	꿈같은 한평생 흐르는 물처럼 지나가니
勞歌一曲對靑山	고달픈 노래 한 곡조에 청산을 대하네.
出門捧檄羞閒友	문 나서 격서 받으니 벗에게 부끄러우나
歸壽吾親得解顔	장수 하시는 우리 부모님 얼굴 펴지리.

25. 방성을 지나다가 7대 숙조가 옛날에 쓴 작품을 찾다

【원풍 원년 북경에서 지은 작품이다】

過方城, 尋七叔祖舊題【元年北京作】

조조祖의 휘는 주注이고 자는 몽승夢升으로 종남양주부終南陽主簿를 역임했다. 방성方城은 당주唐州에 속한다.

祖諱注, 字夢升, 終南陽主簿. 方城屬唐州.

壯氣南山若可排	장대한 기운의 남산이 마치 펼쳐진 듯한데
今爲野馬與塵埃	지금은 들 말과 먼지가 되었구나.
淸談落筆一萬字	일만 글자의 청담을 붓으로 써 놓았고
白眼擧觴三百盃	세상 경시하며[36] 삼백의 술잔을 들었다네.
周鼎不酬康瓠價	주정[37]이 강호[38]의 가격과는 맞지 않으며
豫章元是棟梁材	예장[39]은 본래 동량의 재주를 지녔다오.

---

36 세상 경시하며 : '백안(白眼)'은 속인을 대하는 눈빛을 다정하게 할 수는 없다는 말이다. 삼국 시대 위(魏)나라 완적(阮籍)이 속된 사람을 만나면 백안(白眼) 즉 흰 눈자위를 드러내어 경멸하는 뜻을 보이고, 의기투합하는 사람을 만나면 청안(靑眼) 즉 검은 눈동자로 대하여 반가운 뜻을 드러낸 고사가 전한다.

37 주정(周鼎) : 전국(戰國)의 상징인 구정(九鼎)이다. 우(禹)가 수토(水土)를 평정한 후 구주(九州)에서 바쳐 온 쇠붙이를 한 데 모아 주조한 하나의 큰 솥으로 삼대(三代) 시절 그것을 전국의 보물로 삼았었는데, 무왕(武王)이 상(商)나라와 싸워 이긴 후 그 솥을 낙읍(洛邑)으로 옮겨 왔기 때문에 주 나라 솥[周鼎]이 된 것이다.

38 강호(康瓠) : 깨진 바가지나 호리병으로, 재능이 용렬한 사람을 뜻한다. 『사기 · 가생열전(賈生列傳)』에서 "주나라의 구정을 버리고 깨진 바가지를 보배로 삼는다[斡棄周鼎兮寶康瓠]"라고 했다.

眷然揮涕方城路　　돌아보며 방성의 길에서 눈물을 뿌리니
冠蓋當年向此來　　벼슬아치가 당시에 이곳 향해 왔다네.

39　예장(豫章) : 예(豫)와 장(樟)은 모두 좋은 재목으로, 재능이 있는 사람을 비유한다.

26. 일찍 길을 나서며【희녕 원년 섭현에 이르러 지은 작품이다】

早行【熙寧元年赴葉縣作】

失枕驚先起	베개 잃어 놀라 먼저 일어났으나
人家半夢中	인가는 반이 꿈속에 있구나.
聞鷄憑早晏	닭소리 듣고 새벽인지 구분하고
占斗辨西東	북두성 보고서 동서를 분간한다네.
轡濕知行露	고삐 젖어 이슬 내린 길 감 알겠고
衣單覺曉風	얇은 옷에 새벽바람을 느끼노라.
秋陽弄光影	가을 햇살에 빛과 그림자 어리더니
忽吐半林紅	갑자기 숲이 붉은 빛을 토하누나.

27. 신식에서 회수를 건너다

新息渡淮

치평治平 4년, 공이 이해에 섭현葉縣의 관리가 되었다. '신식新息'은 채주蔡州에 속해 있고 '도회渡淮'는 경도京都에서 강남으로 돌아가는 길이다.

治平四年, 公是歲得官葉縣. 新息屬蔡州, 渡淮乃自京回江南之路.

京塵無處可軒眉	경도의 먼지 없어 얼굴 활짝 펴지니
照面淮濱喜自知	얼굴 회수 물가에 비쳐 즐거움 절로 알겠어라.
風裏麥苗連地起	바람결에 보리 싹은 땅에서 줄줄이 돋아나고
雨中楊樹帶煙垂	빗속에 버들나무는 이내 속에 늘어져 있네.
故林歸計嗟遲暮	옛 숲으로 돌아갈 계책 늦어짐을 탄식하고
久客平生厭別離	오랜 길손으로 평생토록 이별에 염증이 나네.
落日江南釆蘋去	지는 해에 강남으로 흰마름 따러 떠나가면서
長歌柳惲洞庭詩	유운의 동정시를 길게 노래한다오.[40]

---

40 강남으로 (…중략…) 노래한다오 : 유운(柳惲)은 남조 양(梁)나라의 시인으로, 유운의 「강남곡(江南曲)」에서 "물가의 흰 마름을 캐는데, 해가 떨어지는 강남의 봄이네[汀洲採白蘋, 日落江南春]"라고 하였다. 여기에서는 「강남곡」을 '동정시'라고 표현한 것 같다.

28. 비로소 회산이 바라다보이다

初望淮山[41]

風裘雪帽別家林	눈보라 속 갖옷 모자에 고향을 떠나왔는데
紫燕黃鸝已夏深	제비 꾀꼬리에 이미 여름도 깊어 가누나.
三釜古人干祿意	고인처럼 삼부의 녹봉[42] 구할 뜻 있었지만
一年慈母望歸心	어머니는 한 해 동안
	돌아오길 바라는 마음일세.
勞生逆旅何休息	고단한 삶에 나그네 신세 언제나 끝나려나
病眼看山力不禁	병든 눈으로 산을 보니 힘 주체할 수 없어라.
想見夕陽三徑裏	상상해 보네, 석양 속 세 갈래 오솔길
亂蟬嘶罷柳陰陰	매미들 울음소리 그치고 버들 그늘졌으리.

---

41 [교감기] 살펴보건대, 황순(黃𤃡)이 작성한 『연보(年譜)』에서는 이 작품을 치평 (治平) 4년에 관직을 얻어 돌아가는 길에 지은 작품 속에 편입시켰다.

42 삼부(三釜)의 녹봉 : 부모님을 모실만한 녹봉을 이른다. 『장자·우언(寓言)』에서 "증자가 다시 관직에 나갔는데 마음이 다시 바뀌어 말하기를 "내가 부모가 살아 계실 때 벼슬살이하며 삼부의 녹봉을 받았으나 마음이 즐거웠는데, 그 뒤에 벼슬 살이하면서는 삼천 종의 녹봉을 받았으나 부모를 봉양할 수 없어 내 마음이 슬펐 다"라고 했다[曾子再仕而心再化曰, 吾及親仕, 三釜而心樂, 後仕, 三千鍾而不洎親, 吾心悲]"라고 했다.

29. 광혜사에서 자다【원풍 7년에 덕평에 이르러 지은 작품이다】
宿廣惠寺【元豐七年赴德平作】

鴉啼殘照下層城 　저물녘 까마귀 소리 속에 층성에서 내려오니

僧舍初寒夜氣淸 　절집은 싸늘하고 밤기운은 맑아라.

風亂竹枝垂地影 　거센 바람에 대나무 가지는
　　　　　　　　　 땅에 그림자 드리우고

霜乾桐葉落堦聲 　서리에 마른 오동잎은 섬돌에 떨어지누나.

不遑將母傷今日 　오늘 하루 슬퍼하고 말 겨를도 없노니

無以爲家笑此生 　집도 없어 이 생애 웃을 만하다네.

都下苦無書信到 　서울에서는 괴롭게도 편지가 이르지 않노니

數行歸雁月邊橫 　달 주변에 몇 줄의 돌아가는 기러기 나누나.

30. 비로소 섭현에 이르다【희녕 원년에 지은 작품이다】

初至葉縣【熙寧元年作】

白鶴去尋王子晉	왕자진은 흰 학을 타고 떠났으며[43]
眞龍得慕沈諸梁	심저량은 참 용을 사모했다오.[44]
千年往事如飛鳥	천 년 지난 일이 마치 새 나는 것 같아
一日傾愁對夕陽	날마다 근심 속에 석양을 마주한다네.
遺老能名唐郡邑	남은 노인은 당 시절 군읍 이름 알지만
斷碑猶是晉文章	깨진 비석에는 오히려 진나라 문장 있어라.
浮雲不作苞桑計	뜬 구름 신세라 포상의 계획[45] 만들지 못하니
只有荒山意緖長	다만 황산에서 마음만 유장해라.

---

43 왕자진은 (…중략…) 떠났으며 : 왕자교(王子喬)로 더 많이 알려진 주 영왕(周靈王)의 태자 진(晉)이 피리 불기를 좋아하여 곧잘 봉황의 울음소리를 내곤 하였는데, 선인(仙人) 부구공(浮丘公)을 따라 숭산(嵩山)에 올라가서 선도(仙道)를 닦은 뒤, 30년이 지난 칠월 칠석에 구지산(緱氏山) 정상에 백학(白鶴)을 타고 내려와서 산 아래 가족들에게 손을 흔들어 인사하고는 며칠 뒤에 떠나갔다는 전설이 있다.

44 심저량은 (…중략…) 사모했다오 : 『신서·잡사(雜事)』에서 "섭공(葉公) 심저량(沈諸梁)이 용을 좋아한 나머지 크고 작은 문과 집 안에다 모두 용을 그려 놓았다. 그때 용이 하늘에서 내려오니, 섭공이 보자마자 달아나다가 혼백(魂魄)을 잃어버렸다. 대체로 섭공은 진짜 용은 좋아하지 않고 용과 비슷한 것을 좋아한 것이다"라고 했다.

45 포상(苞桑)의 계획 : '포상'은 떨기로 난 뽕나무를 말한 것으로, 『주역·비괘(否卦)』에서 "구오는 비운을 그치게 하는 것이라 대인의 길함이니, 망할까 망할까 하고 걱정해야만 떨기로 난 뽕나무에 매 놓은 듯 튼튼해지리라[九五, 休否, 大人吉, 其亡其亡, 繫于苞桑]"라고 했다.

31. 관화 15수【서문을 덧붙이다. 희녕 원년 태평주에서 파직된 후에, 형주로 부터 돌아와 집에 거처하면서 쓴 작품이다】

觀化 十五首【幷序. 熙寧元年罷太平州後, 自荊州居家作】

남산南山의 일로 인하여 우연히 짧은 시 15수를 얻고서 이를 써서 동료에게 보여주었지만, 그 내용을 헤아려 분류하는 데는 미치지 못했다. 대저 사물과 나는 경계가 있어서, 나는 그 사물의 곁을 보지 못하고 근심과 즐거움이 전보다 지나치는데도 그 까닭을 알지 못하니, 이것이 그 물화物化인가, 또한 관화觀化라고 할 수 있겠다. 그래서 이름을 관화라고 한 것이다.

南山之役, 偶得小詩一十五首, 書示同懷, 不及料簡銓次. 夫物與我若有境, 吾不見其邊, 憂與樂相過乎前, 不知其所以然, 此其物化歟, 亦可以觀矣, 故寄名曰觀化.

첫 번째 수 其一

柳外花中百鳥喧	버들 밖 꽃 속 온갖 새들 지저귀며
相媒相和隔春煙	봄 이내 너머에서 서로 서로 화창하네.
黃昏寂寞無言語	황혼녘엔 쓸쓸하게 아무 소리도 없노니
恰似人歸鏶管絃	흡사 사람 돌아가자 노래 그친 듯.

두 번째 수其二

生涯蕭灑似吾廬　　생애가 내 오두막처럼 맑기만 하니

人在靑山遠近居　　사람들 청산의 이곳저곳에 사누나.

泉響風搖蒼玉珮　　샘물 소리는 바람결에 창옥이 울리는 듯

月高雲揷水晶梳　　달 높이 떠 구름은 수정 빗을 꽂은 듯.

세 번째 수其三

山回路轉水深深　　산길 굽이 돌아드니 물은 깊기만 하고

欲問津頭谷鳥吟　　나루터 묻고자 하니 계곡 새 울어대네.

隔岸野花隨意發　　언덕 너머 들꽃은 흐드러지게 피었으니

小蹊猶憶去年尋　　오솔길에 오히려 지난 해 찾던 일 생각나네.

네 번째 수其四

風煙漠漠半陰晴　　경치는 아득히 반은 흐리고 반은 개었는데

人道春歸不見形　　사람들 봄 돌아왔다 하나 봄 모습 보이질 않네.

嫩草已侵冰面綠　　새싹은 이미 얼음 위에 푸르게 퍼져 있고

平蕪還破燒痕靑　　들판에서는 불탄 흔적 위에 푸른빛 펼쳐졌네.

다섯 번째 수其五

一原風俗異衣裘	한 들판의 풍속에 입는 옷도 다르니
流落來從綿上州	떠돌이 신세 이제는 면상의 고을이라네.
未到淸明先禁火	청명 오기 전에 먼저 불 피우는 걸 금하니
還依桑下繫千秋	도리어 뽕나무 아래 그네를 매다는구나.

【주석】

還依桑下繫千秋 : '추천千秋'과 관련된 일은 모두 왕연수王延壽의 「천추
부千秋賦」에 실려 있다.

事具王延壽千秋賦.

여섯 번째 수其六

故人去後絶朱絃	벗이 떠난 후 거문고 줄이 끊어졌고
不報雙魚已隔年	소식도 없는 채 이미 해를 넘기었네.
鄰笛風飄月中起	바람결에 젓대 소리 달빛 속에 들리니
碧雲爲我作愁天	푸른 구름 날 위해 수심 겨운 하늘 만들었네.

일곱 번째 수其七

菰蒲短短未出水	부들 짧아 물 밖으로 나오지 않았으니

渺渺春湖如凍雲　　아득한 봄 호수가 마치 구름 얼어 붙은 듯.

安得酒船三⁴⁶萬斛　　어찌하면 삼만 곡의 술 배를 얻어서

棹歌長入白鷗群　　노 두드리며 길이 백구의 무리에 들어갈까.

여덟 번째 수其八

不知喜事在誰邊　　즐거운 일이 누구에게 있는지 모르겠지만

風結燈花何太妍　　바람결에 등불 꽃은 어찌 그리 예쁜가.

恐是鄰家醅甕熟　　아마도 이웃집 술독에 술 익어가

竹⁴⁷渠今夜滴⁴⁸春泉　　대나무 통에 오늘밤 봄 샘물 떨어지는 듯.

아홉 번째 수其九

柳似羅敷十五餘　　버들은 십오세의 나부⁴⁹인 듯

宮腰舞罷不勝扶　　궁녀 허리⁵⁰ 춤 끝나자 지탱하지 못하누나.

46　[교감기] '三'이 고본에는 '二'로 되어 있다.

47　[교감기] '竹'이 고본에는 '槽'로 되어 있다.

48　[교감기] '滴'이 고본에는 '響'으로 되어 있다.

49　나부 : 상고 때 중국 한단(邯鄲)에 살았다는 전설상의 미녀로 아쟁(牙箏)을 잘 탔다. 하루는 그의 남편 왕인(王仁)이 주인으로 모시는 조왕(趙王)이 그녀가 뽕밭에서 뽕을 따고 있는 모습을 보고 탐욕이 생겨 부하를 보내 그녀의 신분을 물어보고 겁탈하려 하자, 「맥상상(陌上桑)」이란 제목의 노래를 지어 불러 그의 청을 거절하였다 한다.

50　궁녀 허리 : '궁요(宮腰)'는 궁녀의 허리라는 말이다. 초(楚)나라 영왕(靈王)이

年年折在行人手　　　해마다 꺾어져 행인의 손에 있노니
爲⁵¹問春風管得無　묻노라, 봄바람을 얻은 적이 있는가.

열 번째 수其十

紅羅步障三十里　　　비단 장막이 삼십 리에 펼쳐져 있어
憶⁵²得南溪躑躅花　남계에서 철쭉꽃 본 것이 생각이 나네.
馬上春風吹夢去　　　말 위에 봄바람 불어와 잠을 깨우니
依稀人摘雨前茶　　　아득히 사람들은 우전차를 따노라.

열한 번째 수其十一

竹笋初生黃犢角　　　누런 송아지 뿔처럼 죽순 막 자라고
蕨芽已作⁵³小兒拳　아이 주먹처럼 고사리도 이미 생겼네.
試挑⁵⁴野菜炊香飯　들나물로 향기로운 밥 시험 삼아 짓노니
便是江南二月天　　　이 바로 강남의 이월이라오.

허리가 가는 미인을 좋아하자, 밥을 먹지 않다가 굶어 죽은 궁녀가 많았다는 이
야기가 『한비자(韓非子)』에 나온다. 여기에서는 궁녀의 허리처럼 가느다란 버들
가지를 말한다.
51 [교감기] '爲'가 고본에는 '借'로 되어 있다.
52 [교감기] '憶'이 고본에는 '攄'로 되어 있다.
53 [교감기] '已作'이 원교(原校)에서는 "『정화록(精華錄)』에는 '新長'으로 되어 있
다"라고 했다.
54 [교감기] '挑'가 고본에는 '尋'으로 되어 있다.

열두 번째 수其十二

身入醉鄉如避秦	진나라 피하듯[55] 몸이 취향으로 들어가니
醒時塵事百端新	술 깨면 세상일 온통 새롭기만 해라.
塞鴻過盡無家信	변방 기러기 다 가도록 집안 소식 없고
海燕歸來思故人	바다 제비 돌아오자 옛 친구 생각나네.

열세 번째 수其十三

身前身後與誰同	살고 죽어 이내 몸 뉘와 함께 할거나
花落花開畢竟空	피고 지는 꽃은 끝내 부질없어라.
千里追犇兩蝸角	천 리를 쫓아다니나 두 달팽이 뿔[56] 사이요
百年得意大槐宮	한평생 얻은 것은 한바탕 꿈이어라.[57]

---

55 진나라 피하듯 : 진(晉)나라 도잠(陶潛)의 「도화원기(桃花源記)」에, 진 무제(晉武帝) 태원(太元) 연간에 무릉(武陵)의 한 어부(漁父)가 시내를 한없이 올라가다가 갑자기 도원의 선경(仙境)을 만나 들어가 보니, 그곳에는 예전 진(秦)나라 때의 난리를 피해 들어간 사람들이 살고 있었다고 한 데서 온 말이다.

56 두 달팽이 뿔 : 『장자』에 나온 말인데, "달팽이[蝸]의 왼쪽 뿔에는 만(蠻)이라는 나라가 있고, 오른쪽 뿔에는 촉(觸)이라는 나라가 있는데, 두 나라가 전쟁을 하여 죽은 자들이 백만 명이었다"라고 했다. 이것은 세상을 풍자한 말이다.

57 한바탕 꿈이어라 : '대괴궁(大槐宮)'은 괴안국(槐安國)을 말한다. 당(唐)나라 때 순우분(淳于棼)이란 사람이 괴목(槐木) 아래에서 술에 취해 잠들었다. 꿈속에서 검은 옷을 입은 사자(使者)를 따라 괴안국에 가서 국왕의 사위가 되고 남가군(南柯郡)의 태수가 되어 부귀영화를 다 누리고 깨어 보니 꿈이었다는 고사가 있다.

열네 번째 수其十四

淘沙邂逅得黃金	모래밭 휘젓다 우연히 황금을 얻었다고
莫便沙中着意尋	모래밭 속에 마음을 두지 말지어다.
指月向人人不會	사람들에게 달 가리키나 사람들 의미 모르니
淸霄印在碧潭心	개인 하늘의 도장이 푸른 못 가운데 있어라.[58]

열다섯 번째 수其十五

花開歲歲復年年	꽃은 해마다 때가 되면 피어나니
病眼看花隔晚烟	병든 눈으로 저물녘 안개 너머로 꽃 본다오.
春去明明紅紫落	봄 지나면 환하고 환한 붉은 꽃 떨어지니
淸風明月是春前	맑은 바람과 밝을 달만이 봄 이전이라오.

---

58 사람들에게 (…중략…) 있어라 : '지월향인(指月向人)'은 『능엄경(楞嚴經)』 권2
에 "가령 어떤 사람이 손가락으로 달을 가리켜 다른 사람에게 보이거든 저 사람
은 이 사람의 손가락으로 인해서 응당 달을 보아야 한다. 그런데 만일 이 사람의
손가락만 보고서 그것을 달의 본체라고 생각한다면 그 사람이 어찌 달 바퀴만
잃어버릴 뿐이겠는가. 아까 본 손가락까지도 잃어버리게 된다[如人以手指月示
人, 彼人因指, 當應看月. 若復觀指, 以爲月體, 此人豈唯亡失月輪, 亦亡其指]"라고
한 데서 온 말이다. '인(印)'은 달 도장으로, 곧 달은 하나지만 천 강에 다 같이
비춰 준다는 '월인천강(月印千江)'에서 온 말로, 이는 바로 부처의 자비가 모든
중생에게 다 같이 베풀어진다는 선리(禪理)를 말한 것이다.

32. 왕세필에게 화답하다【희녕 8년 북경에서 지은 작품이다】

和答王世弼【熙寧八年北京作】

文章年少氣如虹	문장은 젊은 시절부터
	무지개의 기운 있었는데
肯愛閑曹一禿翁	한가론 관리의 한 늙은이를 좋아했다오.
絃上深知流水意	줄 위의 유수의 마음59 깊이 알아주었고
鼻端不怯運斤風	코끝에서 도끼 휘두르는 것60 겁내지 않았네.
燕堂淡薄無歌舞	연당은 담박하여 노래와 춤도 없고
鮭菜淸貧只韭蔥	반찬은 청빈하여 다만 부추만 있었네.61

---

59 유수의 마음 : '유수(流水)'는 유수곡(流水曲)으로 춘추시대 백아(伯牙)가 타고 그의 벗 종자기(鍾子期)가 들었다는 거문고 곡조이다. 고산유수곡(高山流水曲) 또는 아양곡(峨洋曲)이라고도 한다. 백아가 거문고를 잘 탔는데 종자기는 이것을 잘 알아들었다. 그리하여 백아가 마음속에 '높은 산[高山]'을 두고 거문고를 타면 종자기는 이를 알아듣고 "아, 훌륭하다. 험준하기가 태산과 같다[善哉, 峨峨兮若泰山]"라고 하였으며, 백아가 마음속에 '흐르는 물[流水]'을 두고 거문고를 타면 종자기는 이를 알아듣고 "아, 훌륭하다. 광대히 흐름이 강하와 같다[善哉, 洋洋兮若江河]"라고 했다. 이를 지음(知音)이라 하여 친구 간에 서로 상대의 포부나 경륜을 알아줌을 비유하게 되었다. 『열자·탕문(湯問)』에 보인다.

60 코끝에서 (…중략…) 것 : 뛰어난 재능과 기교를 비유한 말이다. 옛날 영인(郢人)이 코 끝에다 마치 파리 날개만한 악토(堊土)를 바르고는 장석(匠石)을 시켜 그 악토를 깎아내게 하자, 장석이 바람소리가 획획 나도록 자귀를 휘둘러 깎아냈는데 악토만 깨끗이 다 깎이고 코는 아무렇지도 않았다 한다. 『장자·서무귀(徐無鬼)』에 보인다.

61 반찬은 (…중략…) 있었네 : 『남제서(南齊書)』 권34 「유고지열전(庾杲之列傳)」에 나온다. 유고지가 높은 벼슬에 있으면서도 매우 청빈한 생활을 하여 밥을 먹을 때에 반찬이 부추절임, 데친 부추, 생 부추 등 세 가지밖에 없었는데, 어떤 사

惭愧伯鸞留步履　　　백란[62]의 걸음 이른 것이 부끄러우니

好賢應與孟光同　　　현인 좋아함은 응당 맹광[63]과 같아야 하리.

람이 유고지를 희롱하기를, "누가 유랑(庾郞)을 가난하다고 하는가. 규채(鮭菜)를 스물일곱 가지나 차려서 먹는데[誰謂庾郞貧, 食鮭常有二十七種]"라고 했다. 부추 구(韭)자는 아홉 구(九)자와 발음이 비슷하고 또 규(鮭)와도 발음이 비슷하므로, 부추 반찬이 세[三] 가지이므로 9×3=27로 계산하였고 구(韭)를 규(鮭)로 바꾸어 말한 것이다. 규(鮭)는 복어, 어류, 해산물 등으로 해석할 수 있다. 규채(鮭菜)는 청빈한 생활, 소박한 음식 등을 비유하는 말로 쓰이는데, 육유(陸游)의 「북창즉사(北窓卽事)」에는 "거친 밥에 어찌 다시 해산물 반찬이 필요하랴. 지게문에 무엇 하러 빗장을 설치하랴[粗餐豈復須鮭菜, 蓬戶何曾設扊扅]"라고 하여, 규채를 고급스러운 요리의 뜻으로 사용하였다.

62 백란(伯鸞) : 후한 부풍(扶風) 평릉(平陵) 사람인 양홍(梁鴻)의 자가 백란이다. 가난하면서도 학문을 좋아하고 벼슬을 구하지 않았다. 현숙한 아내 맹광(孟光)과 함께 패릉(霸陵) 산골에서 농사짓고 살다가 「오희가(五噫歌)」를 지어 나라의 정사를 비방한 일로 화를 피해 오(吳) 땅으로 도망가 남의 집에서 쌀방아 찧는 고용살이를 하였다. 그가 집에 돌아오면 맹광은 남편을 극진히 공경한 나머지 남편의 밥상을 눈썹 높이로 받쳐 들고 들어왔다 한다.

63 맹광(孟光) : 후한(後漢)의 현사(賢士)인 양홍(梁鴻)의 처이다. 밥상을 들고 올 때에도 양홍을 감히 마주 보지 못하고 이마 위에까지 들어 올렸다는 '거안제미(擧案齊眉)'의 고사가 유명하다.

33. 주도인이 세상을 떠나다【원풍 6년 태화에서 지은 작품이다】
朱道人下世【元豐六年太和作】

桑戶居然同物化	뽕나무 문에서 한순간 죽었지만
靑燈猶在讀書檠	책 읽던 푸른 등불의 도지개 남아 있네.
身如陌上狂風過	몸은 마치 길 위의 거센 바람처럼 사라졌지만
心似夜來新月明	마음은 밤 오자 초승달이 빛나는 것만 같아라.

34. 진 씨의 정원에서 대나무를 읊조리다
【희녕 4년 섭현에서 지은 작품이다】

陳氏園詠竹【熙寧四年葉縣作】

不問主人來看竹	주인에게 묻지도 않고 와 대나무 보니
小溪風物似家林	작은 시내의 풍경이 마치 내 집 뜰 같구나.
春供饋婦幾番筍	봄엔 들밥 내 가는 부인께
	몇 차례 죽순 제공하고
夏與行人百畝陰	여름에는 행인에게 백 묘의 그늘을 준다네.
直氣雖衝雲漢上	곧은 기운은 비록 하늘 구름까지 치솟았지만
高材終恐斧斤尋	좋은 재목으로 끝내 도끼에
	베어질까 두려워라.
截竿可擧北溟釣	장대로 자르면 북명에서 낚싯대로 쓸 만하니
欲贈溪翁誰姓任	임 씨 성 같은 계곡 노인에게 주고 싶어라.

35. 배중모가 빗속에 석당에서 돌아오기에 화답하다

【희녕 2년 섭현에서 지은 작품이다】

和裴仲謀雨中自石塘歸【熙寧二年葉縣作】

裴友西來詠古風	배종무가 서쪽에서 돌아와 고풍을 읊조리며
驅馳萬象筆端空	만상에 치달아 붓끝이 망가졌구나.
尙將物色留分我	오히려 물색을 남겨 나에게 주었노니
遠近靑山煙雨中	원근의 푸른 산이 안개 비 속에 있어라.

36. 배위가 마안산을 지나면서 지은 작품에 차운하다

次韻裴尉過馬鞍山[64]

靑山如馬怒盤旋	청산을 말처럼 힘차게 돌아드니
錯認林花作錦韉	숲 꽃이 비단 안장인 줄로 오해했네.
君不據鞍朝玉帝	그대는 말 타고 궁궐에 조회하는 것 아니나
豈宜長作市門仙	어찌 길이 저자의 신선됨이 마땅하랴.

---

[64] [교감기] 살펴보건대, 황순(黃𩕳)이 작성한 『연보(年譜)』에서는 이 작품을 희녕(熙寧) 2년 섭현에서 지은 작품 속에 편입시켰다.

37. 소재옹이 초서로 쓴 벽 뒤에 쓰다【서문을 덧붙이다】
題蘇才翁草書壁後【幷序】65

소재옹이 지은 「제보안사題保安寺」에서 "절 앞에 고송이 있었는데, 수백 년 된 것으로 나는 일찍이 그 아래에서 시원함을 즐기었다"라고 했다. 고송이 지금 거의 다 베어진 지경이 되었기에 이로 인해 감흥이 일어 시를 지었다.

才翁題保安寺云, 寺前有古松, 是數百年物, 余嘗納凉其下. 松今翦伐殆盡, 因感以作詩.

老松不得千年壽	노송도 천 년을 살지 못하는데
何況高材傲世人	어찌 높은 재주 있다고 세상사람 얕보랴.
唯有草書三昧法	오직 초서로 쓴 멋진 필체66만이 남았는데
龍蛇夭矯鎖黃塵	용사의 멋진 글씨가 누런 먼지에 덮여있네.

---

65 [교감기] 살펴보건대, 황순(黃𥳑)이 작성한 『연보(年譜)』에서는 이 작품을 희녕(熙寧) 2년 섭현에서 지은 작품 속에 편입시켰다.
66 멋진 필체 : '삼매법(三昧法)'은 오묘한 필법을 말한다. 장사(長沙)의 회소(懷素)가 초서(草書)를 좋아하였는데, 스스로 초성(草聖)의 삼매법을 터득했다고 말했다.

38. 아내의 죽음을 애도하다【희녕 3년 섭현에서 지은 작품이다】

哀逝【熙寧三年葉縣作】

玉堂岑寂網蜘蛛	옥당은 적막하게 거미줄만 엉겨 있으니
那復晨粧覲阿姑	어찌 다시 새벽 단장하고 시부모 문안할까.
綠髮朱顔成異物	푸른 머리 고운 얼굴로 귀신이 되었노니
靑天白日閉黃墟	푸른 하늘 밝은 해에 무덤에 묻히었다네.
人間近別難期信	인간세상에서 가까운 이별에도
	소식 전하기 어렵거늘
地下相逢果有無	지하에서 서로 만나볼 날이 과연 있을런지.
萬化途中能邂逅	내 죽어 가면 능히 만날 수 있겠지
可憐風燭不須臾	촛불 바람에 잠시도 있지 못해 가련하구나.

39. 순보 부부를 맞이하다

【공의 누이는 진소에게 시집갔는데, 순보가 진소의 자이다】

迎醇甫夫婦.67【公之妹適陳塑, 醇甫其字也】

陳甥歸約柳靑初[68]	진생이 버들 푸르러지면 온다 약속했는데
麥隴纖纖忽可鉏	보리밭이 푸릇푸릇 갑자기 호미질 할 때네.
望子從來非一日	지금까지 그대 봄이 한 번이 아니건만
因人略不寄雙魚	살다보니 소식도 전하지 못했다네.
園中鳥語勸沽酒	뜰 새는 지저귀며 술 사오라 권하고
窓下日長宜讀書	창 아래로는 해 길어 책 읽기 좋다네.
策馬得行休更秣[69]	말 타고 가면서 다시 여물 먹이지 말게
已令僮稚割生芻[70]	이미 동자에게 풀 베어 오라고 했노니.

---

67 [교감기] 살펴보건대, 황순(黃䇕)이 작성한 『연보(年譜)』에서는 이 작품을 때에 맞춰 희녕(熙寧) 3년 섭현에서 지은 작품 속에 편입시켰다.

68 [교감기] '柳靑初'에 대해 원교(原校)에서는 "다른 판본에는 '飮屠蘇'로 되어 있다"라고 했다.

69 [교감기] '策馬得行休更秣'에 대해 원교(原校)에서는 "다른 판본에는 '遠嫁蕭咸親髮白'이라고 되어 있다"라고 했다.

70 [교감기] '已令僮稚割生芻'에 대해 원교(原校)에서는 "다른 판본에는 '平安行李莫徐徐'라고 되어 있다"라고 했다.

40. 하수의 배 위에서 저물녘 술을 마시며 진열도에게 올리다

河舟晚飮呈陳說道[71]

西風脫葉靜林柯	가을바람 잎 떨궈 숲 가지는 고요하고
淺水扁舟閣半河	얕은 물의 조각배는 물 가운데 머물렀네.
落日遊魚穿鏡面	지는 해에 물고기는 수면 위로 뛰어 오르고
中秋明月漲金波	중추의 밝은 달에 금빛 물결 일렁이누나.
由來白髮生無種	지금껏 흰머리 심지도 않았는데 생겨나니
豈似靑山保不磨	어찌 청산을 갈 수 없는 것과 같으랴.
勝事只愁樽酒盡	멋진 놀이에 다만 술동이 빌까 걱정이니
莫言爭奈醉人何	취한 사람 어찌할까라고 말은 마소.

---

71 [교감기] 살펴보건대, 황순(黃𩥉)이 작성한 『연보(年譜)』에서는 이 작품을 희녕(熙寧) 3년 섭현에서 지은 작품 속에 편입시켰다.

41. 임군이 관사에서 가을비를 읊은 작품에 차운하다

次韻任君官舍秋雨[72]

墻根戢戢數蝸牛	담장 아래에는 몇 마리 달팽이 있고
雨長垣衣亭更幽	긴 비에 담장 옆 정자 더욱 그윽해라.
驚起歸鴻不成字	놀라서 돌아가는 기러기 행렬도 못 이루고
辭柯落葉最知秋	가지에서 지는 잎에 가을이 옴 알겠어라.
菊花莫恨開時晚	국화꽃 늦게 핀다고 한스러워 말라
穀穟猶思晴後收	곡식 이삭은 오히려 개인 후에 거두시게.
獨立搔頭人不解	홀로 서서 머리 긁적이나 사람들 모르니
南山用取一樽酬	남산에서 한 동이 술로 취해 보낸다오.

---

72 [교감기] 살펴보건대, 황순(黃䇡)이 작성한 『연보(年譜)』에서는 이 작품을 희녕
(熙寧) 3년 섭현에서 지은 작품 속에 편입시켰다.

42. 번후묘에 쓰다. 2수
題樊侯廟. 二首73

첫 번째 수其一

漢興豐沛開天下	풍패에서 한나라 일어나 천하 열리었고
故舊因依日月明	옛날에 이로 인해 해와 달이 빛났다오.
拔劍一卮戲下酒	검 뽑고 한 잔 술 마시면서 희롱했고
剖符千戶舞陽城	천호의 무양성을 다스렸다네.
皷刀屠狗少時事	칼 들고 개 잡은 것은 어릴 적 일이요
排闥諫君身後名	문 밀치고 임금께 간하여 죽은 뒤 이름 있었지.
異日淮陰儻相見	뒷날 회음의 무리들을 서로 본다면
安能鞅鞅似平生	어찌 한평생 그랬던 것처럼 불평하겠는가.

두 번째 수其二

門掩虛堂陰窈窈	문 닫힌 빈 집에는 음기만이 가득하고
風搖枯竹冷蕭蕭	바람결에 마른 대나무 싸늘하게 울려대네.
邱墟餘意誰相問	무덤에 남은 뜻을 누구에게 물어볼거나
豐沛英魂我欲招	풍패의 영혼을 내 부르고 싶어라.

---

73 [교감기] 살펴보건대, 황순(黃䔍)이 작성한 『연보(年譜)』에서는 이 작품을 희녕(熙寧) 3년 섭현에서 지은 작품 속에 편입시켰다.

野老無知惟卜歲　들 노인 무지하여 오직 풍년만 점치고
神巫何事苦吹簫　무당은 무슨 일로 괴롭게 피리 부는가.
人歸里社黃雲暮　사람들 돌아가자 사당엔 누런 구름의 저물녘
只有哀蟬伴寂寥　다만 슬피 우는 매미만이 적막함 짝하누나.

43. 남사에서 왕염이 이름을 쓴 곳에 쓰다

【희녕 3년 섭현에서 지은 작품이다】

題南寺王髥題名處【熙寧三年葉縣作】

日華長在紅塵外	햇살은 오래도록 홍진 너머에 있고
春色全歸綠樹中	봄빛은 모두 푸른 나무속으로 들어갔네.
花發鳥啼常走馬	꽃 피고 새 울면 늘 말을 달려갔는데
故人不見酒樽空	옛 벗은 보이질 않고 술동이만 비었어라.

44. 임중미가 헤어지며 보내온 작품에 화답하다

【원풍 5년 태화에서 지은 작품이다】

和答任仲微贈別【元豐五年太和作】

任君洒墨卽成詩	임군 먹물에 붓 적시면 곧바로 시 짓지만
萬物生愁困品題	나는 만물이 근심 불러와 시 짓기 힘들구나.
淸似釣船聞夜雨	맑기는 낚싯배에서 밤중에 빗소리 듣는 듯
壯如軍壘動秋鼙	장엄하기는 군중에서 가을 소고 부는 듯.
寒花籬脚飄金鈿	울타리 아래 찬 꽃은 금비녀 휘날리는 듯
新月天涯掛玉筐	하늘 끝 초승달은 옥비녀 걸어놓은 듯.
更欲少留觀落筆	다시 잠시 머물러 붓놀림 보고자 하니
須判一飮醉如泥	한 번 마시고 진탕 취해 보세나.

45. 중모가 밤에 느낌이 있어 지은 작품에 화창하다
【희녕 2년 섭현에서 지은 작품이다】

和仲謀夜中有感【熙寧二年葉縣作】

紙窓驚吹玉躞躞	종이창에 발자국 소리 들려 놀랐고
竹砌碎撼金琅璫	대나무 계단에서 금빛 패옥 소리 들려오네.
蘭釭有泪風飄地	등잔은 촛농 흘리고 바람은 땅에 휘몰아치며
遙夜無人月上廊	긴 밤에 사람 없는데 달만이 행랑을 비치누나.
愁思起如獨緖繭	근심 속에 일어나니 홀로 고치에서 실 뽑는 듯
歸夢不到合懽牀	돌아갈 꿈은 합환의 침상에도 못 이르렀네.
少年多事意易亂	그대는 일이 많아 뜻 어그러지기 쉽고
詩律坎坎同寒螿	시율도 근심 겨워 찬 쓰르라미 같아라.

46. 자다가 일어나다. 2수【희녕 3년 섭현에서 지은 작품이다. 당시 포성蒲城에 도적이 들끓어 군郡이 군교軍校의 독촉을 받고 있었다】

睡起. 二首【熙寧三年葉縣作. 時蒲城佚盜, 郡以校見督】

첫 번째 수其一

簾幕陰陰不見人	주렴 막사 어둑하니 사람 보이질 않고
日斜窗影弄游塵	해 기우는 창 그림자에 먼지만 날리누나.
風和睡起鳥聲樂	바람결에 잠 깨 일어나니 새 소리 즐거웁고
天地無私花柳春	천지는 온통 꽃 피고 버들 피는 봄이구나.

두 번째 수其二

古來志士願不辱	예로부터 뜻 있는 선비 치욕 없고자 하여
少在朝廷多在山	조정에는 적었고 산에는 많았다오.
寄食生涯無定止	붙어먹고 사는 생애에 그칠 줄 모르지만
此心長到白雲間	이 마음 오래도록 흰 구름 사이에 있다오.

47. 수양의 일 뒤에 쓰다【희녕 4년 섭현에서 지은 작품이다】

書睢陽事後【熙寧四年葉縣作】

莫道睢陽覆我師	수양에서 우리 군사 패배했다 말 하지 말소
再興唐祚匪公誰	거듭 당나라 일으키는 것 그대 아니면 누구랴.
流離顚沛義不辱	떠돌다 넘어져도 의리상 욕됨은 아니니
去就死生心自知	거취와 사생은 마음이 절로 알고 있다오.
政使賀蘭非長者	진정 하란[74]은 어른이 아니었으니
豈妨南八是男兒	어찌 남팔[75]이 남아됨에 방해가 되랴.
乾坤震蕩風塵晦	천지가 바람 먼지에 휩쓸려 어두웠노니
愁絶宗臣陷賊詩[76]	종신은 적에 함락될 때 대단히 근심했다오.

---

74 하란(賀蘭) : 당 숙종(唐肅宗) 때의 하남 절도사(河南節度使) 하란진명(賀蘭進明)
    을 가리킨다. 윤자기(尹子奇)가 수양(睢陽)을 포위했을 적에, 수양 태수 장순(張
    巡)이 남제운(南霽雲)을 보내어 하란진명에게 구원을 요청하였으나, 하란진명은
    장순의 성위(聲威)가 자기보다 월등함을 시기하여 구원을 해 주지 않음으로써
    수양이 마침내 함락되고 말았다.
75 남팔(南八) : 당 숙종(唐肅宗) 때의 남제운(南霽雲)을 말한다. 기사(騎射)에 능
    한 무장으로, 안녹산의 난에 수양(睢陽)을 지키다가 성이 함락되자 적에게 항복
    하지 않고 장순(張巡)과 함께 순사하였다.
76 [교감기] '詩'에 대해 원교(原校)에서는 "다른 판본에는 '時'로 되어 있다"라고 했다.

48. 맘껏 써서 중모에게 올리다【희녕 2년 섭현에서 지은 작품이다】

漫書呈仲謀【熙寧二年葉縣作】

漫來從宦著靑衫	지금껏 벼슬살이하며 청삼을 입었노니
秣馬何嘗解轡銜	말 타면서 언제 일찍이 말고삐 풀었던가.
眼見人情如格五	눈으론 격오[77]와 같은 인정을 보고
心知外物等朝三	마음으론 외물이 조삼[78]과 같음 알았다오.
經時道上衝風雨	한 철 지나도록 길에서 비바람을 맞노니
幾日樽前得笑談	언제나 술잔 앞에서 담소를 나눌 수 있을까.
賴有同僚慰羈旅	동료가 나그네 위로하는 것에 기댈 뿐이니
不然吾已過江南	그렇지 않다면 나는 이미 강남 지났으리.

---

77 격오(格五) : 옛날 박희(博戲)의 일종으로, 오늘날의 장기와 비슷한 놀이를 말한다.

78 조삼(朝三) : 저공(狙公)이 도토리를 주는 숫자를 가지고 원숭이를 속인 조삼모사(朝三暮四)인 고사를 말하는 듯한데, 확실하지 않다. 교묘한 술수로 남을 속이는 것을 뜻한다.

49. 남선사에 오르자 배중모가 생각나서

登南禪寺, 懷裴仲謀[79]

茅亭風入葛衣輕	띳집에 바람 불어와 갈옷 휘날리고
坐見山河表裏淸	앉아 산하를 보니 안팎이 맑구나.
歸燕略無三月事	삼월에 돌아가는 제비의 일이 없었노니
殘蟬猶占一枝鳴	남은 매미는 오히려 한 가지에서 우네.
天高秋樹葉公邑	섭공의 고을엔 하늘 높고
	나무엔 가을 들었으며
日暮碧雲樊相城	번상의 성에는 해 저물고 구름 푸르구나.
別後寄詩能慰我	헤어진 뒤 시 보내주면 나 위로될 테니
似逃空谷聽人聲	마치 빈 계곡에서 사람 소리 듣는 것 같으리.

---

79 [교감기] 살펴보건대, 황순(黃䇾)이 작성한 『연보(年譜)』에서는 이 작품을 희녕(熙寧) 2년 섭현에서 지은 작품 속에 편입시켰다.

50. 임중미에게 차운하여 답하다

【원풍 5년 태화에서 지은 작품이다】

次韻答任仲微【元豐五年太和作】

邂逅相逢講世盟	우연히 서로 만나 대대의 우의 논하니
諸任尊行各才名	임씨의 어른들은 각각 재주와 명성 있네.
交情吾子如棠棣	그대와 사귄 정은 마치 형제[80]와도 같아
酒椀今秋對菊英	올 가을 국화꽃 마주하고 술 기울였네.
高論生風搖麈尾	고답한 논의에 바람 일어 주미를 흔들고
新詩擲地作金聲	새 시 땅에 던지자 금옥 소리 일어나네.
文章學問嗟予晩	내가 문장 학문이 늦었음을 탄식하노니
深信前賢畏後生	전현이 후생을 두려워함[81] 깊이 믿게 되었네.

---

80 형제 : '당체(棠棣)'는 상체(常棣)와 같은 말로 『시경』 소아(小雅)에 나오는 상체 (常棣)를 가리키는데, 형제간의 우애를 읊은 시다.

81 후생을 두려워함 : '외후생(畏後生)'은 늦게 태어난 사람을 두려워한다는 것으로, 『논어·자한(子罕)』의 "후생을 두렵게 여겨야 할 것이니, 앞으로 후생들이 지금의 나보다 못하리라고 어떻게 장담할 수 있겠는가. 그러나 40세나 50세가 되도록 세상에 알려짐이 없는 사람이라면, 또한 두려워할 것이 없다고 하겠다[後生可畏, 焉知來者之不如今也. 四十五十而無聞焉, 斯亦不足畏也已]"라는 공자의 말에서 유래했다.

51. 여름날 백형의 꿈을 꾸고 나서 강남으로 부치다

【희녕 4년 섭현에서 지은 작품이다】

夏日, 夢伯兄, 寄江南【熙寧四年葉縣作】

故園相見略雍容	고향에서 서로 볼 땐 온화한 모습으로
睡起南窓日射紅⁸²	잠 깬 남쪽 창엔 햇살이 붉게 비추었지.
詩酒一年⁸³談笑隔	시와 술로 담소 나눔이 일 년이 지났지만
江山千里夢魂通	천 리 먼 강산에서도 꿈에 혼 통한다오.
河天月暈魚分子	하늘 달무리에 물고기는 새끼를 낳고
槲葉風微鹿養茸	떡갈나무 잎 바람결에 사슴은 뿔 기르네.
幾度白砂靑影裏	얼마나 흰 모래와 푸른 그림자 속에서
審聽嘶馬自捰節⁸⁴	말 울음소리 들으면서 지팡이 기대었나.

---

82 [교감기] '故園相見略雍容, 睡起南窓日射紅'이라는 구절에 대해 원교(原校)에서는 "다른 판본에는 '相携猶聽隔溪春, 睡起開書見手封'이라도 되어 있다"라고 했다.

83 年 : 중화서국본에는 '言'으로 되어 있으나, 『산곡집(山谷集)』에는 '年'으로 되어 있다.

84 [교감기] '幾度白砂靑影裏, 審聽嘶馬自捰節'이라는 구절에 대해 원교(原校)에서는 "다른 판본에는 '白髮倚門愁絶處, 可堪衣斷去時縫'이라고 되어 있다"라고 했다.

52. 동손을 만나지 못하고 곤양을 지나다

【곤양은 섭협에 속해 있는데, 광무제가 왕망을 격파했던 곳이다】

同孫不愚, 過昆陽.85【昆陽正屬葉縣, 卽光武破王莽之地】

田園恰恰値春忙	전원은 바빠 마치 봄날 농사철 만난 듯
驅馬悠悠昆水陽	말 모니 곤수의 북쪽은 아득하기만 해라.
古廟藤蘿穿戶牖	옛 사당의 등나무 넝쿨은 문과 창 뚫고
斷碑風雨碎文章	깨진 비석은 비바람에 글씨 쪼개졌어라.
眞人寂寞神爲社	진인은 적막하고 신위로 사당 세웠는데
堅壘委蛇女採桑	견고한 성채 무너져 여인들 뽕잎 따누나.
拂帽村帘誇酒好	모자 털며 촌 술집에서 술 좋다고 자랑하며
爲君聊解一瓢嘗	그대 위해 애로라지 한 표주박을 맛 본다오.

【주석】

驅馬悠悠昆水陽 : 살펴보건대, '곤양昆陽'에 대해 공이 자주自注에서 "지금 곤양에 흐르는 물이 있는데, 세상에서는 회하灰河라고 한다. 『도경圖經』에서는 괴하壞河라고 했다. 내가 상고해보건대, 모두 그렇지가 않다. 바로 곤양성 남쪽에 있는 곤수昆水가 맞는 것 같다. 『지리지』에서도 "곤수昆水가 남쪽에서 나온다"라고 했으니, 이것이 옳은 듯하다"라

---

85 [교감기] 살펴보건대, 황순(黃𤳹)이 작성한 『연보(年譜)』에서는 이 작품을 희녕(熙寧) 4년 섭현에서 지은 작품 속에 편입시켰다.

고 했다.

按昆陽, 公自注云, 今昆陽有水, 俗號灰河. 圖經乃以爲壞河. 予考之, 皆不然. 正在昆陽城南, 恐是昆水. 地里志言昆水出南, 儻是乎.

53. 돈이 주부에게 부치다. 이때에 고을의 경계에서 수부부가 석당하를 파고 있었다

寄頓二主簿. 時在縣界, 首部夫鑿石塘河86

楊柳靑靑春向分	버들은 푸르고 푸르러 봄도 한창이요
遙知河曲萬夫屯	멀리서도 하수 굽이에 만부가 있음 알겠어라.
侵星部曲隨金鼓	새벽에도 부곡에선 징 치는 소리 울릴 테고
帶月旌旗宿渚廛	달빛 어린 깃발 속에 물가에서 잠을 자겠지.
畚鍤87如雲聲淘淘	삼태기 가래 구름처럼 많아 그 소리 넘쳐나고
風埃成霧氣昏昏	바람 먼지가 안개 되어 날씨는 흐릿하리라.
已令88訪問津頭路	이미 나루 길을 방문하라 명 내려왔으니
行約靑帘共一樽	푸른 깃발의 술집에 가서
	한 동이 술 함께 하세.

---

86 [교감기] 살펴보건대, 황순(黃﨓)이 작성한 『연보(年譜)』에서는 이 작품을 희녕(熙寧) 4년 섭현에서 지은 작품 속에 편입시켰다.

87 鍤 : 중화서국본에는 '揷'으로 되어 있으나, 『산곡집(山谷集)』에는 '鍤'으로 되어 있다.

88 [교감기] '令'이 전본에는 '今'으로 되어 있는데, 시의 의미가 통하기 어렵다. 지금 고본·건륭본에 의거해 고친다.

54. 포원례의 「병기」라는 작품에 차운하여 답하다
次韻答蒲元禮病起[89]

暖律溫風何處饒	따뜻한 기운 온화한 바람 어디가 넘쳐나
莫言先上綠楊條	먼저 푸른 버들가지에 오른다 말 마시게.
梢頭紅糝杏花發	나무 끝에는 붉은 빛의 살구꽃 피었고
甕面蛆浮[90]酒齊銷	술독에는 거품 일며 술 일제히 익어가네.
吏事困人如縛虎	범 잡는 것처럼 벼슬살이 사람 힘들게 하나
君詩入手似聞韶	그대 시를 손에 드니 마치 소 음악[91] 듣는 듯.
直須扶病營春事	곧바로 병에서 일어나 봄 농사 할 테지만
老味難將少壯調	늙은이의 흥취는 젊은이와는 같기 어렵다네.

---

89 [교감기] 살펴보건대, 황순(黃𥮮)이 작성한『연보(年譜)』에서는 이 작품을 희녕(熙寧) 4년 섭현에서 지은 작품 속에 편입시켰다. 또한 고본에는 이 작품의 앞부분에 빠진 글자가 많은데, 교정하지 않았다.

90 [교감기] '蛆浮'가 고본·건륭본에는 '浮蛆'로 되어 있다.

91 소(韶) 음악 : 순(舜) 임금의 음악을 말한다.『논어·술이(述而)』에서 "공자께서 제나라에 계시면서 순 임금의 음악인 소악을 들으시며 석 달 동안 고기 맛을 알지 못하셨다[子在齊, 聞韶, 三月不知肉味]"라고 했다.

55. 봄 제사를 섭공묘와 쌍부관에서 나누어 지내다

【섭공묘와 쌍부관은 모두 섭현에 있다】

春祀分得葉公廟雙鳧觀.92【廟觀皆在葉縣】

春將祠事出門扉	봄날 제사 지내려 문을 나서니
宮殿參差繚翠微	궁전은 들쭉날쭉 푸른빛에 둘러 쌓여있네.
淸曉風煙迷部曲	맑은 새벽 바람 안개에 부곡이 희미하고
小蹊桃杏掛冠衣	작은 길의 복숭아 살구나무에 의관이 걸리네.
葉公在昔眞龍去	섭공이 있던 옛날에 진용은 떠나가 버렸고[93]
王令何時白鶴歸	왕령은 언제나 흰 학 타고 돌아오려나.[94]
糟魄[95]相傳漫靑史	그 찌꺼기만 멋대로 청사에 전해오노니
獨懷千古對容徽[96]	홀로 천고 옛날 생각하며 그 모습 대하네.

92　[교감기] 살펴보건대, 황순(黃𦧺)이 작성한『연보(年譜)』에서는 이 작품을 희녕(熙寧) 4년 섭현에서 지은 작품 속에 편입시켰다.

93　섭공이 (…중략…) 버렸고 : 섭공(葉公)은 초(楚)나라 섭공자고(葉公子高)이다. 섭공자고는 용을 좋아해서 손이 닿는 곳마다 용 그림을 새겼는데, 진짜 용이 소문을 듣고 그 집에 내려오자 섭공이 혼비백산하여 도망쳤다는 고사가 전한다.

94　왕령은 (…중략…) 돌아오려나 : '왕령(王令)'은 왕자교(王子喬)로 더 많이 알려진 주 영왕(周靈王)의 태자 진(晉)이다. 피리 불기를 좋아하여 곧잘 봉황의 울음소리를 내곤 하였는데, 선인(仙人) 부구공(浮丘公)을 따라 숭산(嵩山)에 올라가서 선도(仙道)를 닦은 뒤, 30년이 지난 칠월 칠석에 구지산(緱氏山) 정상에 백학(白鶴)을 타고 내려와서 산 아래 가족들에게 손을 흔들어 인사하고는 며칠 뒤에 떠나갔다는 전설이 있다.

95　魄 : 중화서국본에는 '粕'으로 되어 있으나,『산곡집(山谷集)』에는 '魄'으로 되어 있다.

96　徽 : 중화서국본에는 '微'로 되어 있으나,『산곡집(山谷集)』에는 '徽'로 되어 있다.

56. 술 마신 손님을 해정하자고 장난삼아 부르다

【희녕 4년 섭현에서 지은 작품이다】

戲招飮客解酲【熙寧四年葉縣作】

破卯扶頭把一盃	새벽에 해장하려 한 잔 술 할 것이니
燈前風味喚仍回	등불 앞에서의 풍미 불러 돌이키려네.
高陽社裏如相訪	고양사에서 만약 서로 만난다면
不用閑携惡客來	한가롭게 나쁜 손님 데리고 오지 말게.

【주석】

不用閑携惡客來 : "마시지 않는 사람은 나쁜 손님이 된다"라는 구절은 차산 원결의 『원차산집元次山集』에 보인다.

不飮者爲惡客, 見元次山集.

57. 진 씨 여제를 전송하며 석당하에 이르다

送陳氏女弟, 至石塘河[97]

富貴常多覆族憂	부귀하면 늘 가족 걱정에 휩싸임 많고
賤貧骨肉不相收	빈천하면 골육도 서로 거두지 못한다네.
獨乘舟去値花雨	홀로 배 타고 가다 보면 꽃비 만날 테지만
寄得書來應麥秋	편지 보내오면 응당 보리 익는 계절되겠지.
行李淮山三四驛	가는 길에 회산의 서넛 역을 지날 테고
風波春水一雙鷗	바람 물결의 봄물에는
	한 쌍의 갈매기 있으리라.
人言離別愁難遣	사람들 이별의 근심 풀기 어렵다 했는데
今日眞成始欲愁	오늘에야 비로소 근심하게 되는구나.

---

97 [교감기] 살펴보건대, 황순(黃䇔)이 작성한 『연보(年譜)』에서는 이 작품을 희녕 (熙寧) 4년 섭현에서 지은 작품 속에 편입시켰다.

58. 장난삼아 돈이 주부에게 주다

【돈이 주부가 술을 마련하지 않았었다】

戲贈頓二主簿【不置酒】98

桐植客亭欣款曲99	오동 심은 객정에서 곡진한 정에 기뻤는데
歌傾家釀勿徘徊100	노래 끝났으니 집안 술 미루지 마시게나.
百年中半夜分去	한평생 절반은 밤으로 나눠 흘러가고
一歲無多春蹔來	한 해에도 많지 않노니 봄 잠시 오네.101
落日園林須秉燭	지는 해에 원림에서는 촛불 들어야 하고
能言桃李聽傳盃	말하는 도리가 술잔을 전하라고 하네.
紅疏綠暗明朝是	내일 아침이면 붉은 빛 드물고
	초록빛 짙을 테니
公事相過得幾回	공사로 서로 지나면서 몇 번이나 만날까.

---

98 [교감기] 살펴보건대, 황순(黃晉)이 작성한 『연보(年譜)』에서는 이 작품을 희녕(熙寧) 4년 섭현에서 지은 작품 속에 편입시켰다.

99 [교감기] '桐植客亭欣款曲'이라는 구절에 대해 원교(原校)에서는 "다른 판본에는 '四海聲名習主簿'라고 되어 있다"라고 했다.

100 [교감기] '歌傾家釀勿徘徊'라는 구절에 대해 원교(原校)에서는 "다른 판본에는 '相逢未見酒樽開'라고 되어 있다"라고 했다.

101 한평생 (…중략…) 오네 : 이 구절은 백거이의 「권주기원구(勸酒寄元九)」에 보이는 "사람의 한평생 밤이 절반이고, 한 해의 봄철은 많지 않다오[百年夜分半, 一歲春無多]"라는 대목을 활용한 것이다.

59. 손불우가 개원고사에 의거해 봄 난간으로 옮기길 청하자, 이로 인해 답을 보내다

孫不愚引開元故事, 請爲移春檻, 因而贈答102

南陌東城處處春	남쪽 길 동쪽 성 곳곳마다 봄이로니
不須移檻損天眞	난간 옮겨 천진을 해칠 필요는 없다오.
鬢毛欲白休辭飮	머리털 희게 되려하지만 술 사양하지 않는데
風雨無端只誤人	갑자기 비바람 몰아쳐 다만 사람을 그르치네.
鳥語提壺元自好	새가 술병 잡으라 하는 말103
	본래 절로 좋아했고
酒狂驚俗未應嗔	술에 미쳐 세상 놀래켜도 응당 성내지 않았네.
稍尋綠樹爲詩社	차츰 초록빛 나무 찾아 시사를 만들고
更藉104殘紅作醉茵	다시 지는 꽃 깔고서 술자리 만들리라.

---

102 [교감기] 살펴보건대, 황순(黃䔮)이 작성한 『연보(年譜)』에서는 이 작품을 희녕(熙寧) 4년 섭현에서 지은 작품 속에 편입시켰다. 또한 고본에는 이 작품의 앞부분에 빠진 글자가 많은데, 교정하지 않았다.

103 새가 (…중략…) 말 : '제호(提壺)'는 새 이름이므로 술병을 이끌고 오라고 권한다는 뜻이다. 백거이의 「조춘문제호조인제린가(早春聞提壺鳥因題鄰家)」에서 "가을 원숭이 눈물 재촉하는 소리는 듣기 싫고, 봄 새의 술병 들라 권하는 소리는 듣기 반갑네[厭聽秋猿催下淚, 喜聞春鳥勸提壺]"라고 했다.

104 [교감기] '藉'가 고본에는 '籍'으로 되어 있다. 살펴보건대, 두 글자는 통용되니, 다음에 나오더라도 다시 교정하지 않겠다.

60. 진열도가 곤궁하기에 채소 한 움큼을 보내다
【희녕 3년 섭현에서 지은 작품이다】

陳說道約日送荣把【熙寧三年葉縣作】

南山疇昔從諸父	남산에서 예전 제부를 따라서
雨甲煙苗手自鉏	봄비[105]에 담배 묘종 손수 호미질 했지.
三徑就荒歸計拙	세 오솔길 황폐해지고 돌아갈 계획도 어긋나
溷煩僚友送園蔬	근심 속에 벗에게 뜰 채소 보내누나.

---

105 봄비 : '우갑(雨甲)'은 사시(四時)에 내리는 갑자우(甲子雨), 즉 갑자일(甲子日)에 내리는 비를 가지고 천시(天時)와 인사(人事)를 점치는 민속을 말한다. 당나라 장작(張鷟)이 지은 『조야첨재(朝野僉載)』권1에 "봄 갑자일에 비가 오면 검붉게 타 버린 땅이 천 리가 될 것이요, 여름 갑자일에 비가 오면 큰물이 져서 배를 타고 저자를 갈 것이요, 가을 갑자일에 비가 오면 벼에서 싹이 나와 추수에 지장이 있을 것이요, 겨울 갑자일에 비가 오면 까치 둥지가 땅으로 내려갈 것이다[春雨甲子, 赤地千里, 夏雨甲子, 乘船入市, 秋雨甲子, 禾頭生耳, 冬雨甲子, 鵲巢下地]"라는 말이 나온다.

61. 공상보가 보내온 시에 답하며 화창하다

答和孔常父見寄106

孔氏文章冠古今	공 씨의 문장은 고금은 으뜸이고
君家兄弟況南金	그대 집안 형제는 게다가 남금107이라오.
爲官落魄人誰問	관리로 있다 낙척하게 되니 누가 안부 물으랴
從騎雍容獨見尋	말 타고 조용히 홀로 찾아본다네.
旅館別時無宿酒	여관에서 헤어질 때 묵은 술이 없었고
郵筒開處得新吟	편지 열어보고서 새로 지은 시 얻었지.
黃山依舊寒相對	옛 그대로인 차가운 황산을 대하리니
豈有愁思附七林	어찌 근심을 「칠림」에 붙일 것 있으랴.

【주석】

豈有愁思附七林 : 살펴보건대, '칠림七林'에 대한 공의 자주自注에서 "부자傅子가 고금의 일을 모아 "칠림"이라고 했으며 보내온 작품에서 "황공산 아래 벼슬살이 상쾌하니, 응당 「칠애七哀」 이은 새로운 작품 있으리"라 했다"라고 했다.

---

106 [교감기] 살펴보건대, 황순(黃䈀)이 작성한 『연보(年譜)』에서는 이 작품을 희녕(熙寧) 4년 섭현에서 지은 작품 속에 편입시켰다.

107 남금(南金) : 남방에서 생산되는 황금으로 값이 일반 황금의 두 배가 된다. 옛날 회이(淮夷)가 노 희공(魯僖公)에게 남금을 조공(朝貢)으로 바친 일이 있다. 『시경·반수(泮水)』에서 "은혜를 깨달은 오랑캐들이 남방의 좋은 황금을 많이 조공으로 바쳤다"라고 했다.

按七林, 公自注云, 傅子集古今事號七林, 來詩云, 黃公山下官悰冷, 應有新吟續七哀.

62. 백 씨의 시에 차운하여 안석당의 연화주를 보내온 것에 사례하다

次韻伯氏, 謝安石塘蓮花酒[108]

花藥芙蕖拍酒醇	연꽃의 꽃술로 진한 술을 만드니
浮蛆相亂菊英新	거품은 어지럽고 국화꽃 갓 피었네.
寒光欲漲紅螺面	찬 빛은 붉은 소라의 얼굴에 넘칠 듯 하고
爛醉從歌白鷺巾	실컷 취해 백로의 두건을 노래한다오.
行樂銜盃常有意	노닐며 술 마시는 것에 늘 마음 있었는데
過門問字久無人	문 지나며 안부 묻는 사람 오래 없었네.
王孫欲遣雙壺到	왕손이 두 술병을 보내와 이르렀으니
如入醉鄉三月春	마치 술 고향의 삼월 봄 같구나.

---

108 [교감기] 살펴보건대, 황순(黃䎘)이 작성한 『연보(年譜)』에서는 이 작품을 희녕 (熙寧) 4년 섭현에서 지은 작품 속에 편입시켰다.

63. 쌍부관에 쓰다

題雙鳧觀[109]

飄蕭閱世等虛舟[110]	세상 보니 빈 배 같이 쓸쓸하고
歎息眼前無此流	눈앞에 이런 부류 없어 탄식한다네.
滿地悲風盤翠竹	땅 가득 슬픈 바람은 푸른 대나무 휘감고
半叢寒日破紅榴	반쯤 숲의 찬 해에 붉은 석류 익어가네.
靑山空在衣冠古[111]	청산은 텅 빈 채 의관만 예스럽고
白鶴不歸[112]宮殿秋	흰 학 돌아오지 않은 채 궁전은 가을이라.
王令平生樽酒地	왕령[113]이 평생 술을 마시던 곳이라
千年萬歲想來游	천년 만세도록 와서 노닐겠지.

---

109 [교감기] 살펴보건대, 황순(黃㝐)이 작성한 『연보(年譜)』에서는 이 작품을 희녕 (熙寧) 4년 섭현에서 지은 작품 속에 편입시켰다.

110 [교감기] '閱世等虛舟'라는 구절에 대해 원교(原校)에서는 "다른 판본에는 '人世 若虛舟'라고 되어 있다"라고 했다.

111 [교감기] '空在衣冠古'라는 구절에 대해 원교(原校)에서는 "다른 판본에는 '不逐 市朝改'라고 되어 있다"라고 했다.

112 [교감기] '不歸'라는 구절에 대해 원교(原校)에서는 "다른 판본에는 '歸來'라고 되어 있다"라고 했다.

113 왕령(王令) : 왕자교(王子喬)로 더 많이 알려진 주 영왕(周靈王)의 태자 진(晉) 이다. 피리 불기를 좋아하여 곧잘 봉황의 울음소리를 내곤 하였는데, 선인(仙人) 부구공(浮丘公)을 따라 숭산(嵩山)에 올라가서 선도(仙道)를 닦은 뒤, 30년이 지난 칠월 칠석에 구지산(緱氏山) 정상에 백학(白鶴)을 타고 내려와서 산 아래 가족들에게 손을 흔들어 인사하고는 며칠 뒤에 떠나갔다는 전설이 있다.

64. 진계장에게 대나무통을 구해 물을 부엌으로 끌어들이다

從陳季張, 求竹竿, 引水入廚[114]

井邊分水過寒廳	우물가에서 물길 나뉘어 찬 관아 지나니
斬竹南溪仗友生	남계에 대나무 꺾으러 친구 따라가네.
來釀百壺春酒味	와서 빚은 백 병의 봄 술은 맛이 좋고
怒流三峽夜泉聲	거센 흐름의 삼협에 밤 샘물소리 들리네.
能令官舍庖廚潔	이 물로 관사의 부엌을 깨끗이 할 수 있노니
未減君家風月淸	그대 집안 풍월의 청명함에 뒤지지 않으리.
揮斧直須輕放手	도끼 휘두르고 곧바로 재빨리 손 노시게
却愁食實鳳凰驚	죽실[115] 먹는 봉황 놀라게 할까 걱정되니.

---

114 **[교감기]** 살펴보건대, 황순(黃䇓)이 작성한 『연보(年譜)』에서는 이 작품을 희녕
(熙寧) 4년 섭현에서 지은 작품 속에 편입시켰다.
115 죽실(竹實) : 대나무의 열매로, 봉황이 먹는다고 한다.

65. 왕명복과 진계장에게 올리다

呈王明復陳季張[116]

倦客西來厭馬鞍	지친 길손 말 타고 서쪽에서 와서는
爲予休轡小長安	날 위해 소장안에서 고삐를 풀었다네.
陳遵投轄情何厚	진준이 비녀장 던진 일 그 마음 얼마나 후한가[117]
王粲登樓興未闌	왕찬은 누대에 올라 흥 그치지 않았다네.[118]
雪壓群山晴後白	눈 내린 산은 개인 후 온통 하얗고
月臨千里夜深寒	달은 천 리까지 비쳐 밤에 더욱 차갑네.
小[119]留待我同歸去	잠시 머물다 날 기다려 함께 돌아가서는
洛下林中斫釣竿	낙읍 아래 숲에서 낚싯대를 자르세나.

---

116 [교감기] 살펴보건대, 황순(黃䇾)이 작성한 『연보(年譜)』에서는 이 작품을 희녕(熙寧) 4년 섭현에서 지은 작품 속에 편입시켰다.

117 진준이 (…중략…) 후한가 : 한(漢)나라 진준(陳遵)이 술을 좋아해서 주연을 크게 벌이곤 하였는데, 그때마다 손님들이 가지 못하도록 문을 걸어 잠그고 손님들의 수레바퀴에서 비녀장을 빼내어 우물 속에 던져 넣었으므로, 아무리 급한 일이 있어도 끝내 가지 못했다는 고사가 전한다.

118 왕찬은 (…중략…) 않았다네 : 위(魏)나라 왕찬(王粲)이 동탁(董卓)의 난리를 피하여 형주(荊州)의 유표(劉表)에게 가서 몸을 의탁하고 있을 적에, 유표에게 그다지 중한 대우를 받지 못하는 가운데 고향 생각이 절실해지자, 강릉(江陵)의 성루(城樓)에 올라가서 고향 하늘을 바라보며 「등루부(登樓賦)」를 지은 고사가 있다.

119 [교감기] '小'가 고본에는 '少'로 되어 있다.

66. 새벽에 임대부 조행을 따라 석교를 지나다가 수보에게 부치다【희녕 3년 섭현에서 지은 작품이다】

曉從任大夫祖行, 過石橋, 寄粹甫【熙寧三年葉縣作】

令尹鳴駟過石橋	영윤이 말 타고 석교를 지나다가
想君寒夢正飄搖	그대 찬 꿈에 쓸쓸하리라 생각되었네.
追思轉覺年來劇	뒤미처 생각해 보니 근래 힘들었노니
亂似春風柳萬條	어지럽기가 봄바람에 버들 만 가지 흔들리는 듯.

67. 남선의 매화 아래에서 술을 마시다가 장난삼아 쓰다

【희녕 3년 섭현에서 지은 작품이다】

飮南禪梅下, 戱題【熙寧三年葉縣作】

新春江上使星回	새 봄에 강가로 사신이 돌아오니
不爲離人寄早梅	떠난 사람 위해 이른 매화 부치지 못했네.
愛惜幽香意如此	그윽한 향 좋은데 마음도 이와 같으니
一樽豈是等閑來	한 잔 술을 어찌 등한시하리오.

68. 소지재의 「장유민과현백령균전」이라는 작품에 차운하다【희녕 4년 섭현에서 지은 작품이다】

次韻邵之才將流民過懸帛嶺均田【熙寧四年葉縣作】

獨賢從是[120]出荒城	독현이 이로부터 황성을 나와서는
下馬携筇上石層	말에서 내려 지팡이 짚고 석층에 올랐네.
幽洞尋花疑阮肇	골짜기에서 꽃 찾으니 완조[121] 같고
斷崖長嘯想孫登	벼랑에서 길게 읊조리니 손등[122] 생각나네.
欲超浮世掛冠綬	뜬세상 벗어나려 관과 인끈 걸어두고
未決重雲撫劍稜[123]	짙은 구름 걷히지 않아 검을 어루만지네.
經雨曉煙寒索寞	비 지난 새벽안개에 싸늘함 그지없고
順風樵叟震磈磳[124]	바람결에 나무꾼의 도끼소리 진동하누나.
山形春到添高秀	산은 봄 되어 더욱 높고도 수려하고
瀑溜氷消轉沸騰	폭포는 얼음 녹아 더욱 힘차게 날리네.
行有流移携襁褓	길 가노니 포대기 안고 떠도는 사람 있고

---

120 是 : 중화서국본에는 '事'로 되어 있으나, 『산곡집(山谷集)』에는 '是'로 되어 있다.
121 완조(阮肇) : 후한(後漢) 때 천태산(天台山)의 선경에 들어가서 약초를 캐다가 선녀를 만나 반년을 살았다고 전하는 사람이다.
122 손등(孫登) : 진(晉)나라 때 은자(隱者)이다. 죽림칠현의 한 사람인 완적(阮籍)이 소문산에서 은자 손등을 만나 선술(仙術)을 물었으나 손등은 일체 대답을 않고 휘파람만 길게 불면서 가 버렸는데, 그 소리가 마치 암곡(巖谷)에 메아리치는 난봉(鸞鳳)의 소리와 같았다고 한다.
123 稜 : 중화서국본에는 '棱'으로 되어 있으나, 『산곡집(山谷集)』에는 '稜'으로 되어 있다.
124 [교감기] '磳'이 고본에는 '碐'으로 되어 있다.

坐看憔悴拾薪蒸	앉으니 초췌함 속에 땔나무[125] 줍는 사람 보이네.
素餐每愧斯民病	소찬[126]에 늘 이 백성의 고통에 부끄러우니
改作常爲法吏繩	바뀌어 늘 법리가 되어 다스려야 한다네.
官小責輕須自慰	관직 낮아 책임 가벼움으로 스스로 위안하나
得逢佳處幾人曾	좋은 시절 만난 사람 몇 사람이나 있었던고.

---

125 땔나무 : '신증(薪蒸)'은 땔나무로서 굵고 큰 것은 신(薪), 자잘하긴 작은 것은 증(蒸)이라 한다.

126 소찬(素餐) : 시위소찬(尸位素餐)의 준말로, 자격도 없이 벼슬자리를 차지하고서 국록을 축낸다는 뜻인데, 흔히 겸사로 쓰인다.

69. 진계장에게 촉부용이 있었는데, 술을 잘 마시는 손님이 찾아와 꽃이 피자마자 곧바로 꺾어 갔다. 이에 시를 지어 희롱하다

陳季張有蜀芙蓉, 長飮客至, 開輒翦去, 作詩戲之[127]

翦花莫學韓中令	꽃 자르는 한중령을 배우지 말라
投轄惟聞陳孟公	비녀장 던진 진맹공[128]만을 들었노라.
客興不孤春竹葉	길손 흥은 봄 대나무 잎 저버리지 않았고
年華全屬拒霜叢	화려함은 온전히 거상화[129] 떨기에 있어라.
玄子[130]魘迫三秋盡	현자[131]가 재촉하여 삼추가 다 지나가고
靑女摧殘一夜空	청녀[132]가 손상시켜 하룻밤 만에 텅 비었네.
著意留連好風景	마음은 좋은 풍경을 즐기는 것에 있노니
非君誰作主人翁	그대 아니면 누가 주인옹이 되겠는가.

---

127 [교감기] 살펴보건대, 황순(黃𦐉)이 작성한 『연보(年譜)』에서는 이 작품을 희녕(熙寧) 4년 섭현에서 지은 작품 속에 편입시켰다.

128 진맹공(陳孟公) : 자(字)가 맹공(孟公)인 한나라 진준(陳遵)이 술을 좋아해서 주연을 크게 벌이곤 하였는데, 그때마다 손님들이 가지 못하도록 문을 걸어 잠그고 손님들의 수레바퀴에서 비녀장을 빼내어 우물 속에 던져 넣었으므로, 아무리 급한 일이 있어도 끝내 가지 못했다는 고사가 전한다. 비녀장은 바퀴가 빠지지 않도록 굴대 머리 구멍에 지르는 큰 못이다.

129 거상화(拒霜花) : 목부용(木芙蓉)의 별칭이다. 중추(仲秋) 경에 꽃이 피는데, 추위를 잘 견디어 떨어지지 않으므로 이렇게 이름한 것이라 한다.

130 [교감기] '玄子'가 본래 '元亭'으로 되어 있으나, 고본·건륭본에 의거해 고친다.

131 현자(玄子) : 도교의 신선 중 원군(元君)을 말한다.

132 청녀(靑女) : 상설(霜雪)을 주관한다는 여신(女神)의 이름이다.

70. 거듭 진계장에게 거상화를 보내다. 2수

再贈陳季張拒霜花. 二首[133]

첫 번째 수其一

皷盆莊叟賦情濃	동이 두드린 장자 노인[134] 진한 정 읊조렸고
天遣霜華慰此公	하늘이 거상화 보내어 이 사람 위로했지.
想見尙能迷蝶夢	생각해보면 오히려 나비 꿈에 헤매었지만
移栽聞說自蠶叢	잠총[135]으로 부터 옮겨 심었다고 들었네.
酒傾玉醆垂連[136]盡	옥 술잔에 술 기울여 연거푸 다 마시고
鱠簇金盤下筯空	회 담긴 금빛 그릇은 젓가락질로 비었다네.
秉燭欄邊連夜飲	난간에서 촛불 들고 밤새도록 마시면서
全藤[137]折與賣花翁	등나무 꺾어 꽃 파는 늙은이에게 준다네.

---

133 [교감기] 살펴보건대, 황순(黃䇍)이 작성한 『연보(年譜)』에서는 이 작품을 희녕(熙寧) 4년 섭현에서 지은 작품 속에 편입시켰다.

134 동이 (…중략…) 노인 : 아내의 상을 당함을 말한다. 장자(莊子)의 아내가 죽어 혜자(惠子)가 문상(問喪)하러 갔더니 장자는 다리를 뻗고 앉아서 동이를 두드리며 노래하고 있었다. 이에 그 까닭을 물으니 "본래는 삶이란 것도 형체란 것도 없었는데, 이제 본래 없는 상태로 돌아갔으니 슬퍼할 것이 없다"는 뜻으로 대답하였다.

135 잠총(蠶叢) : 촉(蜀) 땅의 다른 이름이다. 촉왕(蜀王)의 선조 가운데 백성에게 잠상(蠶桑)을 가르친 잠총이라는 이가 있었기 때문에 붙여진 별명이다.

136 連 : 중화서국본에는 '蓮'으로 되어 있으나, 『산곡집(山谷集)』에는 '連'으로 되어 있다.

137 [교감기] '藤'이 고본·건륭본에는 '勝'으로 되어 있다.

두 번째 수其二

倒著接䍦吾素風	접리[138] 거꾸로 쓰는 것이 내 평소 습관인데
當時酩酊似山公	당시에 술에 진탕 취해 산공[139]과 같았지.
且看小檻新花藥	다만 작은 난간에 새로 핀 꽃잎 보노니
休泥他家晩菊叢	다른 집의 늦게 피는 국화 떨기와
	섞이게 하지 말라.
顧[140]笑千金延客醉	천금 돌아보고 비웃으며
	길손 초대해 취하면서
解酲五斗爲君空	해장술 다섯 말을 그대 위해 비운다네.
歡娛盡屬少年事	즐거운 것은 모두 젊은 시절의 일이요
白髮欺人作老翁	백발이 사람 속여 늙은이가 되었구나.

---

138 접리(接䍦) : 백접리(白接䍦)로 두건(頭巾)의 일종이다. 진(晉)나라 산간(山簡)
이 날마다 고양지(高陽池)에 나가서 술에 대취(大醉)하여 백접리를 거꾸로 쓴
채 백마(白馬)를 타고 다녔다는 고사가 있다.

139 산공(山公) : 진(晉)나라 산간(山簡)을 일컫는 말이다. 술을 몹시도 좋아하여 양
양(襄陽)의 고양지(高陽池)에 늘상 나가 노닐면서 번번이 대취(大醉)하여 사람
등에 업혀 오곤 하였다는 고사가 있다.

140 [교감기] '顧'가 본래 '雇'로 되어 있는데, 고본에 의거해 고친다.

71. 두자경이 서회로 돌아가기에 전송하다

送杜子卿歸西淮[141]

雪意渰渰滿面風	눈 올 듯 얼굴 가득 바람이 불어오는데
杜郞馬上若征鴻	두랑은 말 위에서 마치 떠나는 기러기 같네.
樽前談笑我方惜	술잔 앞 담소에 나는 지금 애석하노니
天外淮山誰與同	하늘 밖 회산을 뉘와 함께 하리오.
行望酒簾沽白蟻	가다가 주막 보이면 흰 술을 살 테고
醉吟詩句入丹楓	취해 시구 읊조리며 단풍 숲으로 들어가겠지.
一時眞賞無人共	한 때의 멋진 풍경을 함께 할 이 없다면
尙憶江南把釣翁	오히려 강남에서 낚시하는 노인 생각하시게.

---

141 [교감기] 살펴보건대, 황순(黃𪐴)이 작성한 『연보(年譜)』에서는 이 작품을 희녕
(熙寧) 4년 섭현에서 지은 작품 속에 편입시켰다.

72. 눈 속에 연일 길을 가다가 장난삼아 써서 동료에게 편지처럼 보내다

雪中連日行役, 戲書簡同僚[142]

簡書催出似驅雞	편지 서둘러 쓰니 마치 닭을 모는 듯
聞道飢寒滿屋啼	듣자니, 굶주림 추위에 온 집안 울음바다라네.
炙背宵眠榾柮火	등에 햇볕 쬐고 밤에는 화롯불[143]에 잠을 자고
嚼冰晨飯薩波薑	얼음 씹고 새벽에는 보파의 부추 먹는다오.
風如利劍穿狐腋	바람은 날카로운 검처럼 겨드랑이 파고들고
雪似流沙飲馬蹄	눈은 날리는 모래처럼 말발굽 빠져드네.
官小責輕聊自慰	벼슬 낮아 책무 가벼움으로 스스로 위로하니
猶勝擐甲去征西	갑옷 입고 전쟁터 가는 것보다 낫구려.

---

142 [교감기] 살펴보건대, 황순(黃䇕)이 작성한 『연보(年譜)』에서는 이 작품을 희녕(熙寧) 4년 섭현에서 지은 작품 속에 편입시켰다.

143 화롯불: '골돌(榾柮)'은 옛날에 방구석에 흙으로 난로(煖爐)처럼 만들어 놓고 관솔불을 피워 등불과 난방(煖房)으로 겸용하였다.

73. 이녀에서 장자에게 부치다【희녕 4년 섭현에서 지은 작품이다】
離汝寄張子【熙寧四年葉縣作】

草枯木落晩淒淒	풀 시들고 나무 지는 저물녘 처량하며
目斷黃塵聽馬嘶	눈에는 누런 먼지 가득하고 말은 울어대누나.
想子重行分首處	거듭 길 나서며 떠나는 곳에서 생각해 보니
荒凉巢父井亭西	소보의 정정 서편은 황량하리라.

74. 원례의 「춘회」 10수에 차운하다

次韻元禮春懷. 十首144

첫 번째 수其一

漸老春心不可言	늙어가니 봄날 회포 말할 수 없고
亦如琴意在無絃	또한 거문고의 뜻은 줄 없는 것에 있는 듯.
新花準擬千場醉	갓 핀 꽃은 들판에서 술 취하게 하니
美酒經營一百船	좋은 술을 한없이 마신다네.

두 번째 수其二

春心分付酒盃銷	봄 마음에 술잔만을 비우고 있노니
勿爲浮雲妄動搖	뜬 구름이여 경망하게 움직이지 말라.
試覓金張池館問	시험 삼아 금장145의 지관을 찾아 묻노니
幾人能揷侍中貂	몇 사람이나 시중의 담비 꽂았던가.

---

144 [교감기] 살펴보건대, 황순(黃䕮)이 작성한 『연보(年譜)』에서는 이 작품을 희녕(熙寧) 4년 섭현에서 지은 작품 속에 편입시켰다.

145 금장(金張) : 한(漢)나라 때 공신 세족(功臣世族)인 금일제(金日磾)와 장탕(張湯)을 가리킨다. 금일제 집안은 무제(武帝) 때부터 평제(平帝) 때까지 7대가 내시(內侍) 벼슬을 지냈고 장탕의 자손은 선제(宣帝)·원제(元帝) 이후 시중(侍中)과 중상시(中常侍)를 지낸 사람이 10여 인이나 되었다

세 번째 수其三

故園春色常年早	고향의 봄빛은 해마다 일찍 찾아오니
紅紫知他破幾苞	그곳의 꽃망울 몇 송이 피었겠지.
壓帽花枝如可折	모자 짓누르는 꽃가지를 꺾을 수 있다면
折花手版直須抛	꺾은 꽃과 수판을 곧바로 버릴 것이네.

네 번째 수其四

久無長者回車轍	오래도록 장자의 수레 찾아오는 일 없노니[146]
仲蔚門墻映野蒿	중위의 문과 담장에는 들쑥만이 비추누나.
稍覺春衣生蟣蝨	차츰 봄옷에 이가 생겨남 깨닫노니
南窓晴日照爬搔	남창에서 개인 날에 비추며 이 잡는다네.

다섯 번째 수其五

春來問字有誰過	봄 오자 안부 물으러 오는 이 누구인가
頗覺閒銷日月多	자못 한가로움에 세월이 흘러감 깨닫누나.

---

146 오래도록 (…중략…) 없노니 : 한(漢)나라 진평(陳平)이 젊을 때에 가난하게 살았
는데, 부인(富人) 장부(張負)가 그를 범상치 않게 보고 그를 따라가 본즉, 오막살
이에 떨어진 자리로 문을 달았으나, 문밖에 장자(長者)들이 찾아 왔던 수레바퀴
자국이 많았다. 장부는 진평에게 손녀를 아내 삼아 주었다라는 고사가 있는데,
이와는 반대로 쓴 것이다.

醉裏乾坤知酒[147]聖　　　취중의 건곤으로 주성을 알았으며
貧中風物似詩魔　　　가난 속에도 풍물은 시마와 같구나.

여섯 번째 수其六

春風也似江南早　　　봄바람이 강남에 일찍 부는 듯하니
梅與辛夷鬧著花　　　매화와 신이가 다투듯 꽃 피우네.
自是無言桃李晚　　　이로부터 도리가 늦게 핌 말할 것도 없노니
莫嗔楡柳更萌芽　　　느릅 버들 다시 싹 틔운다고 성내지 마소.

【주석】

自是無言桃李晚 : 보내온 시에 봄이 늦게 온다는 탄식이 있었다.
來詩有春晚之嘆

일곱 번째 수其七

穿花蹴踏千秋索　　　꽃 헤치고 밟고 나가 천추[148]를 찾고
挑菜嬉遊二月晴　　　나물 캐며 즐겁게 노니는 이월의 개인 날.
已被風光催我老　　　이미 세월 속에 나는 늙음 재촉하나

147　[교감기] '酒'가 고본에는 '淸'으로 되어 있다.
148　천추(千秋) : 약초인 오두(烏頭)의 다른 이름이다.

懶隨兒輩遶春城　　게을리 아이들 따라 봄 성을 빙 거닐어 보네.

여덟 번째 수其八

老杜當年鬢髮華　　두보는 당시에 백발이 희끗희끗 했는데도
尙言春到酒須賖　　오히려 봄 오면 외상이라도 술을 샀다오.
不堪詩思相料理　　시 생각에 어떻게 해야 할지 감당 못하니
惱亂街頭賣酒家　　고심 속에 길가의 술집에서 술을 산다오.

아홉 번째 수其九

冉冉光陰花柳場　　흐르는 세월 속에 꽃 버들은
紅飄紫落便蔫黃　　꽃송이 휘날리다 지고 다시 누렇게 시드네.
都無畔岸隨風去　　바람 따라 사라져 언덕에 하나도 없노니
却是游絲意思長　　도리어 아지랑이만 있어 생각 유장하여라.

열 번째 수其十

聞道隣家有酒餠　　듣자니, 이웃집에 술독이 있다하니
三更不臥叩柴扃　　한밤중 잠 못 들고 사립문 두드리네.
我身便是鴟夷榼　　이 몸은 곧바로 치이[149]의 술통이니

肯學離騷要獨醒　　　　감히 『이소』에서 홀로 깬 것을 배우겠는가.

【주석】

　살펴보건대, 공의 「송포원례남귀送蒲元禮南歸」라는 작품에 "삼년섭공성三年葉公城"이라는 구절이 있고 또한 "내 스승은 오창무로, 금성에 옥덕을 갖추었네"라고 했다. 대개 원례는 기주夔州에 거주하고 있었고 역사서를 상고해 보면 공택公擇은 활주滑州에 있다가 복직되어 악주鄂州를 다스리고 있었다.

　按公送蒲元禮南歸詩, 有三年葉公城之句, 又曰, 吾師李武昌, 金聲而玉德. 蓋元禮居夔州, 以史考之, 公擇自滑復職知鄂州耳.

149　치이(鴟夷) : 춘추시대 월왕(越王) 구천(句踐)의 모신(謀臣)인 범려(范蠡)의 별칭이다. 범려가 일찍이 월왕을 보좌하여 오나라를 쳐서 멸망시키고 나서는 월나라를 떠나 오호(五湖)에 배를 띄우고 돌아다니다가 제나라에 들어가서 치이자피(鴟夷子皮)로 성명을 바꾼 고사가 있다.

75. 거듭 원례의 「춘회」 10수에 화답하다【서문을 덧붙인다】

再和元禮春懷 十首【幷序】150

원례元禮 포군蒲君은 성도成都의 멋진 소년으로, 풍조風調가 맑고도 뛰어났으며 술 마시는 것을 좋아했다. 예전에 일찍이 삼협三峽으로 내려 갔고 구의九嶷를 살펴보았으며, 우혈禹穴을 찾았고 도강濤江을 유람했다. 그래서 그의 시가 맑고도 웅장하며 우뚝하고 기이하며, 한 번 붓을 휘두르면 수천 자를 써, 속된 세상의 먼지를 깨끗하게 씻어내어 사람들의 마음을 감동시켰다. 그러나 전당錢塘은 강동江東의 한 도회지로, 풍연風煙과 화월花月이 몇 굽이나 되는지 모를 정도이다. 황홀하게 변화하는 모습이 소년으로 하여금 심취하게 만들어 돌아갈 것을 잊게 만들었다. 원례가 그 전당에 들어가서도 특별한 예우[151]를 받았었다. 그러나 지금은 이미 그 기개가 꺾이고 힘들게 살아가면서 순순히 물러 나와서 조용히 학문과 문장을 하고 있다. 그러나 때때로 술 마신 뒤 열이 귀까지 미치면 조금은 예전의 모습이 나오고 또한 시에 정열을 쏟는다. 무릇 막지 않으면 흐르지 않게 되고 그치게 하지 않으면 행해지지 않는

---

150 [교감기] 살펴보건대, 황순(黃𩐇)이 작성한 『연보(年譜)』에서는 이 작품을 희녕(熙寧) 4년 섭현에서 지은 작품 속에 편입시켰다.

151 특별한 예우 : '담적(啗炙)'은 고기구이를 먼저 먹는 특별한 대우를 받았다는 말이다. 진(晉)나라 왕희지(王羲之)가 어려서 말을 더듬자 그를 기이하게 여기는 사람이 없었는데, 주의(周顗)가 그를 눈여겨보고는 당시에 귀하게 여겼던 소 염통구이를 다른 손님들보다 먼저 권하며 맛보게 하면서부터 그의 이름이 알려지기 시작했다는 고사가 전한다.

것이 사물의 정情이다. 그래서 화류계에서 노닐던 즐거움과 강호에서 떨어진 근심을 극진하게 말하면서 근심에 겨워 피로해짐에 이르러, 더 이상 시를 지을 수 없게 되자 이에 바름으로 돌아왔다고 한다.

元禮蒲君, 成都之佳少年, 風調淸越, 好狎使酒. 頃嘗下三峽, 窺九嶷, 探禹穴, 觀濤江, 故其詩淸壯崛奇, 一揮毫數千字, 澡雪塵翳, 動搖人心. 然錢塘江東一都會, 風煙花月, 不知其幾坊幾曲, 變否¹⁵²恍惚, 使少年心醉而忘反. 元禮蓋入其鄕, 啗其炙者也, 今已折節自苦, 恂恂退避, 從容學問文章, 然時時酒後耳熱, 稍出其故態, 而又激於聲詩. 夫不塞不流, 不止不行, 此物之情也. 故極道狹邪游冶之樂, 江湖契闊之愁, 至蕭然疲役, 不可支持, 乃反之以正云.

첫 번째 수其一

回腸無奈別愁煎	마음 태우는 이별 근심 어찌할 수 없으니
待得鸞膠續斷絃	난교¹⁵³를 얻어 끊어진 줄 잇길 바랄 뿐이네.
最憶錢塘風物苦	전당의 풍물에 고달팠던 일 가장 생각나니
西湖月落採菱船	서호의 마름 따는 배엔 달 저물었지.

---

152 [교감기] '否'에 대해 원교(原校)에서는 "다른 판본에는 '態'로 되어 있다"라고 했다.
153 난교(鸞膠) : 난새[鸞]의 힘줄에서 뽑아낸 아교[膠]를 말한다.

두 번째 수其二

吳中風物最嬌嬈[154]   오중의 풍물이 가장 아름다우니

百里春風酒斾搖   백 리의 봄바람에 술 깃발 휘날렸지.

往往貴人留騎從   종종 귀한 이들과 말 타고 와 노닐었고

少年叢裏貫[155]金貂   소년들 무리 속에는 고관도 있었지.

세 번째 수其三

行雲行雨迷三峽   구름 가고 비 지나 삼협은 희미하고

歸鳳求鳳振九苞[156]   봉황 돌아와 봉황 구하며 꼬리를 흔드네.

月白花紅傾酒滿   달 희고 꽃 붉으면 술 가득 기울이면서

不將春色等閒抛   봄빛을 등한시 여겨 버리지 않았네.

네 번째 수其四

紅紫欲疏啼百勞   꽃송이 드물어지자 온갖 새들 지저대고

洞宮春色醉蟠桃   골짜기 집에서 복숭화 꽃 봄빛에 취했다오.

虛窗酒病扶頭起   빈창에서 술 취한 몸을 일으키면서

---

154 嬈 : 중화서국본에는 '饒'로 되어 있으나, 『산곡집(山谷集)』에는 '嬈'로 되어 있다.

155 貫 : 중화서국본에는 '貫'로 되어 있으나, 『산곡집(山谷集)』에는 '貫'으로 되어 있다.

156 [교감기] 구본에는 이 구절 아래 "鳳尾也"라는 주석이 있다.

強取金釵癢處搔 　　힘써 금비녀 취해 가려운 곳 긁는다오.

다섯 번째 _수其五_

抹[157]裙彩鳳盤宮錦 　　채색 봉황 무늬 치마 입고 궁전 비단에 앉아

揷鬟眞珠絡貝多 　　머리에 진주와 패물 꽂은 것도 많았어라.

酒惡花愁夢多魘 　　술 취하고 꽃에 근심하는 꿈도 많이 꾸었으며

靈砂犀角費頻魘[158] 　　영사[159]와 서각[160]에 자주 시마詩魔 시달렸네.

여섯 번째 _수其六_

玉壺軏軏[161]浸晴霞 　　개인 노을 담긴 술병을 즐기노니

庭有三春接續花 　　뜰에 삼춘이라 꽃 연이어 피노라.

準擬只無難白髮 　　단지 백발에도 무난한 삶이지만

金爐誰爲煮黃[162]芽 　　금빛 화로에 누굴 위해 차를 데울까.

---

157 [교감기] '抹'자 아래 '莫八切'이라는 주석이 있다.

158 [교감기] '魘'에 대해 원교(原校)에서는 "다른 판본에는 '磨'로 되어 있다"라고 했다.

159 영사(靈砂) : 수은과 유황을 섞어 가열하여 결정체로 만든 약으로, 보통 신선의 단약을 가리킨다.

160 서각(犀角) : 무소뿔을 말한다. 진(晉)나라 온교(溫嶠)가 적신(賊臣)들을 토벌하고 우저(牛渚)에 이르렀는데, 물이 측량할 수 없을 정도로 깊고 물속에는 괴물들이 살고 있다고 하였다. 이에 서각에 불을 붙여서 물속을 비추니, 얼마 뒤에 물속에 있던 기이한 모습의 물고기들이 모두 모습을 드러냈다는 고사가 전한다.

161 [교감기] '軏軏'이라 글자 아래 '音擔'이라는 주석이 있다.

일곱 번째 수其七

雨餘花色倍鮮明	비 온 뒤 꽃빛은 더욱 선명하니
最是春深多晚晴	만춘의 저물녘 개인 것 가장 곱구나.
美酒壯人如敵國	좋은 술에 장사는 적국을 대하는 듯
千金一笑買傾城	웃으며 천금으로 경성[163]을 사노라.

여덟 번째 수其八

風光琰琰動春華	봄빛은 따사로워 봄꽃이 터지고
回首煙波萬里賒	고개 돌려 만 리의 먼 이내 물결 보노라.
山似翠屛西子國	산은 서자[164]의 나라 푸른 병풍인 듯
溪如罨畵越王家	계곡은 월가 집안 채색 그림[165]인 듯.

---

162 [교감기] '黃'이 고본에는 '金'으로 되어 있다.

163 경성(傾城) : 경국지색(傾國之色)과 같은 말로, 본디 뛰어난 미인(美人)을 일컫
는 말인데, 전하여 여기서는 색(色)과 향(香)이 모두 다른 꽃에 비할 바 아니라
하여 모란(牡丹)을 천향국색(天香國色)이라 일컫는 데서 온 말이다.

164 서자(西子) : 춘추시대 월(越)나라의 미녀인 서시(西施)로, 전설에 의하면 범려
(范蠡)가 오왕(吳王) 부차(夫差)에게 그녀를 보내 오나라를 패망케 하였다 한다.

165 채색 그림 : '엄화(罨畵)'는 본디 화려한 채색 그림을 가리킨 것으로, 전하여 산수
의 뛰어난 경치를 이른 말이다. 『오흥통지(吳興統志)』에 의하면 절강성(浙江省)
장흥현(長興縣) 서쪽에는 수목(樹木)이 울창하기로 유명한 엄화계(罨畵溪)가
있다고 한다.

아홉 번째 수其九

雙盤錦帶丁香結
窄袖春衫甘草黃
舊贈恐能開寶匣
新年時候夢殘妝

두 받침대와 비단 허리띠에 정향 맺혀 있고
짧은 소매와 봄 적삼에는 감초가 누렇구나.
보갑에 담긴 이전 선물 열어 보기 두려우니
새 봄날의 경치가 꿈속에도 아름답구나.

열 번째 수其十

滯夢停愁亂性靈
安眠滅念閉幽扃
體中忽覺有佳處
讀易一篇如酒醒

잠 못 들면 근심 속에 마음이 어지럽지만
곤히 자면 상념 사라져 그윽한 빗장 닫네.
내 몸이 절로 멋진 곳이 있음 깨달아
『주역』한 편 읽으니 마치 술에서 깨어난 듯.

76. 차운하여 중모의 「야화당사」라는 작품에 삼가 화답하다

【희녕 4년 섭현에서 지은 작품이다】

次韻奉和仲謨夜話唐史【熙寧四年葉縣作】

貞觀規模誠遠大	정관의 규모는 진실로 원대 했지만
開元宗社半存亡	개원의 종사는 절반은 남고 절반은 사라졌네.
才聞冠蓋遊西蜀	벼슬아치 서촉으로 유람 갔다고 들자마자
又見干戈暗洛陽	또 낙양이 전쟁으로 암울해짐을 보노라.
哲婦乘時傾嫡后	철부가 권력 잡자 적후가 기울어졌고[166]
大閽當國定儲皇	대혼이 국정 맡아 저황이 정해졌다오.[167]
傷心不忍前朝事	전조의 일에 마음 아픔을 차마 어이하랴
願作元龜獻未央	원귀[168] 만들어 미앙전에 받치고자 하네.

---

166 철부가 (…중략…) 기울어졌고 : 『시경·첨앙(瞻印)』에서 "명철한 남자는 나라를 이루고 명철한 부인은 나라를 기울게 하네[哲夫成城, 哲婦傾城]"라고 했다. 여기에서의 철부는 양귀비(楊貴妃)를 말한다.

167 대혼이 (…중략…) 정해졌다오 : 안녹산(安祿山)이 태자로 정해졌다는 말이다.

168 원귀(元龜) : 점을 잘 맞추는 큰 거북이라는 뜻이다. 여기에서는 좋은 계책 정도의 의미이다.

77. 무양의 서사에서 예전 글을 썼던 곳에 쓰다
【서문을 덧붙이다. 희녕 2년 섭현에서 지은 작품이다】
書舞陽西寺舊題處【幷序. 熙寧二年葉縣作】

기유년 2월, 무양舞陽에서 싸우다 죽은 사람을 조사하여, 관청에서 만든 부도浮圖가 고을의 서편에 있었다. 식사를 마치고 옷을 벗어 넓은 돌 위에 올려놓다가, 벽 사이에서 예전에 내가 썼던 작품을 보게 되었다. 먼지를 털어내고 붓을 들어 쓸 때를 생각하니, 바라보는 사람이 좌우에 있어, 마치 수백 년 전의 일인 듯 했으니 진실로 지금은 꿈에서나마 억지로 옛 꿈을 기억할 따름이다. 새로 지은 작품으로 예전에 지은 작품을 대체 했는데, 마치 열 손가락이 서로 의지하는 듯 했다. 손바닥을 치면서 담소를 하고 손을 움츠린 채 소매에 넣어 마침내 예전 모습을 이루었지만, 이내 그 옛날이 아님을 깨달았다. 화살이 그 머리를 꿰뚫었는데, 바야흐로 비껴보며 활을 주는 이는 누구인가. 그래서 옛 사람이 일찍이 "만물을 다 살핀다"[169]라는 것으로 말을 했고 "지도리가 비로소 환중環中의 효용을 얻게 되면 무궁한 변화에 대응할 수 있다"[170]

---

169 만물을 다 살핀다 : '묘만물(眇萬物)'은 『주역(周易)』에서 "만물을 기묘하게 생성하는 것을 가리켜 하는 말이다[眇萬物而爲言]"라고 한 구절에 보이는데, 이때 '묘(眇)'는 '진(盡)'의 의미이다.

170 지도리가 (…중략…) 있다 : 『장자·제물론(齊物論)』의 "피(彼)와 시(是)가 상대를 얻지 못하는 것을 도의 지도리라고 하는데, 지도리가 비로소 환중의 효용을 얻게 되면 무궁한 변화에 대응할 수 있다. 이렇게 되면 시(是)도 하나의 무궁이 되고 비(非)도 하나의 무궁이 된다[彼是莫得其偶, 謂之道樞, 樞始得其環中, 而應

라고 말한 것이다. 아아, 아득히 7년의 세월 동안 흥폐興廢와 성패成敗가 바뀌는 일이 많았다. 스스로 그 말을 궁구해 보면, 누가 폐하고 누가 흥하며 누가 성공하고 누가 패하였는가. 보지 않았다면 내가 없는 것이고 내가 아니었다면 봄이 없었을 것이기에 보는 것 없어 본다고 말한 것이다. 지난 말을 가지고 내 말을 살펴보아야 하니, 뒷날 지언자知言者가 마땅히 있을 것이다.

己酉二月, 按鬪死者於舞陽, 授館在縣西浮圖. 食罷, 解衣盤礴, 壁間得往歲書. 思拂塵落筆之時, 觀者左右, 便似數百年事, 信今夢中强記昔夢耳. 新物代故物, 如十指相爲倚伏, 抵掌而談, 縮手入袖, 遂成前塵造形, 乃悟已非其會, 矢貫其首, 方且睨引弓者誰. 故古人嘗眇萬物以爲言, 以謂樞始得其環中, 以應無窮. 嗟乎, 浩浩七年, 其間興廢成壞, 所更多矣. 自其究竟言之, 誰廢誰興, 誰成誰壞, 非見無我, 非我無見, 故曰無所見見. 去言以觀吾言, 後當有知言者.

萬事紛紛日日新	온갖 일 어지럽게 나날이 새로운데
當時題壁是前身	당시에 벽에 쓴 것은 옛날의 몸이었네.
寺僧物色來相訪	사찰 중들이 나와 서로 방문하나
我似昔人非昔人	나도 예전 그 사람 아니요,
	사람들도 옛 사람 아니네.

無窮, 是一無窮, 非亦一窮.]"라고 한 말에 보인다.

78. 이 씨의 정원에서 술을 마시다. 3수

【원풍 원년 북경에서 지은 작품이다】

飮李氏園. 三首【元豊元年北京作】

첫 번째 수其一

小摘來禽興未厭	사과[171] 조금 따니 흥취가 싫지 않고
蔬畦經雨綠纖纖	채소밭에 비 지나자 푸르고 야들야들.
坐分紫石蒲萄下	포도 아래의 돌 위에 자리 잡고 앉으니
不怕龍鬚冐[172]帽簷	용수[173]가 모자에 얽힘 싫지 않아라.

두 번째 수其二

日暮凉風特特來	저물녘 바람 시원하게 불어오니
醉呼紅燭更傳杯	취해 촛불 부르면서 다시 술잔 전하네.
歌闌興盡須歸去	노래와 흥취 끝나면 돌아가야 하니
不用繁蟬抵死催	많은 매미들 죽음을 재촉하지 말라.

---

171 사과 : '내금(來禽)'은 과일의 이름으로, 사과를 말한다.

172 冐 : 중화서국본에는 '冑'로 되어 있으나, 『산곡집(山谷集)』에는 '冐'으로 되어 있다.

173 용수(龍鬚) : 포도나무를 뜻한다. 포도 덩굴의 새순이 용의 수염같이 생겼으므로 한 말이다.

세 번째 수其三

手挼紅杏醉繁香　　　　　붉은 살구 손으로 만지며 향기에 취하면서

回首春前夢一場　　　　　돌아보니, 봄날 이전은 한바탕 꿈이었어라.

便與經營百船酒　　　　　다시 함께 백선의 술을 마시리니

再來應是菊花黃　　　　　거듭 오면 응당 국화는 누렇게 되었으리.

79. 황산에서 자다【희녕 4년 섭현에서 지은 작품이다】

宿黃山【熙寧四年葉縣作】

平時遊此每雍容	평소 이곳서 노닐면 늘 마음 편했는데
掩袂今來對晚風	소매로 눈물 훔치며 지금 와
	저물녘 바람 대하네.
白首同歸人不見	백수로 함께 돌아갈 사람은 보이지 않은데
黃山依舊月明中	황산은 예전처럼 밝은 달 가운데 있구나.

80. 계장의 죽림촌에 쓰다
題季張竹林村174

百畝淸陰十萬竿	만 그루 대나무에 백묘의 푸른 그늘
一溪流水四圍山	시냇물 흐르고 사방을 산이 에워쌌았네.
太平無用經綸者	태평시절이라 경륜 갖춘 이 쓰지 않노니
乞與閑身向此閒	한가한 몸이 이 한가로운 곳 얻고 싶어라.

---

174 [교감기] 살펴보건대, 황순(黃㽕)이 작성한 『연보(年譜)』에서는 이 작품과 더불어 아래 두 작품을 모두 희녕(熙寧) 4년 섭현에서 지은 작품 속에 편입시켰다.

81. 소지재에게 차운하여 답하다

次韻答邵之才

文章眞向古人疏	문장은 진실로 옛사람의 소차疏箚인데
聊有孤懷與世殊	애오라지 외론 회포는 세상과 어긋났구나.
陋質不堪華袞贈	못난 자질로는 멋진 작품을 감당할 수 없지만
可能薏苡似明珠	명주 같은 율무라도 가능하겠는가.[175]

---

[175] 명주 (…중략…) 가능하겠는가 : 후한(後漢) 마원(馬援)이 교지국(交阯國)에서
장기(瘴氣)를 이겨 내려고 율무[薏苡]를 먹다가 귀국할 때 한 수레 가득 그 씨앗
을 싣고 왔는데, 그가 죽은 뒤에 명주(明珠)를 몰래 싣고 왔다고 참소한 자가 있
었다. 『후한서·마원전(馬援傳)』에 보인다.

82. 이경에게 드리다

呈李卿

歌舞如雲四散飛	가무는 구름처럼 사방으로 흩어져 날고
東園籃轝醉歸時	동원에서 가마타고 취하여 돌아왔네.
細看春色低紅燭	붉은 촛불 아래서 봄빛을 자세히 보고
仰折花枝墜接䍦	울 아래 늘어진 꽃가지를 우러러 꺾네.
仙李回風轉長袖	선리[176]의 긴 소매 속으로 바람 불어 들고
野桃侵雨浸燕脂	들 복숭아 비 맞아 붉은 꽃 젖었네.
夜長晝短知行樂	밤 길고 낮 짧아 즐겁게 노닐어야 됨 아니
不負君家樂府詩	그대 집의 악부시를 저버리지 마시게.

---

176 선리(仙李) : 신선 이씨(李氏)라는 뜻으로, 본래 노자(老子)를 가리키는 말이다. 여기에서는 이경을 가리킨다.

83. 6월 비를 애타게 바라다【희녕 7년 북경에서 지은 작품이다】

六月閔雨【熙寧七年北京作】

湯帝咨嗟懲六事	탕왕은 탄식하며 육사로 자책했고[177]
漢庭災異劾三公	한나라에선 재앙 있으면 삼공 탄핵했지.[178]
聖朝罪己恩寬大	성조가 자신을 죄주었고 은혜가 관대한데
時雨愆期旱蘊隆	비가 절기를 어기어 가뭄이 심하구나.
東海得無冤死婦	동해에는 억울하게 죽은 아낙네 없겠는가
南陽疑有臥雲龍	남양에는 구름 속에 누운 용이 있으리라.
傳聞已減太官膳	듣자니, 태관이 수라상의 음식
	이미 줄였다 하니
肉食諸君合奏功	육식하는 제군들 가뭄 해결에
	마음 합쳐야 하네.

---

177 탕왕은 (…중략…) 자책했고 : 은(殷)나라 때의 7년 대한(大旱)에 탕(湯)임금이 기우(祈雨)하면서 여섯 가지 일로써 자책(自責)하기를, "정치가 절도(節度)에 맞지 않는가. 백성이 실직(失職)하였는가. 궁실(宮室)이 높은가. 총애하는 여자의 간청함이 많은가. 뇌물이 행하는가. 참소하는 자가 많은가"라고 하니. 말이 채 끝나기도 전에 큰비가 내렸다고 한다. 『순자(荀子)』에 보인다.

178 한나라에선 (…중략…) 탄핵했지 : 한(漢)나라 제도에서는 재이(災異)가 있으면 삼공(三公)을 면직시켰다.

84. 이미 비를 애타게 기다리는 시를 지었다. 그날 밤에 마침내 비가 내려, 기쁨 속에 잠을 이루지 못했다. 일어나 비가 내림을 기뻐하는 시를 지었다

既作閔雨詩. 是夕遂澍雨, 夜中喜不能寐, 起作喜雨詩[179]

南風吹雨下田塍	남풍이 비 몰아와 밭두둑에 비를 내리니
田父伸眉願力耕	농부는 근심 해결되고 힘써 밭 갈기 원하네.
麰麥明年應解好	보리는 내년에 응당 풍년 들 것이니
簾櫳今夜不勝淸	주렴 아래에서 오늘밤 청아함 못 이기겠네.
直須洗盡焦枯意	곧바로 예전 애태웠던 마음 말끔히 씻기니
不厭屢聞飄洒聲	시원스레 내리는 빗소리
	자주 들어도 싫지 않네.
黃卷腐儒何所用	책이나 읽은 선비 어디에 쓰겠는가
惟將歌詠報昇平	오직 시 읊조리며 태평시대에 보답하리.

---

179 [교감기] 살펴보건대, 황순(黃㽦)이 작성한 『연보(年譜)』에서는 이 작품을 희녕(熙寧) 7년 북경에서 지은 작품 속에 편입시켰다.

85. 공익과 차를 맛보다【원풍 원년 북경에서 지은 작품이다】

公益嘗茶【元豐元年北京作】

子雲窻下草玄經　　자운은 창 아래에서 현경을 쓰는데[180]

寒雀爭喧戶晝扃　　찬 참새는 사립문에서 시끄럽게 지저귀네.

好事應無携酒檻　　좋은 일에는 응당 가져온 술 없는 법

相過聊欲煮茶餅　　서로 만나 애오라지 차를 끓이고자 하네.

---

180 자운은 (…중략…) 쓰는데 : 세상 사람들의 평판 같은 것은 아랑곳하지 않고 저술에 힘쓰고 있다는 말이다. 한(漢)나라 양웅(揚雄)이 『논어』에 견주어 『법언(法言)』을 짓고 『주역』에 견주어 『태현경(太玄經)』을 지었는데, 세상 사람들의 비평을 해명한 그의 「해조(解嘲)」에 "나는 묵묵히 나의 태현을 홀로 지킬 뿐이다 [默然獨守吾太玄]"라는 말이 나온다. 『한서 · 양웅전(揚雄傳)』에 보인다.

86. 내가 이미 섭현의 벼슬에서 옮겨져 마침내 낙수의 물가를 지나다가 며칠 동안 술에 취해 노닐었다

【희녕 4년 섭현에서 지은 작품이다】

予旣不得葉, 遂過洛濱, 醉遊累日【熙寧四年葉縣作】

癯民見我亦悠悠	야윈 백성 날 보고 또한 걱정하고
癯木纍纍滿道周	마른 나무 첩첩이 큰 길에 가득하여라.
飛舃已隨王令化	벼슬살이[181] 이미 왕명에 따라 옮겨가니
眞龍寧爲葉公留	진용이 어찌 섭공 위해 머무르랴.[182]
不能洗耳箕山去[183]	귀 씻은 기산[184]으로 떠나가지 못하노니
且復吹笙洛浦遊	또한 퉁소 불며 낙수의 물가에서 노닌다오.

---

181 벼슬살이 : '비석(飛舃)'은 날아다니는 신발이라는 말로, 지방의 수령을 의미한다. 후한(後漢) 때 하동(河東) 사람 왕교(王喬)가 섭령(葉令)이 되었는데, 신술(神術)이 있어서 매달 삭망(朔望)에 대궐에 나와 조회에 참석하였다. 황제가, 그가 자주 오는데도 수레가 보이지 않는 것을 괴이하게 여겨 태사(太史)로 하여금 몰래 엿보게 하였다. 그러자 태사가, 그가 올 때에는 두 마리의 오리가 동남쪽에서 날아온다고 보고하였다. 이에 오리가 오는 것을 보고 그물을 펴서 잡으니, 단지 신발 한 짝만 있었다. 『후한서·방술열전(方術列傳)』에 보인다.

182 진용이 (…중략…) 머무르랴. : '섭공(葉公)'은 초(楚)나라 섭공자고(葉公子高)이다. 섭공자고는 용을 좋아해서 손이 닿는 곳마다 용 그림을 새겼는데, 진짜 용이 소문을 듣고 그 집에 내려오자 섭공이 혼비백산하여 도망쳤다는 고사가 전한다.

183 [교감기] '去'가 고본에는 '不'로 되어 있다.

184 귀 씻은 기산 : 요(堯) 임금 때에 허유(許由)의 고사이다. 요 임금이 천하를 허유에게 맡기려 하니, 받지 않고 영수(潁水)의 양지쪽 기산(箕山) 아래에 숨었다. 또 불러 구주장(九州長)을 삼으려 하니 허유가 듣지 않고 귀를 더럽혔다 하여 영수에서 씻었다 한다.

舍故趨新歸有分　옛 관직에서 새 관직 임명되어

　　　　　　　　돌아갈 명분 있노니

令人何處欲藏舟　사람 시켜 어느 곳에 배를 숨기고 싶구나.

87. 잡시【원풍 2년 북경에서 지은 작품이다】

雜詩【元豊二年北京作】

迷情淡蕩不知津	세상 미련 사라져 나루 알지 못하니[185]
老却平生夢幻身	늙어 가매 한평생이 꿈속의 일이었네.
滿眼紛華心寂寞	눈앞은 화려하지만 마음은 쓸쓸하니
長安市上酒家人	장안의 시장에서 술 마시는 사람일세.

---

185 나루 알지 못하니 : 어떻게 처신해야 할지 모른다는 말이다. 『논어·미자(微子)』의 "장저와 걸닉이 김매며 밭 갈고 있을 때 공자가 지나가다가 자로를 시켜 나루터를 물어보게 하였다[長沮桀溺, 耦而耕, 孔子過之, 使子路問津焉]"라는 구절에서 연유했다.

88. 조촌 가는 길에【원풍 2년 북경에서 지은 작품이다】

曹村道中【元豐二年北京作】

嘶馬蕭蕭蒼草黃	말은 울어대고 푸른 풀은 시들며
金天雲物弄微涼	가을 풍경에 서늘함이 밀려오네.
瓜田餘蔓有荒壠[186]	오이밭은 남은 넝쿨은 황량한 이랑에 있고
梨子壓枝鋪短墻	배는 가지 짓누르며 짧은 담장에 늘어졌네.
明月風煙如夢寐	밝은 달빛 속 풍연은 마치 꿈인 듯
平生親[187]舊隔湖湘	평생의 친구는 호상 저 너머에 있네.
行行秋興已孤絶	길 가며 가을 흥취는 이미 저버렸지만
不忍更臨山夕陽	다시 산에 석양 내리는 걸 어찌 견디랴.

---

186 [교감기] '壠'이 고본에는 '隴'으로 되어 있다. 살펴보건대, 두 글자는 통용되니, 아래 다시 나와도 교정하지 않겠다.
187 [교감기] '親'이 전본에는 '新'으로 되어 있는데, 고본·건륭본에 의거해 고친다.

89. 멋대로 써서 기복에게 드리다. 3수【치평 3년에 지은 작품이다】

漫書呈幾復. 三首【治平三年作】

첫 번째 수其一

古人踽踽已先登
고인은 홀로 가며 이미 먼저 올랐는데

後學蕭蕭不再興
후학은 쓸쓸하여 거듭 흥취 일지 않노라.

顧我尫羸君勉强
날 보니 절름발이에 병든 몸, 그대 건강하시게

百年漂忽甚風燈
한평생 떠도니 바람 앞의 등불보다 심하다네.

두 번째 수其二

空名不繫身輕重
헛된 명성에 이 몸의 경중 매지 않으니

此道當如命廢興
이 도는 마땅히 천명의 흥폐와 같아야 하네.

髣髴古人前日事[188]
고인의 예전 일을 흉내 내면서

解衣捫蝨對靑燈
옷 벗고 이 잡으며 푸른 등불 대하네.

세 번째 수其三

秋蟲振羽驚寒夢
가을벌레 날갯짓에 찬 꿈이 놀라서

河漢西斜夜獨興
은하수 서쪽으로 기우는 밤 홀로 일어났네.

欲罷不能呼子起
그만두자 해도 되지 않아[189] 자식 불러 깨우니

---

188 [교감기] ‘前日事’가 고본에는 ‘如可作’으로 되어 있다.

新凉宜近讀書燈 　　이제 시원해져 독서의 등불
　　　　　　　　　　가까이 하기 좋다네.

---

189 그만두자 (…중략…) 않아 : 『논어·자한(子罕)』에 안연(顔淵)이 크게 탄식하며, "부자(夫子)의 도(道)는 우러러볼수록 더욱 높고 뚫을수록 더욱 견고하며, 바라 볼 때 앞에 있더니 홀연히 뒤에 있도다. 부자께서는 차근차근히 사람을 잘 이끄 시어 문(文)으로써 나의 지식을 넓혀 주시고 예(禮)로써 나의 행동을 요약해 주 시므로 공부를 그만두고자 해도 그만둘 수 없어 나의 재주를 다하니, 부자의 도 가 내 앞에 우뚝 서 있는 듯한지라, 그를 따라가고자 하나 어디로부터 시작해야 할지 모르겠다[仰之彌高, 鑽之彌堅, 瞻之在前, 忽焉在後. 夫子循循然善誘人, 博我 以文, 約我以禮. 欲罷不能, 旣竭吾才, 如有所立卓爾, 雖欲從之, 末由也已]"라고 한 말이 있는데, 이를 원용하였다.

90. 기복을 머물게 하며 술을 마시다【치평 3년에 지은 작품이다】

留幾復飮【治平三年作】

幾復平生好	기복과는 평생 우호하여
能來屈馬蹄	능히 말 타고 날 찾아 왔다오.
愈風觀草檄	글을 보면 두통이 나았고[190]
刮膜受金箆	금비로 눈꺼풀을 떼어주었네.[191]
藏器時難得	재주 품은 이 때론 얻기 어려운데
忘言物已齊	말 잊은 채 만물을 이미 가지런히 보았네.
買書聊教子	책을 구입해 자식을 가르치면서
讓粟不謀妻	곡식 좇지 않아 아내 위하지 못했네.
碧草迷寒夢	푸른 풀이 찬 꿈에 아른거리고
丹楓落故溪	단풍은 옛 계곡으로 떨어지누나.
爾時千里恨	이때에 천 리로 헤어지는 한 있노니
且願醉如泥	다만 진탕 취하는 것만 바라네.

---

190 글을 (…중략…) 나았고 : '유풍격(愈風檄)'으로 글을 보면 병이 나았다는 말이다. 삼국 시대 진림(陳琳)이 조조(曹操)의 기실(記室)로 있으면서 한 번은 격문을 지어 조조에게 바치니, 때마침 두풍을 앓고 있던 조조는 그 격문을 읽고 기쁜 얼굴로 일어나서 말하기를 "이것이 나의 병을 낫게 했다"라고 했다. 『삼국지(三國志)』에 보인다.

191 금비로 눈꺼풀을 떼어주었네 : '금비(金箆)'는 금으로 만든 젓가락으로, 본디 고대(古代) 인도(印度)의 의사(醫師)가 맹인(盲人)의 안막(眼膜)을 제거해 주는 도구였는데, 전하여 후세에 불가(佛家)에서 중생(衆生)들의 눈을 가리고 있는 무지(無智)의 막(膜)을 금비로 제거해 준다고 한 데서 온 말이다.

91. 거듭 기복을 머물게 하다

再留幾復

客興蔽[192]鶉衣	길손 흥 시든 채 누더기 옷 입고
囊金罄馬[193]蹄	돈주머니 빈 채 말을 탄다오.
羸驂多斷轡	야윈 말은 고삐 끊어지는 것 많고
垢髮不勝笄	먼지 덮인 머리는 비녀도 못 이기네.
道德千年事	도덕은 천 년의 일이요
窮通一理齊	궁통은 하나의 이치로 가지런하네.
晚田猶漑種	저물녘 오히려 밭에 물을 대고
穉子且歸妻	아이 아내와 함께 돌아오네.
徑欲眠漳浦	곧바로 물가에서 잠자고 싶어 해
幾成訪剡溪	얼마나 섬계를 방문했던가.
鄙心須澡雪	비루한 마음 씻어내어야 하나
蓮藕在淤泥	연꽃도 진흙탕 속에 있다네.

---

192 蔽 : 중화서국본에는 '敝'으로 되어 있으나, 『산곡집(山谷集)』에는 '蔽'로 되어 있다.

193 馬 : 중화서국본에는 '裹'로 되어 있으나, 『산곡집(山谷集)』에는 '馬'로 되어 있다.

92. 진정자가 여지를 보내주었기에 사례하다. 3수

【원풍 4년 태화에서 지은 작품이다】

謝陳正字送荔枝. 三首【元豐四年太和作】

첫 번째 수其一

十年梨棗雪中看	십 년 동안 배와 대추 눈 속에 보면서
想見江城荔子丹	강성의 여지 붉은 것 상상했다오.
贈我甘酸三百顆	나에게 시고 단 여지 삼백 개 보내주어
稍知身作近南官	이 몸이 남관 근처에 있음을 알겠어라.

두 번째 수其二

齋餘睡思生湯餅	서재에서 잠 깬 후 탕병 생각났는데
紅顆分甘愜下茶	붉은 과일 보내주어 찻상이 맘에 드네.
如夢泊船甘柘雨	마치 꿈인 듯 배 대니 사탕수수에 비 내리고
芭蕉林裏有人家	파초 숲 사이에 인가가 있어라.

세 번째 수其三

橄欖灣南遠歸客	감람만 남쪽으로 먼 길손 돌아왔는데
煩將嘉菓送蓬門	고맙게도 좋은 과일 쑥대 집에 보내주었네.

紅衣襞積蠻煙潤　　　붉은 옷 주름졌고 오랑캐 이내 윤택하니
白曬丁香之子孫　　　볕 쬔 정향의 자손이로다.

1. 용문의 반수재가 보내온 작품에 답하다
【희녕 4년 섭현에서 지은 작품이다】

答龍門潘秀才見寄【熙寧四年葉縣作】

男兒四十未全老	남아 마흔은 완전히 늙은 것도 아닌데
便入林泉眞自豪	다시 임천으로 들어가니
	참으로 절로 호방해라.
明月淸風非俗物	밝은 달과 맑은 바람은 속된 기운 없노니
輕裘肥馬謝兒曹	가벼운 갖옷에 살찐 말 탄[1] 소인배 멀리하네.
山中是處有黃菊	산 중의 이곳에는 누런 국화 있노니
洛下誰家無白醪	낙수의 물가 어떤 집에 막걸리 없겠는가.
想得秋來常日醉	생각건대, 가을 오면 맨날 취하리니
伊川淸淺石樓高	이천은 맑고 얕으며 돌 누대는 높으리.

---

1   가벼운 (…중략…) 탄 : '경구비마(輕裘肥馬)'는 호화로운 옷을 입고 살진 말을 타
며 부귀를 뽐내는 일을 가리킨다. 공자(孔子)의 제자인 자화(子華)가 가벼우면
서도 따뜻한 옷[輕裘]과 살진 말[肥馬]을 타고서 제(齊)나라로 가자, 공자가 "군
자는 급한 처지의 사람을 보살펴 주지, 저렇게 부귀한 사람은 더 이상 도와줄 필
요가 없다"라고 말한 고사에서 유래한 것이다. 『논어·옹야(雍也)』에 보인다.

2. 장중모에게 차운하여 부치다
寄張仲謀次韻2

風力蕭蕭吹短衣　　　바람 쓸쓸이 불어와 짧은 옷깃 흔들리고

茅簷霜日淡暉暉　　　초가집 처마의 서리는 햇빛이 빛나누나.

天寒塞北雁行落　　　추운 날 변새에는 기러기 행렬 내려앉고

歲晚大梁書信稀　　　한 해 저물도록 대량에는 편지도 드물다오.

湖稻初春雲子白　　　호수 가 벼 비로소 절구질하니 쌀3 하얗고

家雞正有藁頭肥　　　집닭은 볏짚 단 위에 살쪄 있구나.

割鮮炊黍尋4前約　　　생선 자르고 기장밥 짓겠다는 예전 약속

公事可來君不違　　　공사에도 올 수 있노니 그대 어기지 말게.

2　[교감기] 살펴보건대, 황순(黃䇕)이 작성한 『연보(年譜)』에서는 이 작품을 희녕(熙寧) 4년 섭현에서 지은 작품 속에 편입시켰다.

3　쌀 : '운자(雲子)'는 본래 밥알처럼 하얗고 자잘한 자갈을 가리키는데, 두보의 「여호현원대소부연미피득한자(與鄠縣源大少府宴渼陂得寒字)」에서 "밥으로는 하얀 운자를 떠먹고, 오이는 차가운 수정을 씹는 듯하네[飯抄雲子白, 瓜嚼水精寒]"라고 한 데서부터 쌀밥을 비유하는 데에도 쓰인다.

4　[교감기] '尋'이 원래 '庾'로 되어 있는데, 고본에 의거해 고친다.

3. 나그네가 담부에서 왔는데 명인사의 중이라고 했으며, 정소당을 짓고서는 내게 작품을 요구했다

客自潭府來, 稱明因寺僧, 作靜照堂, 求予作5

客從潭府渡河梁	길손이 담부에서 하량 건너와서는
籍甚傳誇靜照堂	정소당을 지었다고 소문이 자자했네.
正苦窮年對塵土	괴롭게도 궁년에 티끌세상 대하노니
坐令合眼夢湖湘	두 눈을 감으며 호상을 꿈꾸리라.
市門曉日魚蝦白	시장엔 새벽 해에 물고기 새우 하얗고
隣舍秋風橘柚黃	이웃집엔 가을바람에 귤과 유자 익어가네.
去馬來舟爭歲月	말 타고 가고 배 타고 오며 세월 다투나
老僧元不下胡6床	노승은 본래 호상7을 내려오지 않는 법.

---

5 [교감기] 살펴보건대, 황순(黃𦿔)이 작성한 『연보(年譜)』에서는 이 작품을 희녕 (熙寧) 4년 섭현에서 지은 작품 속에 편입시켰다.

6 胡 : 중화서국본에는 '湖'로 되어 있으나, 『산곡집(山谷集)』에는 '胡'로 되어 있다.

7 호상(胡床) : 승상(繩床) 또는 교상(交床)이라고도 하는 의자의 일종으로, 간편 하게 접을 수 있도록 윗부분을 노끈으로 얽어 만들었는데, 보통 관원들이 하인에 게 갖고 다니게 하거나 사찰에서 승려들이 사용하였다.

4. 잡시. 7수【희녕 4년 섭현에서 지은 작품이다】
雜詩. 七首【熙寧四年葉縣作】

첫 번째 수其一

此身天地一蘧廬	이 몸은 천지 간 한 오두막에 있노니
世事消磨綠鬢疏	세상일 사라지고 푸른 머리도 드물구나.
畢竟幾人眞得鹿	마침내 몇 사람이나 참으로 사슴 얻었나[8]
不如[9]終日夢爲魚	종일 꿈속에 물고기가 됨[10]만 못하리라.

두 번째 수其二

營巢燕燕幾時休	둥지 짓는 제비는 어느 때나 쉬려나

---

8 사슴 얻었나 : 옛날에 정(鄭)나라 사람이 땔나무를 하러 갔다가 사슴을 잡아 가지고 남이 볼까 봐 깊은 구덩이에 감춰 두고 파초(芭蕉) 잎으로 덮어 놓고는 좋아서 어쩔 줄을 몰랐다. 이윽고 그 사슴 감춰 둔 곳을 잊어버리고는 마침내 꿈이라 여기고 길을 가면서 계속 그 사실을 혼자 중얼거리고 있었다. 곁에서 그 말을 들은 자가 마침내 그의 말대로 그곳을 찾아가 사슴을 취하고, 그가 집에 돌아가서는 아내에게 말하기를 "아까 땔나무하던 사람은 꿈에 사슴을 얻고도 그곳을 알지 못했고, 내가 지금 그 사슴을 얻었으니, 저 사람은 참으로 꿈을 꾼 사람일 뿐인 것이다[向薪者夢得鹿而不知其處, 吾今得之, 彼直眞夢者矣]"라고 했다는 데서 온 말이다. 『열자·주목왕(周穆王)』에 보인다. 전하여 인간의 흐리멍덩한 삶 또는 득실(得失)의 무상(無常)함을 비유한다.
9 如 : 중화서국본에는 '知'로 되어 있으나, 『산곡집(山谷集)』에는 '如'로 되어 있다.
10 꿈속에 물고기가 됨 : 『장자』에서 "또한 그대는 꿈에서 새가 되어 하늘에 오르기도 하고 꿈에서 물고기가 되어 연못에 잠길 수도 있네[且汝夢爲鳥而厲乎天, 夢爲魚而沒於淵]"라고 했다.

在處成家春復秋	쉴 집을 짓자 봄이 가을 되었네.
歲歲自來還自去	해마다 절로 와서 절로 떠나가노니
主人無厭客無求	주인도 싫어 않고 길손도 바람 없네.

세 번째 수其三

館甥宮裏歎才難	관생궁[11]에선 재난[12]에 탄식하는데
當日同朝聽百官	그때 함께 조정에서 백관의 자리에 있었지.
光武早知堯舜事	광무는 일찍이 요순의 일을 알았지만
只今那得子陵灘	단지 지금 어찌 자릉탄[13]을 얻으리오.

네 번째 수其四

少年不愛萬金身	젊은이는 만금의 몸 아끼지 않고

---

11 관생궁(館甥宮) : 생질이 머무는 궁궐을 말하는 것으로, 『맹자』에서 "요 임금이
     생(甥)을 이실(貳室)에 묵게 했다[帝館甥於貳室]"라고 했다.
12 재난(才難) : 인재 얻기가 어렵다는 말이다. 『논어·태백(泰伯)』의 "인재 얻기가
     어렵다고 하였는데, 그 말이 맞다고 해야 하지 않겠는가[才難, 不其然乎]"라는
     공자(孔子)의 말에서 유래했다.
13 자릉탄(子陵灘) : 중국 후한(後漢) 광무제(光武帝) 때의 은사(隱士) 엄광(嚴光)
     이 머물렀던 엄릉탄(嚴陵灘)을 말한다. 엄광은 광무제와 어릴 적 친구였는데, 광
     무제가 제위에 오른 뒤에 성명을 고치고 숨어 살았으며, 끝내 벼슬을 사양하고
     부춘산(富春山)에 은거하였다. 이에 후인들이 그가 낚시질하던 곳을 '엄릉탄'이
     라 하였다.

歌舞尋春愁送春　　봄 찾아 가무 즐기고 가는 봄에 근심하네.

滿眼紛華心寂寞　　눈앞은 화려하지만 마음은 쓸쓸하니

長安市上酒家人　　장안의 시장에서 술 마시는 사람일세.

다섯 번째 수其五

薰爐茶鼎偶然同　　화로에 차 끓이며 우연히 함께 하니

晴日鴉啼柿葉風　　개인 날 까마귀 울고 감잎 바람에 날리네.

萬事盡還麴居士　　만사는 모두 국거사[14]에게 돌아가니

百年常在大槐宮　　한평생 늘 대괴궁[15]에 있었다오.

여섯 번째 수其六

古屋清寒雪未消　　옛 집은 청한하고 눈 녹지 않았는데

小窗晴日展芭蕉　　작은 창에 개인 날 파초가 늘어졌네.

酸甘荔子嘗春酒　　시고 단 여지에 봄 술을 맛 보며

更碾新芽薦菊苗　　다시 새 싹 갈고 국화 묘종 심누나.

14　국거사(麴居士) : 술을 의인화한 말이다.

15　대괴궁(大槐宮) : 괴안국(槐安國)을 말한다. 당(唐)나라 때 순우분(淳于棼)이란 사람이 괴목(槐木) 아래에서 술에 취해 잠들었다. 꿈속에서 검은 옷을 입은 사자(使者)를 따라 괴안국에 가서 국왕의 사위가 되고 남가군(南柯郡)의 태수가 되어 부귀영화를 다 누리고 깨어 보니 꿈이었다는 고사가 있다.

일곱 번째 수其七

碧窓凉簟唯便睡	푸른 창의 시원한 대자리는 잠자기 좋고
露井無塵蔭綠槐	이슬 내린 우물 먼지 없고
	푸른 회나무 그늘졌네.
夢入醉鄕猶病渴	꿈에 술 고을에 들어가니 오히려 목이 말라
轆轤聲到枕邊來	잠자리 주변으로 도르래 소리 들려오네.

【주석】

분녕본分寧本에서 "살펴보건대, 황순黃㘈이 작성한 『연보年譜』에서는 여섯 번째 수에 이 주석이 실려 있다. 공의 진적眞蹟이 있는데, 그 진적에서는 "요사이 사천師川을 보고서 제현들의 「화남탑제벽和南塔題壁」이란 작품을 기록하여 보여주었는데, 나의 졸렬하고 쭉정이 같은 작품이 맨 앞에 있는 것이 대단히 부끄러웠다. 돌아와 풀 사이를 살펴보니, 한 편의 작품이 있었는데, 벽에 쓴 작품과는 달랐고 벽에 쓰여진 글씨가 졸렬한 내 글씨인지 알 수 없었다. 지금 기록하여 빈노邠老에게 올리면서 손수 쓴 이 작품을 제거했다"라 했다. 이 작품은 "화로에 차 끓이며 잠시 함께 하니, 추운 날 까마귀 울고 감잎 바람에 날리네. 만사가 모름지기 국거사麴居士에게 돌아가니, 한평생 단지 괴안궁槐安宮에 있었다오"라는 것이다. 그리고 여덟 번째 수는 본래 제6권에 실려 있고 제목은 「무릉武陵」이다. 지금 상세히 기록하여 이로써 살피는 자들을 위해 대비한다"라고 했다.

分寧本云, 按啻注載第六首, 公有眞蹟云, 比見師川, 錄示諸賢和南塔題壁詩, 甚愧老拙簸秖在前也. 歸閱計草中, 有一篇與壁題異, 不知壁間字是拙筆否, 今錄上邪老, 刮去手寫此篇. 薰爐茶鼎暫時同, 寒日鴉啼柿葉風. 萬事須還麴居士, 百年只在槐安宮. 而第八首元載第六卷, 題作武陵.[16] 今詳錄之, 以備觀覽.

---

16 [교감기] '무릉(武陵)'의 시는 『산곡외집시주(山谷外集詩注)』 권2에 보인다.

5. 한삼가에서 술을 마시고 취한 이후에야 비로소 밤비가 내린 줄 알았다

飮韓三家, 醉後始知夜雨[17]

醉臥人家久未曾	오래도록 인가에서 취해 누운 일 없었는데
偶然樽俎對靑燈	우연히 푸른 등불 아래 술을 마시었네.
兵廚欲罄浮蛆甕	보병 주방[18]의 익은 술이 텅 비려 하자
饋婦初供醒酒冰	부인이 비로소 성주빙을 내어오네.

【나는 늘 술 취한 후에는 수정회水晶鱠[19]를 마셔서 성주빙醒酒冰[20]으로 삼으니, 술꾼들이 모두 이것을 지언知言이라고 여겼다】

【予常醉後字水晶鱠爲醒酒冰, 酒徒皆以爲知言】

只見眼前人似月	다만 눈앞에 보이는 것 달 같은 사람이니
豈知簾外雨如繩	어찌 주렴 밖에 줄줄 비가 온줄 알았으랴.
浮雲不負靑春色	뜬구름이 푸른 봄빛을 저버리지 않았노니
未覺新詩減杜陵	새로 지은 시가 두릉보다 못함도 깨닫지 못하네.

---

17 [교감기] 살펴보건대, 황순(黃𩽁)이 작성한『연보(年譜)』에서는 이 작품을 희녕 (熙寧) 4년 섭현에서 지은 작품 속에 편입시켰다.

18 보병(步兵) 주방 : 죽림칠현(竹林七賢)의 한 사람인 완적(阮籍)이 보병교위(步 兵校尉)의 자리가 비었는데 그 부서의 주방에 좋은 술 300섬이 있다는 말을 듣고 혼쾌히 교위가 되기를 자청하여 부임하여서는 매일 유령(劉伶)과 함께 취하도록 술을 마셨다 한다.

19 수정회(水晶鱠) : 음식을 끓여서 조리하는 법 가운데 하나로, 수정회(水精膾)라 고도 한다. 해장국의 일종으로 보인다.

20 성주빙(醒酒冰) : 해장국을 말하는 것으로 보인다.

6. 장중모가 강에서 잡은 잉어를 보냈는데 아직 오지 않았기에 장난삼아 시를 지어 재촉하다

張仲謨許送河鯉未至, 戱督以詩21

浮蛆琰琰動春醅	옥 같은 거품 부글부글 봄 술 익어가고
張仲臨津許繪材	장중은 나루터에서 고기 잡는 재주 있네.
鹽豉欲催蓴菜熟	순채 나물 익어가 양념을 재촉하노니
霜鱗未貫柳條來	물고기 버들가지에 꿰지도22 않은 채 보냈네.
日晴魚網應曾曬	개인날 물고기 그물 응당 볕을 쬘 것이고
風軟河冰必暫開	부드런 바람에 강물 얼음 반드시 쪼개질 테지.
莫誤曉窗占食指	새벽 창에서 식지 움직이는 것23 어기지 말게
仍須持取報章回	모름지기 고맙다는 편지를 보내게 해주오.

---

21 **[교감기]** 살펴보건대, 황순(黃䜣)이 작성한 『연보(年譜)』에서는 이 작품을 희녕(熙寧) 4년 섭현에서 지은 작품 속에 편입시켰다.

22 버들가지에 꿰지도 : 『석고문(石鼓文)』에서 "잡히는 물고기 무엇인가, 서어와 잉어라네. 무엇으로 꿰었던가, 버들가지라네[其魚維何, 維鱮維鯉. 何以貫之, 維揚與柳]"라고 했다.

23 식지(食指)가 움직이는 것 : 『좌전』에서 정자가(鄭子家)가 "예전에 내 식지(食指)가 이렇게 움직이면 반드시 별미(別味)를 먹었다[他日我如此, 必嘗異味]"라고 했다.

7. 장중모의 「범주」라는 시에 화답하다

和答張仲謨泛舟之詩[24]

雲容天影水中搖	구름과 하늘 그림자 물속에 흔들리고
分坐船舷似小橋	배에 자리 잡고 앉으니 마치 작은 다리인 듯.
聯句敏於山吐月	산이 토해 내는 달을 민첩하게 시로 엮으며
擧觴疾甚海呑潮	술잔 드는 것 조수 밀려드는 것보다 빠르네.
興來活臠牛心熟	흥겨우면 막 잡은 고기
	싱싱한 우심[25]을 익히고
醉罷紅鑪鴨脚焦	취한 뒤엔 이글이글 화롯불에 압각[26]을 굽네.
公子翩翩得眞意	공자는 날듯이 참된 뜻을 얻었노니
馬蹄塵裏有嘉招	말발굽의 먼지 속에 좋은 초대 있어라.

---

24 [교감기] 살펴보건대, 황순(黃䇐)이 작성한 『연보(年譜)』에서는 이 작품을 희녕(熙寧) 4년 섭현에서 지은 작품 속에 편입시켰다.

25 우심(牛心) : 소의 염통이라는 뜻이다. 진(晉)나라 왕희지(王羲之)가 어려서 말을 더듬자 그를 기이하게 여기는 사람이 없었는데, 주의(周顗)가 그를 눈여겨보고는 당시에 귀하게 여겼던 소 염통구이를 다른 손님들보다 먼저 권하며 맛보게하면서부터 그의 이름이 알려지기 시작했다는 고사가 전한다. 『진서·왕희지열전(王羲之列傳)』에 보인다.

26 압각(鴨脚) : 은행(銀杏)의 별칭이다. 잎 모양이 오리류의 발가락을 닮았다고 해서 생긴 이름이라는 설과 나무뿌리가 물오리 발처럼 발가락 사이가 붙어 있어생겼다는 설이 있다.

8. 오이를 먹다 생각이 일어

食瓜有感27

暑軒無物洗煩蒸	더운 집에 무더위 쫓을 물건 없어
百菓凡材得我憎	온갖 과일의 평범한 것 내 물리누나.
蘚井筠籠浸蒼玉	이끼 낀 우물에 푸른 옥 담은 바구니 담그고
金盤碧筋薦寒冰	금빛 쟁반 푸른 젓가락에 찬 얼음 올리네.
田中誰問不納履	밭에서 누가 불납리28를 물을 것인가
坐上適來何處蠅	어느 곳의 파리가 자리로 마침 날아오누나.
此理一盃分付與	오이 먹으며 한 잔 술 나눠 부으면서
我思明哲在東陵	동릉에 있는 명철한 이29 생각한다오.

---

27 [교감기] 살펴보건대, 황순(黃薈)이 작성한 『연보(年譜)』에서는 이 작품을 희녕(熙寧) 4년 섭현에서 지은 작품 속에 편입시켰다.

28 불납리(不納履) : 오이밭에서 신 끈을 고쳐 매지 않는다는 말로, 다른 사람의 혐의를 받지 않아야 한다는 것이다. 『악부시집·군자행(君子行)』에서 "군자는 환란을 미연에 방지하여, 혐의를 받을 만한 처신을 하지 않나니, 오이밭을 지나갈 때에는 몸을 구부려서 신 끈을 고쳐 매지 않고, 오얏나무 밑에서는 손을 들어서 모자를 바루지 않는다[君子防未然, 不處嫌疑間. 瓜田不納履, 李下不整冠]"라고 했다.

29 동릉에 (…중략…) 이 : 진(秦)나라 때 동릉후(東陵侯)에 봉해진 소평(邵平)이 진나라가 망한 뒤에 포의(布衣)로 가난하게 살면서 장안성(長安城) 청문(青門) 즉 동문(東門) 밖에서 오이밭을 일구며 유유자적하게 은사(隱士)의 생활을 즐겼는데, 그의 오이 맛이 좋았으므로, 사람들이 동릉과(東陵瓜) 혹은 청문과(青門瓜)라고 불렀던 고사가 전한다. 『사기·소상국세가(蕭相國世家)』에 보인다.

9. 길을 가다 공수에게 부치다

【희녕 5년 섭현에서 북경에 이르러 지은 작품이다】

道中寄公壽【熙寧五年自葉赴北京作】

坡陁羸馬暮雲昏	비탈길 야윈 말에 저녁 구름 어두워지니
苦憶兎園高帝孫	토원의 고제 손자[30]가 심히 생각나누나.
子舍芝蘭皆可佩	자사[31]는 지초 난초를 모두 찰 만하고
後房桃李總能言	뒷방의 도리는 모두 말을 할 수 있으리.
鞦韆門巷火新改	골목에서 그네 타고 불씨 새로 바뀌며[32]
桑柘田園春向分	산뽕나무의 전원에는 봄 한창이리라.
病酒相如在行役	술병 든 사마상여가 행역에 있노니
梁王誰與共淸樽	양왕은 뉘와 더불어 맑은 술 마시려나.[33]

---

30 토원의 고제 손자 : '고제손(高帝孫)'은 양(梁)나라 효왕(孝王)을 말한다. 효왕은
   토원(兎園)을 만들어, 거기에서 술에 취해 춤추고 즐긴 바 있다. 『사기·사마상여
   열전(司馬相如列傳)』에 보인다.

31 자사(子舍) : 고을 수령의 아들이 거주하는 집을 이른다.

32 불씨 새로 바뀌며 : 옛날에 1년 사계절 동안 계절마다 나무를 바꾸어 불씨를 취했
   던바, 즉 봄에는 느릅나무와 버드나무[楡柳]에서, 여름에는 대추나무와 은행나
   무[棗杏]에서, 늦여름에는 뽕나무와 산뽕나무[桑柘]에서, 가을에는 떡갈나무와
   참나무[柞楢]에서, 겨울에는 홰나무와 박달나무[槐檀]에서 각각 불씨를 취했던
   데서 온 말이다. 『주례·하관(夏官)』에 보인다.

33 술병 (…중략…) 마시려나 : 한(漢)나라의 사마상여(司馬相如)가 탁문군(卓文君)
   을 만나 몰래 도망쳤다가 다시 돌아와 임공(臨邛)에서 술집을 차려 놓고 살았던
   고사를 말한다. '양왕(梁王)'은 서한(西漢)의 양 효왕(梁孝王)으로, 양 효왕이 양
   원(梁苑)이라는 정원을 개봉시(開封市) 동남쪽에 만들어 놓고는 당시의 명사들
   을 불러 놀았는데, 당시에 사마상여가 상객(上客)으로 자주 갔다. 『사기·사마

상여열전(司馬相如列傳)』에 보인다.

10. 길을 가다가. 잡편 6수

行邁. 雜篇 六首

첫 번째 수其一

簇簇深紅間淺紅	촘촘한 짙붉은 빛 가운데 옅은 분홍 빛
苦才多思是春風	고달픈 재주와 많은 생각 속에 봄바람 불어오네.
千村萬落花相照	온갖 마을에 지는 꽃이 서로 비추나니
盡日經行錦繡中	종일 길을 가니 마치 비단 속 걷는 듯.

두 번째 수其二

白白紅紅相間開	희고 붉은 꽃이 사이사이 피어났고
三三五五踏靑來	삼삼오오 모여 답청을 나왔구나.
戲隨蝴蝶不知遠	나비 따라 장난하며 먼 줄도 몰랐는데
驚見行人笑却回	행인 보고 놀라 웃으며 돌아가누나.

세 번째 수其三

村落人家桃李枝	마을의 인가에는 복숭아 도리나무
無言氣味亦依依	말없지만 핀 꽃은 또한 예전 그대로네.

可憐憔悴蓬蒿底　　　　불쌍토다, 초췌하게 가난한 집에 있으면서
蜂蝶不知春又歸　　　　벌 나비도 알지 못한 채 봄이 또 가노니.

네 번째 수其四

杏村桃塢春三月　　　　살구 마을과 복숭아 언덕에 봄 삼월인데
少有人家不出遊　　　　인가는 드물어 봄놀이도 나오지 않누나.
一顧雖無傾國色　　　　돌아보매 비록 경국지색은 없다지만
千金肯爲使君留　　　　천금을 사군을 위해 머물게 하리라.

다섯 번째 수其五

滿院靑楊吐白綿　　　　집 가득한 푸른 버들 흰 솜 토해내니
未多柳絮解漫天　　　　많지 않은 버들 솜이 하늘에 휘날리네.
野人豈會斷優劣　　　　들사람과 어찌 우열을 나눌 수 있으랴
只問床頭沽酒錢　　　　다만 상머리에서 술 살 돈을 묻노라.

여섯 번째 수其六

十日狂風桃柳[34]休　　　열흘의 거센 바람에 복숭아 도리 떨어지니

34　[교감기] '柳'가 고본에는 '李'로 되어 있다.

常因酒盡覺春愁   늘 술 다 마시면 봄 시름 깨닫는다오.
泰山爲肉釀滄海   태산을 고기로 삼고 푸른 바다를 술 삼으면
料得人間無白頭   인간 세상에는 흰머리 없겠지.

11. 거현재【희녕 4년 섭현에서 지은 작품이다】
去賢齋【熙寧四年葉縣作】

爭名朝市魚千里	명성 다투던 조정에서 물고기는 천 리였고[35]
觀道詩書豹一斑	시서에서 도를 살핀 것 표범의 한 무늬였네.[36]
末俗風波尤浩渺	말속의 풍파는 더욱 아득하기만 하고
古人廉[37]陛要躋攀	옛 사람 염폐[38]에
	차근차근 오르길 요구했다오.
蟷蜋怒臂當車轍	사마귀는 성난 팔로 수레바퀴와 싸웠고[39]

---

35 물고기는 천 리였고 : '어천리(魚千里)'는 어항 속에 담긴 물고기가 그 주위를 돌아다니면서 몇천 리나 되는 것처럼 오인하고 즐겁게 노닌다는 말이다. 『관윤자(關尹子)』에 "동이로 못을 만들고 돌로 섬을 만들면 물고기가 그 속을 헤엄치면서 몇천 리나 되는지 모르고 끝없이 노닌다"라고 한 데서 온 말이다.

36 표범의 한 무늬였네 : '표일반(豹一斑)'은 표범의 한 무늬만을 본다는 것으로 협소한 시각을 말한다. 진(晉)나라 왕헌지(王獻之)가 소년 시절에 도박 놀음을 옆에서 지켜보다가 훈수를 하자, 그 어른들이 "대롱으로 표범을 보고는 그 반점 하나만을 보는 식이다[管中窺豹, 見一斑]"라고 비웃었던 고사가 있다. 『세설신어·방정(方正)』에 보인다.

37 [교감기] '廉'이 본래 '簾'으로 되어 있으나, 고본에 의거해 고친다.

38 염폐(廉陛) : 전각의 모서리라고 하는데 계단 위와 당과의 사이에 있는 빈 곳을 이르는 것으로 보인다. 『한서·가의전(賈誼傳)』에서 "계단이 아홉 등급 이상이 되어 전당의 모서리가 땅과 멀면 당이 높다[陛九級上, 廉遠地則堂高]"라고 했다. 학자는 마땅히 등급을 뛰어넘어 올라가서는 안 되고 도에 반드시 점진적으로 나아가야 함을 의미한다.

39 사마귀는 (…중략…) 싸웠고 : 당랑거철(螳螂拒轍), 즉 제(齊)나라 장공(莊公)이 사냥을 나가는데 사마귀가 앞발을 들고 수레바퀴를 멈추게 하려 했다는 『장자·인간세(人間世)』의 이야기에서 나온 것으로, 자신의 힘은 생각하지 않고 무모하게 덤벼드는 행동을 비유하는 말이다.

鸚鵡能言著鏁關　　앵무새는 말할 수 있으나 새장에 갇혔네.[40]

顧我安知賢者事　　내가 어찌 현자의 일을 알 수 있으랴

松風永日下簾間　　긴 날 솔바람만이 주렴으로 불어오네.

40　앵무새는 (…중략…) 갇혔네 : 『예기·곡례(曲禮)』에서 "앵무새는 말할 수 있지만
　　새에서 벗어날 수 없다[鸚鵡能言, 不離飛鳥]"라고 했다. 유우석(劉禹錫)의 「화낙
　　천앵무(和樂天鸚鵡)」에서 "누가 총명하고 아리따운 앵무새를, 깊은 조롱에 가둬
　　두려 하는가[誰遣聰明好顏色, 事須安置入深籠]"라고 했다.

12. 수노가에서 주렴 너머로 비파 소리를 듣다

【원풍 2년 북경에서 지은 작품이다】

粹老家隔簾聽琵琶【元豐二年北京作】

馬卿勸客且無喧	마경이 길손 머물게 하나 고요하기만 하여
請以侍兒臨酒樽	종 아이에게 부탁해 술동이에 있게 했네.
妝罷黃昏簾隔面	단장 마치고 황혼녘에 주렴 너머에 있게 하고
曲終淸夜月當軒[41]	곡조 마치니 청아한 밤 달빛 집에 내리었네.
絃絃不亂撥來往	비파 줄 가지런히 오가면서 연주하니
字字如聞人語言	가락가락 마치 사람들의 말소리 듣는 듯하네.
千古胡沙埋妙手[42]	천 년 전에 오랑캐 사막에 묘수를 묻었노니[43]

---

41 [교감기] '妝罷 (…중략…) 當軒' 두 구절에 대해 원교(原校)에서는 "다른 판본에
   는 '一曲明妃愁夜月(고본에는 「絶塞」로 되어 있다), 數聲啄木響春山'이라고 되어
   있는데, '山'이란 글자는 하나의 운자를 빌린 것이다"라고 했다.

42 [교감기] '手'에 대해 원교(原校)에서는 "다른 판본에는 '質'로 되어 있다"라고 했다.

43 천 (…중략…) 묻었노니 : 한(漢)나라 원제(元帝) 때의 궁녀인 왕소군(王昭君)과
   관련된 일이다. 원제는 후궁이 매우 많아서 화공(畫工) 모연수(毛延壽)를 시켜
   궁녀들의 용모를 그려 오게 하여 그 그림을 보고 궁녀를 골라서 합방을 하곤 하였
   다. 그래서 궁녀들이 모두 화공에게 뇌물을 주어 자기 용모를 예쁘게 그려 달라
   고 청탁을 하였으나, 유독 왕소군은 그에게 뇌물을 주지 않아서 한 번도 임금의
   은총을 입어 보지 못하였다. 뒤에 흉노(匈奴) 호한야선우(呼韓邪單于)가 입조
   (入朝)하여 미인을 요구하자, 원제가 왕소군의 얼굴을 알지 못한 나머지, 그녀를
   보내라고 명하였다. 왕소군은 융복(戎服)을 입고 말에 올라 비파(琵琶)를 타면
   서 변새(邊塞)를 나갔는데, 흉노로 떠날 때에 원제가 그를 불러서 보니 후궁 가운
   데 가장 미인이었으므로 뇌물을 받은 모연수 등 여러 화공들은 기시형(棄市刑)
   에 처해졌다고 한다. 『한서·흉노전(匈奴傳)』에 보인다.

豈如桃李在中園　　　어찌 복숭아 오얏이 뜰에 있는 것과 같겠는가.

13. 강남【원풍 2년 북경에서 지은 작품이다】

江南【元豐二年北京作】

夢寂[44]江南未得歸	꿈에서도 강남으로 돌아가지 못하노니
清波鷗子上鉤肥	푸른 물결에 물새, 낚시 바늘에 살찐 물고기.
五年身屬官[45]倉米	5년 동안 이내 몸은 벼슬살이 했노니
輸與漁人坐釣磯	옮겨가 어부와 낚시터에 앉고 싶구나.

44　[교감기] '寂'이 고본에는 '寐'로 되어 있다.
45　[교감기] '官'이 본래 '宮'으로 되어 있으나, 고본·건륭본에 의거해 고친다.

14. 길을 가다 경진에게 부치며 더불어 유원진에게 편지 삼아 보내다【희녕 5년 북경에서 지은 작품이다】

道中, 寄景珍, 兼簡庚元鎭【熙寧五年北京作】

傳語濠州賢刺史	듣자니, 호주의 자사는 어질다 하니
隔年詩債幾時還	해 지난 시 빚을 언제나 갚으려나.
因循樽俎疏相見	늘 그렇듯 술자리에서 서로 봄 드물어
棄擲光陰只等閒	흐르는 세월 속에 다만 등한시했다오.
心在靑雲故人處	마음은 푸른 구름 드리운 벗 있는 곳에 있으나
身行紅雨亂花間	몸은 꽃비 날리는 흐드러진 꽃 사일 거니네.
遙知別後多狂醉	멀리서도 알겠어라,
	헤어진 후 진탕 취함 많으리니
惱殺江南庚子山	강남의 유자산 너무도 그립구나.

15. 경진의 「도미」라는 작품에 차운하다

次韻景珍酴醿[46]

莫惜金錢買玉英	돈으로 옥 같은 꽃 사는 것 아끼지 말라
擔頭春老過淸明	늦봄에 머리에 꽂으며 청명시절 보내누나.
天香國艶不著意	천향의 국염[47]에 마음 두지 않았노니
詩社酒徒空得名	시 모임에서 술꾼[48]이라는 헛된 명성만 얻었네.
及此一時須痛飲	이때에 미쳐서는 한 번 진탕 취해야 하지만
已拚三日作狂酲[49]	이미 사흘 동안이나 미친 듯 취해 있었다오.
濠州園裏都開盡	호주의 뜨락엔 모두 피었다 졌으리니
腸斷蕭蕭雨打聲	소소히 내리는 비 소리에 애간장 끊어지네.

46 [교감기] 살펴보건대, 황순(黃𥮮)이 작성한 『연보(年譜)』에서는 이 작품을 희녕(熙寧) 5년 북경에서 지은 작품 속에 편입시켰다.

47 천향의 국염 : '국염(國艶)'은 국중에서 가장 아름답다는 뜻으로 쓰인다. 이 말은 소식(蘇軾)의 「재용전운(再用前韻)」에서 "나부산 아래 매화 마을의 매화는, 옥설로 뼈를 삼고 얼음으로 넋을 삼았네. (…중략…) 선생은 외로이 강해 가에 사노라니, 병든 학이 황량한 동산에 깃든 듯 쓸쓸하거늘, 천향 풍기는 국염을 어찌 돌아보려 하리오, 내 익은 술 마시고 내 시 청온함만 알 뿐이라네[羅浮山下梅花村, 玉雪爲骨氷爲魂. (…중략…) 先生索居江海上, 悄然病鶴棲荒園. 天香國艶肯相顧, 知我酒熟詩淸溫]"라고 한 데서 온 말이다.

48 술꾼 : '주도(酒徒)'는 술꾼을 말한다. 『사기』에서 "역이기(酈食其)가 사자(使者)를 꾸짖어 '달려가서 다시 패공에게 말하라. 나는 고양의 술꾼이라고'[酈食其叱使者曰, 走. 復入言沛公, 吾高陽酒徒耳]"라고 했다.

49 [교감기] '酲'이 본래 '醒'으로 되어 있으나, 고본·건륭본에 의거해 고친다.

16. 마수노와 범덕유에게 드리다

【원풍 2년 북경에서 지은 작품이다】

呈馬粹老范德孺【元豐二年北京作】

潁上相逢杏始靑	영수에서 만날 때는 살구 푸른빛이었는데
爾來瓜壟有新耕	와 보니 오이 고랑에 새 밭갈이 했구나.
四時爲歲已中牛	사계절 한 해도 이미 절반이나 지나
萬物得秋將老成	만물이 가을 맞아 장차 익어가누나.
日永淸風搖麈尾	긴 날 맑은 바람은 주미를 흔들고
夜闌飛雹落棊枰	밤 깊자 우박이 바둑판에 떨어지누나.
兩廳未覺過從數	두 관청에서 몇 차례나 종유했던가
政以頑疏累友生	어리석은 내가 벗들에게 누를 끼쳤누나.

17. 장중모가 단오에 멋진 작품을 보내왔기에 사례하다
【희녕 4년 섭현에서 지은 작품이다】

謝張仲謀端午送巧作【熙寧四年葉縣作】

君家玉女從小見	그대 집의 예쁜 딸 어릴 때에 보았는데
聞道如今畫不成	지금은 그림 잘 못 그린다 들었네.
剪裁似借天工[50]手	마름질한 것이 마치 하늘의 솜씨인 듯
萱草石榴偏眼明	훤초와 석류만이 눈에 밝게 들어오네.

---

50 [교감기] '工'이 고본·건륭본에는 '女'로 되어 있다.

18. 장자렬에게 차를 보내다

送張子列茶[51]

齋餘一椀是常珍	서재에 있는 차는 늘 진귀한 것으로
味觸色香當幾塵	색과 향기 몇 년이나 맛보았던가.
借問深禪長不臥	묻노니, 깊이 참선하느라 오래 눕지 않으리니
何如官路醉眠人	관로에서 취해 자는 이와 견주면 어떠한가.

---

51 **[교감기]** 살펴보건대, 황순(黃䐜)이 작성한 『연보(年譜)』에서는 이 작품을 희녕(熙寧) 4년 섭현에서 지은 작품 속에 편입시켰다.

19. 3월 임신에 효민 희효와 정명사의 경장에서 『홍명집』에 실려 있는 심형의 「동유견오제인유명경사」라는 시작품을 보았다. 이에 차운하여 두 공에게 올리다

【원풍 2년 북경에서 지은 작품이다】

三月壬申, 同堯民希孝, 觀淨名寺經藏得弘明集中沈炯同庚肩吾諸人游明慶寺詩, 次韻奉呈二公【元豐二年北京作】

취령^{鷲嶺}에 있는 삼층의 탑, 암원^{菴園}에 있는 하나의 강당. 새 길들여 경쇠 소리에 밥 먹게 하고 짐승 길들여 참선 책상 두르게 하네. 국화 땄으나 산에 술 없지만, 솔 태우는 밤에 향기 있다네. 다행이 함께 높은 승경 얻노니, 이곳에서 마음이 밝아졌다오.⁵²

鷲嶺三層塔, 菴園一講堂. 馴鳥逐飯磬, 狃獸繞禪床. 摘菊山無酒, 燃松夜有香. 幸得同高勝, 於此瑩心王.⁵³

---

52 취령(鷲嶺)에 (…중략…) 밝아졌다오 : 이 작품은 심형(沈炯)이 지은 「동유중서견오주처사홍양유명경사(同庚中庶肩吾周處士弘讓遊明慶寺)」라는 작품이다.

53 [교감기] '鷲嶺 (…중략…) 心王'의 구절에 대해 원교(原校)에서는 "살펴보건대, 이 작품 아래의 소자(小字)는 모두 구본(舊本)에 달려 있던 것으로, 그 가운데에 잘못된 부분이 있는 듯하나 감히 망령되이 고치지 않겠다"라고 했다. 살펴보건대, 소자(小字) 중, '鷲嶺'은 본래 '就鳥道'로, '園'은 본래 '固'로, '講'은 본래 '重'으로, '馴'은 본래 '副'로, '飯'은 본래 '猷'로, '同'은 본래 '聞'으로, '瑩心'은 본래 '憲空'으로 되어 있다. 오류가 많아 끝까지 읽기 힘들고 고본의 글자도 또한 확실하지 않다. 지금 『광홍명집(廣弘明集)』 권3에 실린 심형(沈炯)의 「동유중서견오주처사홍양유명경사(同庚中庶肩吾周處士弘讓遊明慶寺)」라는 시에 의거해 교정했다.

祕藏開新譯	소장된 작품 꺼내 새로 읽노니
天花雨舊堂	옛 집에는 하늘에서 꽃비 내리네.
證經多寶塔	다보의 탑에서 경전 증험하고
寢疾淨明牀	정명의 상에 병으로 누웠다네.
鳥語雜歌頌	게송에는 새 소리 섞여 있고
蛛絲凝[54]篆香	향 연기는 거미줄에 엉켜 있네.
同游得趙[55]李	조 이와 함께 노닐게 되었으니
談道過何王	도 얘기는 하왕보다 낫구나.

---

54 [교감기] '凝'에 대해 원교(原校)에서는 "다른 판본에는 '疑'로 되어 있다"라고 했다.
55 [교감기] '趙'가 본래 '是'로 되어 있으나, 고본에 의거해 고친다.

20. 비가 지나고 성 서편의 소가에 이르다

【원우 원년 비서성에서 지은 작품이다】

雨過至城西蘇家【元祐元年秘書省作】

飄然一雨洒靑春	시원스레 봄날에 한 차례 비 내리어
九陌淨無車馬塵	온 거리의 거마의 먼지 깨끗이 씻어냈네.
漸散紫煙籠帝闕	점차 자줏빛 이내 퍼져 궁궐을 감싸고
稍回晴日麗天津	차츰 개인 해 떠 하늘에 걸렸구나.
花飛衣袖紅香濕	꽃잎 날려 소매에는 붉은 향기 젖어들고
柳拂鞍韉綠色勻	버들 휘날려 안장에는 푸른 빛 번지누나.
管領風光唯痛飮	풍광을 즐기면서 오직 맘껏 술 마시니
都城誰是得閒人	도성에서 그 누가 나처럼 한가로움 얻었나.

21. 중모가 새로 지은 시를 보여주었기에 사례하다

【희녕 4년 섭현에서 지은 작품이다】

謝仲謀示新詩【熙寧四年葉縣作】

贈我新詩許指瑕	새로 지은 시 보내어 허물 잡아주길 원하니
令人失喜更驚嗟	기쁜 기색 잃게 하고 다시 놀라 탄식하네.
淸於夷則初秋律	이칙[56]인 초가을보다도 청아하고
美似芙蓉八月花	8월의 부용꽃처럼 아름답도다.
采菲直須論下體	순무 뜯으며 곧바로 뿌리 논하고[57]
鍊金猶欲去寒沙	쇠 단련하며 오히려 찬 모래 제거하고 싶네.
唐朝韓老誇張籍	당나라 때 한노는 장적을 칭송했노니[58]
定有雲孫作世家	수많은 자손 있어 가업을 이으리라.

---

56 이측(夷則) : 12율의 하나인 양률로, 달로는 음력 7월의 별칭, 방위로는 남쪽을 말한다.

57 순무 (…중략…) 논하고 : 『시경·곡풍(谷風)』의 "순무를 캐고 순무를 뜯는 것은 뿌리 때문이 아니니[采葑采菲, 無以下體]"라는 구절을 활용한 대목이다. 순무는 뿌리와 줄기를 다 먹는데 그 뿌리의 맛이 나쁘다고 하여 맛좋은 줄기까지 버려서는 안 된다는 뜻으로 일부분이 나쁘다고 해서 나머지 좋은 부분까지 전부 내버려서는 안 된다는 것을 비유한 말이다.

58 한노는 장적을 칭송했노니 : '한노(韓老)'는 한유(韓愈)를 말한다. 장적(張籍) 또한 당나라 때의 문인이다. 한유가 장적에게 준 『증장적(贈張籍)』에서 "내가 그 사람의 풍골을 아끼노니, 순수하고 아름다워 가릴 것이 없다네[吾愛其風骨, 粹美無可揀]"라고 했다. 또한 한유의 「대장적서(代張籍書)」에서는 "한 번 가슴 속의 기이함을 토해냈네[一吐出胸中之奇]"라고 하면서 장적을 칭송한 바 있다. 여기에서 장적을 언급한 것은 장중모와 성(姓)이 같기 때문으로, 장중모를 장적에 견준 것이다.

22. 10월 15일 청도관 소요당에서 아침을 먹다

十月十五日, 早飯淸都觀逍遙堂⁵⁹

心遊魏闕魚千里	마음은 위관에서 물고기처럼 노닐었노니⁶⁰
夢覺邯鄲黍一炊	한단의 기장밥의 꿈⁶¹에서 깨어났다네.
蔬⁶²食菜羹吾亦飽	채소 밥과 국에도 나는 또한 배부르니
逍遙堂下葉辭枝	소요당 아래 나뭇가지에 잎 무성해라.

---

59 [교감기] 살펴보건대, 황순(黃㽦)이 작성한 『연보(年譜)』에서는 이 작품을 희녕(熙寧) 4년 섭현에서 지은 작품 속에 편입시켰다. 또한 고본에는 제목에 '日'자가 빠져 있다.

60 물고기처럼 노닐었노니 : '어천리(魚千里)'는 어항 속에 담긴 물고기가 그 주위를 돌아다니면서 몇천 리나 되는 것처럼 오인하고 즐겁게 노닌다는 말이다. 『관윤자(關尹子)』에 "동이로 못을 만들고 돌로 섬을 만들면 물고기가 그 속을 헤엄치면서 몇천 리나 되는지 모르고 끝없이 노닌다"라고 한 데서 온 말이다.

61 한단의 (…중략…) 꿈 : 한단지몽(邯鄲之夢)이라는 고사를 가리키는 것으로, 허망한 꿈에서 깨어나듯 부질없는 인간사가 끝났음을 뜻한다. 당(唐)나라 심기제(沈旣濟)의 「침중기(枕中記)」에 "노생(盧生)이 한단(邯鄲) 객사(客舍)에서 도인(道人) 여옹(呂翁)을 만나 자기의 곤궁한 신세를 한탄하자 여옹은 그에게 목침을 주고 잠을 자게 하였는데, 노생은 꿈속에서 온갖 부귀영화를 다 누리다가 죽는 꿈을 꾸고 깨어 보니 아까 잠들기 전에 집주인이 짓던 누른 기장밥이 아직 익지 않았다"라는 내용이 있다.

62 [교감기] '蔬'가 고본에는 '疏'로 되어 있다.

23. 홍초동에서 홀로 자며【희녕 3년 섭현에서 지은 작품이다】

紅蕉洞獨宿【熙寧三年葉縣作】

南牀高臥讀逍遙	남상에서 높이 누워 「소요편」 읽지만
眞感生來不易銷	살아온 삶이 쉬 사그라지지 않음
	참으로 느끼누나.
枕落夢魂飛蛺蝶	베개머리 꿈에서는 나비가 날아들고
燈殘風雨送芭蕉	희미한 등불의 비바람 속에 파초 보내누나.
永懷玉樹埋塵土	옥수[63]가 진토에 묻힘을 길이 생각하니
何異蒙鳩掛葦苕	몽구가 갈대에 매달아 놓은 것[64]과
	어이 다르랴.
衣笐粧臺蛛結網	옷걸이 화장대에는 거미줄 엉켜있노니
可憐無以永今朝	가련토다, 오늘 떠나지 못하게 못했노니.[65]

---

63 옥수(玉樹) : 진(晉)나라의 사안(謝安)이 여러 자제들에게 "왜 사람들은 모두 자기의 자제가 출중하기를 바라는가"라고 묻자, 아무도 대답하지 못하고 있었는데, 조카 사현(謝玄)이 "이것은 마치 지란(芝蘭)과 옥수(玉樹)가 자기 집 정원에서 자라나기를 바라는 것과 같습니다"라고 한 데서 유래한 말로, 훌륭한 인물이나 자제를 가리킨다. 『진서·사안전(謝安傳)』에 보인다.

64 몽구(蒙鳩)가 (…중략…) 것 : '몽구(蒙鳩)'는 새 이름이고, '초위(苕葦)'는 갈대의 여린 잎을 가리킨다. 『순자(荀子)·권학(勸學)』에서 "남방에 새가 있는데 이름이 몽구다. 이 새는 깃털로 둥지를 짜서 머리칼로 묶은 다음 갈대에 매달아 놓는다. 그러다 바람이 불어와 갈대가 꺾이면 알이 깨져 죽고 만다[南方有鳥焉, 名曰蒙鳩, 以羽爲巢而編之以髮 系之葦苕, 風至苕折, 卵破子死]"라는 말이 보인다. 위태로운 상황을 비유한다.

65 오늘 (…중략…) 못했노니 : 『시경·백구(白駒)』에서 "깨끗한 흰 망아지가 채소밭

【주석】

분녕본分寧本에서 "살펴보건대, 황순黃瞥의 주에서, 이 시에 대해 다른 판본에는 같지 않은 부분이 많다. 그 작품에서는 "겹 주렴과 장막에 밤 쓸쓸하여, 이 생애 절로 위로할 수 없음 진실로 깨닫누나. 베개머리 꿈에서는 나비가 날아들고, 희미한 등불의 비바람 속에 파초 찢어지네. 경지 옥수를 누런 땅에 묻노니, 옷걸이 화장대는 붉은 명주에 갇혔어라. 옛 물건은 온통 흰머리의 삶을 돌아보게 하는데, 이 사람 오늘 떠나지 못하게 못했노라"라고 했다"라고 했다.

分寧本云, 按瞥注, 此詩別本多有不同, 其詩云, 重簾複幕夜蕭蕭, 眞感生懷不自聊. 枕落夢魂飛蛺蝶, 燈殘風雨碎芭蕉. 瓊枝玉樹埋黃土, 衣笥粧臺閟絳綃. 故物盡能回白首, 斯人無以永今朝.

망친다는 구실을 붙여, 붙잡아 매어 두고 오늘 못 떠나게 하고는, 그분이 우리 집에서 소요하게 하리라[皎皎白駒, 食我場苗, 縶之維之, 以永今朝, 所謂伊人, 於焉逍遙]"라고 했는데, 주석에는 "흰 망아지는 현자(賢者)가 타고 온 말이니, 현자가 못 떠나도록 만류하는 뜻에서 나온 것이다"라고 했다. 이 구절을 활용한 대목이다.

24. 봄날 눈 내리자 장중모에게 드리다

【희녕 4년 섭현에서 지은 작품이다】

春雪, 呈張仲謀【熙寧四年葉縣作】

暮[66]雪霏霏若撒鹽　　　저물녘 눈이 마치 소금 뿌리듯 내리니

須知千隴麥纖纖　　　온 밭고랑에 보리가 가늘다는 걸 알겠어라.

夢闌半枕聽飄瓦　　　꿈 깨자 베개머리엔 기왓장 뒤집히는 소리

睡起高堂看入簾　　　고당에서 일어나니 주렴 속으로 들어오네.

剩與月明分夜砌　　　날려 밝은 달과 밤 섬돌에 내려앉아

卽成春溜滴晴簷　　　곧바로 봄물 되어 처마에서 떨어지네.

萬金一醉張公子　　　만금에 온통 취한 장공자는

莫道街頭酒債添　　　술집에서 술 빚 더했다고 말하지 마시게.

66　[교감기] '暮'가 본래 '莫'으로 되어 있으나, 지금 고본을 따른다. 살펴보건대, '莫'
　　은 '暮'의 고자(古字)로, 아래에서 거듭 나오면 바로 교정하면서 교감기는 쓰지
　　않겠다.

25. 유태박이 가족들을 데리고 여산을 유람하며 보내온 작품에 화답하다【원풍 3년 태화에 부임하면서 길 가다 지은 작품이다】

和答劉太博攜家遊廬山見寄【元豐三年赴太和道中作】

緩轡松陰不起塵	솔 그늘에서 고삐 늦추나 먼지 일지 않고
嵐光經雨一番新	비 지나자 풍광은 한 번 새로워지누나.
遙知數夜尋山宿	멀리서도 알겠어라, 몇 날 밤 산 찾아 자노니
便是全家避世人	이는 온 가족이 세상 피한 사람이라오.
落日已迷煙際路	지는 해에 안개 덮인 길은 이미 희미하나
飛花還報洞中春	꽃 날려 오히려 계곡의 봄을 알리겠지.
可憐不更尋源入	불쌍토다, 다시 근원 찾아 들어가지 않노니
若見劉郎想問秦	만약 유랑67 만난다면 진나라 물어보시게.

67　유랑(劉郞) : 진(晉)나라 유자기(劉子驥)라는 사람이 복사꽃이 흘러내려 오는 물길을 따라 거슬러 올라가서 도화원을 찾아가려고 하다가 끝내 실패하고 말았다는 이야기가 도잠의 「도화원기(桃花源記)」에 나온다.

26. 백 씨가 한정옹에게 장난삼아 지어준 작품에 차운하다. 국화가 필 때에 한정옹의 집에 좋은 술이 있었다

【희녕 4년 섭현에서 지은 작품이다】

次韻伯氏戱贈韓正翁. 菊花開時, 家有美酒【熙寧四年葉縣作】

鬢髮斑然潘騎省	귀밑머리 희끗희끗한 반기성[68]
腰圍瘦盡沈東陽	허리 띠 야윈 심동양.[69]
茶甌屢煮龍山白	차 사발에 자주 흰 용산의 차 끓이고
酒椀希逢若下黃	술 사발은 드물게 누런 약하의 술[70] 만나네.
烏角巾邊簪鈿朶	오각건 주변에 비녀를 풀어 놓았고
紅銀盃面凍糖霜	붉은 빛의 술잔에는 흰빛이 서리 내린 듯.
會須著意憐時物	제철의 물건을 사랑할 줄 알아야 하노니
看取年華不久芳	세월 속에 오래 향기로울 수 없음 보시게나.

---

68 반기성(潘騎省) : 서진(西晉)의 반악(潘岳)을 말한다.

69 심동양(沈東陽) : 양(梁)나라 때 뛰어난 문장가로 일찍이 동양 태수(東陽太守)를 지낸 심약(沈約)을 가리키는데, 그는 특히 문장에 뛰어났고 높은 관직을 지내면서도 매우 검소하여 처사(處士)와 같은 풍류가 있었다.

70 약하의 술 : 하약(下若)은 절강성(浙江省) 장흥현(長興縣) 남쪽에 있는 마을 이름이다. 하약의 물로 술을 빚으면 진한 맛이 운양(雲陽)보다 낫다고 한다. 이 술을 속칭 약하주(若下酒)라고 부른다.

27. 이강문에게 답하다【원풍 2년 북경에서 지은 작품이다】

答李康文【元豐二年北京作】

才甫經年斷來往	그대와 해 지나도록 왕래가 끊어졌는데
逢君車馬慰秋思	그대의 거마 만나니 가을 근심 위로되누나.
幽蘭被逕聞風早	난초가 길 덮어 바람 소리 일찍 들리는 듯
薄霧乘空見月遲	안개가 공중에 피어올라 달 더디 떠오르네.
每接雍容端自喜	늘 옹용한 모습 대하면 절로 기뻤노니
交無早晚在相知	교제는 시간이 문제가 아니라 알아줌에 있네.
深慙借問談經地	참으로 부끄럽네,
	지난 번 경전에 대해 물으면서
敢屈康成入絳帷	어찌 감히 강성 굽혀 강유에 들게 했던가.[71]

---

71 어찌 (…중략…) 했던가 : '강성(康成)'은 후한(後漢) 정현(鄭玄)의 자이다. 후한의 마융(馬融)이 생도들을 가르칠 때 항상 고당(高堂)에 앉아 강유(絳帷), 즉 붉은 비단 휘장을 드리웠다 하며, 정현은 10년 남짓 마융의 문하에서 수업하였다.

28. 팽남양을 전송하며

送彭南陽[72]

南陽令尹振華鑣	남양의 영윤이 화려한 재갈 휘날리니
三月春風困柳條	삼월 봄바람에 버들가지 고달프구나.
携手河梁愁欲別	하양에서 손잡다가 이별하려 하니 근심겨워
離魂芳草不勝招	방초 같은 떠나는 혼 부를 수도 없구나.
壺觴調笑平民訟	술잔 들고 백성들 송사 웃으며 다스릴 테고
賓客風流醉舞腰	손님들과 취해 춤추며 풍류를 즐기겠지.
若見賢如武侯者	만약 무후[73] 같은 현인을 보거든
爲言來仕聖明朝	성명의 조정에 와서 벼슬하라 말해주오.

---

72 [교감기] 살펴보건대, 황순(黃𦰩)이 작성한 『연보(年譜)』에서는 이 작품을 원풍
   (元豊) 2년 북경에서 지은 작품 속에 편입시켰다.
73 무후(武侯) : 제갈량(諸葛亮)을 가리킨다.

29. 등신사가 부모님을 뵙기 위해 장사로 돌아가기에 전송하며【희녕 4년 섭현에서 지은 작품이다】

送鄧愼思歸長沙覲省74【熙寧四年葉縣作】

鄧侯過我解新鞿	등후가 지나다가 새로운 고삐 풀고
潦倒猶能似舊時	오히려 예전처럼 진탕 술 마시었네.
西邑初除折腰尉	서쪽 고을에 제수되어
	상전에게 허리 굽혔지만75
南陔常詠采蘭詩	남쪽 언덕에서 늘 난초 캐는 노래 읊조렸네.
姓名已入飛龍榜	성명은 이미 용방76에 날아 들어갔었고
書信新傳喜鵲知	소식은 까치가 즐겁게 이미 전해 주었으리.
何日家庭供一笑	어느 날에나 집안에서 함께 웃을거나
綠衣便是老萊衣	녹의77는 곧 노래자78의 옷이라네.

---

74 [교감기] '覲省' 두 글자가 본래 빠져 있는데, 고본에 의거해 보충한다.

75 상전에게 허리 굽혔지만 : 진(晉)나라 도연명(陶淵明)이 팽택 현령(彭澤縣令)으로 있다가 오두미(五斗米) 때문에 허리를 굽힐[折腰] 수는 없다면서 고향으로 돌아갔다는 고사가 있다.

76 용방(龍榜) : 문과에 급제하는 사람들의 명단을 발표하는 방이다. 본디 당(唐)나라 때 육지(陸贄)가 진사시(進士試)의 시관이 되어 한유(韓愈) 등 많은 명사를 뽑자, 당시 사람들이 이를 용호방(龍虎榜)이라고 치하한 데서 온 말이다.

77 녹의(綠衣) : 하급 관리가 입는 옷을 말한다.

78 노래자(老萊子) : 춘추시대 초나라의 은사(隱士)인 노래자(老萊子)가 칠십의 나이에도 부모님을 기쁘게 해 드리기 위하여 색동옷을 입고 재롱을 떨었다는 고사가 있다.

30. 시중에게 포단을 구하다【원풍 5년 태화에서 지은 작품이다】

從時中乞蒲團【元豊五年太和作】

織蒲投我最宜寒	부들 엮어 내게 주니 추위에 가장 좋고
正欲陰風雪作團	마침 찬바람에 눈이 쏟아지려 하네.
方竹火爐趺坐穩	방죽의 화롯불에 가부좌하는 것도 좋지만
何如矍鑠跨征鞍	어찌 확삭[79]이 안장에 앉는 것만 하겠는가.

【주석】

분녕본分寧本에서 "살펴보건대, 이 작품은 하나의 제목 아래 2수의 작품이 있다. 첫 번째 작품은 『외집』 권12에 실려 있는데, 그 첫 번째 구는 "찬바람 집에 몰아쳐 눈이 내리네"라는 것이다. 두 번째 수가 바로 이 작품이다. 본래 첫 번째 수였는데, 구법이 바뀌어 같지 않다. 지금 이에 옛 것과 나누어 실었다"라고 했다.

分寧本云, 按此詩一題二首, 前篇載外集卷十二, 首句云, 撲屋陰風雪作團. 後篇卽此. 本是一首而句法改換不同. 今仍其舊分編.

---

79 확삭(矍鑠) : 노인이 여전히 강건하여 젊은이처럼 씩씩한 것을 말한다. 동한의 복파장군(伏波將軍) 마원(馬援)이 62세의 나이에도 불구하고 말에 뛰어올라 용맹을 보이자, 광무제(光武帝)가 "이 노인네가 참으로 씩씩하기도 하다[矍鑠哉是翁也]"라고 찬탄했던 고사가 전한다. 『후한서·마원열전(馬援列傳)』에 보인다.

31. 제군들이 내가 작년에 지은 「취벽도」라는 작품에 뒤미처 화답한 작품에 장난삼아 답하다

戲答諸君追和予去年醉碧桃80

當時倒著接䍦回	그때에 백접리 거꾸로 쓰고 돌아 왔노니
不但碧桃邀我來	다만 벽도를 구경하려 간 것만은 아니네.
白蟻撥醅官酒滿	흰 거품의 술 걸러 관청 술 가득하고
紫綿揉色海棠開	자줏빛 연이어진 해당화도 피었기 때문이었네.

---

80 [교감기] 살펴보건대, 황순(黃晉)이 작성한 『연보(年譜)』에서는 이 작품을 원풍(元豊) 5년 태화에서 지은 작품 속에 편입시켰다.

32. 눈 온 뒤에 남산 모정에 올라 장중모에게 편지로 보내다.
2수【희녕 4년 섭현에서 지은 작품이다】
雪後登南禪茅亭, 簡張仲謀. 二首【熙寧四年葉縣作】

첫 번째 수其一

雪後憑高望洛都	눈 온 뒤 높이 올라 낙도를 바라보니
萬峯遮眼白模糊	온갖 봉우리 눈 가려 흰빛만이 아른거리네.
相將閬苑樓臺上	장차 낭원[81]의 누대에 오른 듯
展盡山陰水墨圖	산음의 수묵도가 다 펼쳐졌네.

두 번째 수其二

風入村墟搖酒斾	마을에 바람 불어와 술 깃발 흔들고
雲埋行徑罷樵蘇	구름이 길 감추어 나무 풀 베는 일 그만두네.
狐裘年少宜追獵	부유한 젊은이들은 사냥하기 좋을 때이니
正有飢鷹待一呼	굶주린 매는 한 번 부르기를 기다리고 있다네.

---

81 낭원(閬苑) : 신선이 사는 곳을 말한다.

33. 경진 태박이 예전에 창화했던 「포도」라는 작품을 보여주기에, 이로 인해 차운한다

【희녕 5년 북경에서 지은 작품이다. 경진의 이름은 영빈이다】

景珍太博見示舊唱和蒲萄詩, 因而次韻【熙寧五年北京作. 景珍名令82頻】

映日圓光萬顆餘	해에 비친 둥근 광채 일만 덩이도 넘을레라
如觀寶藏隔蝦須83	주렴84 너머로 무진장 보물을 보는 것 같네.
夜愁風起飄星去	바람 일어 날리듯 별 사라져 밤 근심스러운데
曉喜天晴綴露珠	개인 날 송이에 이슬 맺혀 새벽녘 기쁘구나.
宮女揀枝模錦繡	궁녀는 가지 골라서 비단에 수를 놓으며
論85師持味比醍醐	논사86은 맛보면서 제호87에 견주다오.

---

82 [교감기] '令'이 본래 '合'으로 되어 있으나, 지금 건륭본에 따른다.
83 [교감기] '須'가 고본에는 '鬚'로 되어 있다. 살펴보건대, '須'가 본래 글자이니, 아래 다시 나와도 교정하지 않겠다.
84 주렴 : '하수(蝦須)'는 옛날에 새우 수염으로 짜서 만든 조그마한 발을 말한다.
85 [교감기] '論'에 대해 원교(原校)에서는 "다른 판본에는 '包'로 되어 있다"라고 했다.
86 논사(論師) : 불교 경전의 의미를 논하는 중[僧]을 말한다.
87 제호(醍醐) : 『대반열반경(大般涅槃經)・성행품(聖行品)』에서 "예를 들면 소에서 우유가 나오고, 우유에서 타락[酪]이 나오고, 타락에서 생소(生蘇)가 나오고, 생소에서 숙소(熟蘇)가 나오고, 숙소에서 제호(醍醐)가 나오는 것과 같은데, 제호가 최상품이다[譬如從牛出乳, 從乳出酪, 從酪出生蘇, 從生蘇出熟蘇, 從熟蘇出醍醐, 醍醐最上]"라고 했다. 불경에서는 흔히 우유의 정제 과정 중 마지막 단계에서 생산되는 제호를 불성에 비유한다. 두보(杜甫)는 「대운사찬공방사수(大雲寺贊公房四首)」에서 "제호는 본성을 계발하기에 좋고, 음식은 노쇠함을 보양하기에 넘치네[醍醐長發性, 飮食過扶衰]"라고 했다. 두보가 말하는 제호도 불경 공부나 참선 수련을 통해 불성을 깨닫는 걸 의미한다.

欲收百斛供春釀　　일백 곡을 거두어다 봄 술 빚는 데 사용하여

放出聲名壓酪奴　　명성을 널리 내서 낙노[88]를 압도하고 싶구나.

88　낙노(酪奴) : 낙죽(酪粥)의 노예라는 뜻에서 차(茶)를 일컫는 말로 쓰인다.

34. 염사와 염팔이 경사에 도착했기에 기뻐하며

【원풍 8년 도하에서 관직이 바뀌었을 때 지은 작품이다】

喜念四念八至京【元豐八年都下改官作】

염사念四는 비웅非熊이고 염팔念八의 휘諱는 중감仲堪이고 자는 각민覺民으로 공의 종제從弟이다.

念四卽非熊, 念八諱仲堪, 字覺民, 公從弟.

朔雪蕭蕭映薄幃	북방 눈보라 몰아와 얕은 휘장 비추니
夢回空覺淚痕稀	꿈 깨어 부질없이 눈물 자국 드묾 깨닫누나.
驚聞庭樹鳥鳥樂	뜰 나무의 새 즐겁게 우는 소리 놀라 듣고
知我江湖鴻雁歸	강호에서 기러기 돌아오는 것을 알았다네.
拂榻喜開姜季被	책상 청소하며 즐거이 강계의 이불[89] 펴고
上堂先着老萊衣	당에 올라 먼저 노래자의 옷[90]을 입으리라.
酒樽煙火長相近	술잔과 풍경을 오래도록 함께 하면서
酬勸從今更不遲[91]	술 권하는 것 이제는 다시 늦추지 않으리라.

---

89 강계의 이불 : 우애로운 형제간처럼 지냈다는 말이다. 후한(後漢) 때 강굉(姜肱)이 그의 두 아우인 강중해(姜仲海), 강계강(姜季江)과 함께 우애가 지극해서 잠을 잘 때 반드시 한 이불을 덮고 잤다고 한다. 『후한서·강굉열전(姜肱列傳)』에 보인다.

90 노래자(老萊子)의 옷 : 춘추시대 초나라의 은사(隱士)인 노래자(老萊子)가 칠십의 나이에도 부모님을 기쁘게 해 드리기 위하여 색동옷을 입고 재롱을 떨었다는 고사가 있다.

35. 백 씨가 보내온 「개낭중이 노두 시 배우는 것을 좋아했다」라는 작품에 차운하다【원풍 2년 북경에서 지은 작품이다】

韻伯氏寄贈蓋郞中喜學老杜之詩【元豐二年北京作】

老杜文章擅一家	두보는 문장으로 일가에서 이름 날렸고
國風純正不欹斜	국풍[92]의 순정함이 기울지 않았다오.
帝閽悠邈開關鍵	아득한 하늘의 관건을 열었으며
虎穴深沉探[93]爪牙	호랑이 굴에 깊이 들어가 어금니 발톱 찾았지.
千古是非存史筆	천고의 시비는 사필에 있고
百年忠義寄江花	백 년의 충의로움은 강 꽃에 부치었네.
潛知有意升堂室	그윽이 알겠어라, 당실에 오르려는 뜻 있음을
獨抱遺編校舛差	홀로 남긴 작품 안고 어긋난 곳 교정하노니.

---

92 국풍(國風) : 『시경』의 국풍을 말한다.
93 [교감기] '探'이 본래 '樣'으로 되어 있으나, 고본에 의거해 고친다.

36. 개낭중이 은혜롭게 보내온 작품 중에 "이강이 일노를 공격하니, 싸우지 않아도 이기네"라는 조롱의 표현이 있었다. 차운하여 이를 해명한다

蓋郎中惠詩, 有二强攻一老, 不戰而勝之嘲. 次韻解之[94]

詩翁琢句玉無瑕	시옹이 구절 다듬어 옥처럼 티가 없고
淡墨稀行秋雁斜	담묵으로 드물게 짓노니 가을 기러기 기운 듯.
讀罷淸風生塵尾	읽고 나니 주미에는 맑은 바람 불어오고
吟餘新月度簷牙	읊조리고 나니 처마에는 초승달이 떠오르네.
自知拙學無師匠	볼품없는 배움에 스승 될 만한 것 없음 아는데
要且强[95]言遮眼花	도리어 애써 눈가림이었다[96]고 말을 한다네.
筆力有餘先示怯	필력에 남은 힘 있지만 먼저 겁냄 보였으니
眞成勾踐勝夫差	진실로 구천이 부차를 이긴 것과 같다네.[97]

---

94 [교감기] 살펴보건대, 황순(黃奫)이 작성한 『연보(年譜)』에서는 이 작품을 원풍(元豐) 2년 북경에서 지은 작품 속에 편입시켰다.

95 [교감기] '强'에 대해 원교(原校)에서는 "다른 판본에는 '狂'으로 되어 있다"라고 했다.

96 눈가림이었다 : 『전등록(傳燈錄)』에 의하면, 한 중이 약산(藥山) 유엄 선사(惟儼禪師)에게 묻기를 "화상(和尙)께서 평소에 다른 사람에게는 경(經)을 보지 못하게 하시면서 어찌하여 스스로는 경을 보십니까"라고 하자, 유엄 선사가 대답하기를 "나는 다만 눈가림을 하기 위해 보는 것이다[我只圖遮眼]"고 했다는 데서 온 말이다.

97 구천이 (…중략…) 같다네 : 춘추시대 오왕(吳王) 부차(夫差)가 월왕 구천(勾踐)을 부초(夫椒)에서 패망시켰다. 여기에서는 이 내용을 거꾸로 활용하여, 부차가 구천에게 패망 당했는데, 내가 당신을 이긴다면 구천이 부차를 이기는 꼴이 된다고 하면서, 내가 당신을 이길 일이 없다고 강변한 것이다.

37. 여비승에게 화창하다【원풍 2년 북경에서 지은 작품이다】

和呂秘丞【元豐二年北京作】

北海尊中忘日月	북해의 술잔에 세월을 잊었으며
南山霧裏晦文章	남산의 안개 속에 문장도 망각했네.
淸朝不上九卿列	맑은 조정의 구경의 반열에 오르지도 못한 채
白髮歸來三徑荒	흰머리로 돌아오니 세 오솔길도 황폐해졌네.
車轍馬蹄疏市井	내 수레바퀴 말발굽 저자거리에서 드무니
花光竹影照門墻	꽃빛과 대나무 그림자만이 문과 담장 비추네.
人間榮辱無來路	인간세상 영욕이 올 수 있는 길 없노니
萬頃風煙一草堂	만 이랑 바람 안개 속의 한 초당이로세.

38. 잡시. 4수【원풍 2년 북경에서 지은 작품이다】

雜詩. 四首【元豐二年北京作】

첫 번째 수其一

扁舟江上未歸身	강가의 조각배에서 돌아가지 못한 몸
明月淸風作四鄰	맑은 달과 바람만이 이웃 되었다오.
觀化悟來俱是妄	변화 속에 깨닫노니 모두 망령된 것
漸疏人事與天親	점차 인사 소홀해진 채 하늘과 친히 하네.

두 번째 수其二

佛子身歸樂國遙	불자는 먼 낙국으로 몸이 돌아가고
至人神會碧天寥	지인은 아득히 푸른 하늘과 정신 합쳐진다오.
劫灰沉盡還生妄	겁회가 모두 사라졌는데도 망상이 생겨나니
但向平沙看海潮	다만 너른 모래밭에서 바다 물결 바라본다오.

세 번째 수其三

小德有爲因有累	소덕[98]은 함이 있기에 이로 인해 누를 끼치고

---

98 소덕(小德) : 덕행이 작은 것을 말한다. 『예기·중용(中庸)』에서 "작은 덕은 냇물
의 흐름과 같고, 큰 덕은 화육이 돈후하다[小德川流, 大德敦化]"라고 했다. 이에

至神無用故無功　　　지신은 씀이 없기에 그래서 공도 없다오.
須知廣大精微處　　　모름지기 광대하고 정미한 곳을 알아야 하니
不在存亡得失中　　　존망과 득실 가운데 달린 것 아니라오.

네 번째 수其四

黃帝煉丹求子母　　　황제는 연단으로 자식과 어미 구하였고
神農嘗藥辨君臣　　　신농씨는 약 맛보고 군신을 변별하였지.
如何苦思形中事　　　어찌하여 형체의 일로 고심을 하는가
憂患從來爲有身　　　우환은 본래 몸이 있기 때문에 생긴다네.

대해서 정현(鄭玄)은 "소덕천류는 적셔 주고 싹을 틔우는 것으로서 제후를 비유
한 것이요, 대덕돈화는 만물을 돈후하게 생육하는 것으로서 천자를 비유한 것이
다[小德川流, 浸潤萌芽, 喩諸侯也. 大德敦化, 厚生萬物, 喩天子也]"라고 해설했다.

39. 자고의 「즉사」라는 작품에 차운하다

【희녕 8년 북경에서 지은 작품이다】

次韻子高卽事【熙寧八年北京作】

詩禮不忘它日問	시와 예 잊지 않고 뒷날 물었고
文章未覺古人疏	문장도 옛 사람보다 성글지도 않다네.
靑雲自致屠龍學	청운의 꿈으로 도룡의 배움[99]에 이르렀지만
白首同歸種樹書	백발 되어 농사일[100]로 함께 돌아왔지.
綠葉靑陰啼鳥下	푸른 잎의 그늘에 새 지저귀며 내려앉고
游絲飛絮落花餘	꽃 진 뒤에 아지랑이 피어나고 버들 솜 날리네.
無因常得杯中物	언제나 술잔 속의 물건 얻을 수가 없노니
願作鴟夷載屬車	치이[101]가 되어 수레에 몸을 실고 싶구나.

---

99 도룡(屠龍)의 배움 : 『장자』에서 "주평만(朱泙漫)은 지리익(支離益)에게서 용을 죽이는 기술을 배웠는데, 천금의 가산을 탕진해서 3년 만에 기술을 완성했지만 그 뛰어난 솜씨를 쓸 곳이 없었다"라고 했다.

100 농사일 : '종수서(種樹書)'는 농서(農書)의 일종으로 곡식이나 채소 등을 심어 가꾸는 일을 기록한 책을 말한다. 한유(韓愈)의 「송석처사부하양막(送石處士赴河陽幕)」에서 "길이 종수에 관한 서책을 가지니, 남들이 세상 피한 선비라 말하네[長把種樹書, 人云避世士]"라고 했다.

101 치이(鴟夷) : 치이자피(鴟夷子皮)의 준말로, 춘추시대 월(越)나라의 모신(謀臣) 범여(范蠡)가 오자서(伍子胥) 사후(死後) 제(齊)나라로 도망쳐 해변에서 밭 갈며 살 때에 바꾼 이름이다.

40. 차운하여 광릉에 있는 남육에게 부치다

【숭녕 2년 악주로부터 의주에 이르러 지은 작품이다】

次韻寄藍六在廣陵【崇寧二年自鄂赴宜州作】

聖學相期滄海頭	창해 끝에서 성학을 서로 기약했는데
當時各依富春秋	당시에는 각자 젊은 시절이었다오.
班揚文字初無意	반고와 양웅의 문자에는 애초 뜻 없었고
滕薛功名自不優	등설[102]의 공명에는 절로 넉넉함 없었지.
焦尾朱絃非衆聽	초미[103]의 거문고 소리는
	뭇 사람들 듣지 못하니
南山白石使人愁	남산의 백석[104]만이 사람을 수심겹게 하누나.

---

102 등설 : 춘추전국시대의 등나라와 설나라이다. 공자(孔子)가 이르기를, "맹공작은 조·위의 원로가 되기에는 유여하거니와, 등·설의 대부는 될 수가 없다[孟公綽爲趙魏老則優, 不可以爲滕薛大夫]"라고 했다. 『논어·헌문(憲問)』에 보인다.

103 초미(焦尾) : 후한(後漢) 채옹(蔡邕)이 만들었다는 거문고의 이름으로, 초동(焦桐)이라고도 한다. 채옹이 오(吳)나라에 갔을 적에, 어떤 사람이 밥 짓는 부엌에서 오동나무가 타는 소리를 듣고 그것이 좋은 나무라는 것을 알아채고는 타다 남은 나무를 얻어 명금(名琴)을 만들었는데, 이 거문고의 꼬리 부분에 타다 남은 흔적이 있었으므로 당시 사람들이 초미금(焦尾琴)이라고 불렀다고 한다. 『후한서·채옹열전(蔡邕列傳)』에 보인다.

104 남산의 백석 : 고시(古詩) 「반우가(飯牛歌)」 중의 한 대목이다. 『사기·노중련열전(魯仲連列傳)』에 "소를 먹이던 영척(甯戚)에게 환공(桓公)이 국사를 맡겼다"라고 했는데, 그 주에 "제 환공(齊桓公)이 밤에 손님을 맞이하려고 나갔는데, 영척이 소뿔을 두드리며 노래하기를 "남산의 언덕에 백석이 찬란하도다. 살아서 왕위를 이양하는 요순(堯舜)을 보지 못한 채 짧은 베옷을 입고 저녁부터 밤중까지 소를 먹이고 있다네. 긴 밤은 끝없으니, 어느 때에 아침이 될지를 모르겠네"라했다"라고 했다.

傳聲爲向揚州問　　　양주를 향해 소식 전해 문안을 하노니
相憶猶能把酒不　　　그리움에 어찌 술 잔 들지 않겠는가.

41. 다시 화답하여 남육에게 보내다
再和寄藍六

南極一星淮上老	남극의 한 별이 회수 가에서 늙어가나
承家令子氣橫秋	집안 이은 훌륭한 아들의
	기상 가을 하늘에 걸렸네.
萬端只要稱心耳	모든 일은 다만 마음에 맞아야 하거늘
五鼎何如委吏優	오정[105]의 벼슬살이 넉넉하다고 하겠는가.
海燕催歸人作社	바다제비 돌아감 재촉해
	세상은 사일[106] 되었고
江花欲動雨含愁	강 꽃이 피어나려 하니 비에 근심 어리네.
追思二十年前會	이십 년 전의 모임을 생각해 보니
常棣飄零歎鄂不[107]	아가위 꽃 떨어져 꽃송이 탄식하지 않으랴.[108]

---

105 오정(五鼎) : 소·돼지·양·물고기·사슴 등 다섯 종류의 육미(肉味)를 갖춘 음식
으로서, 풍성하게 대접하는 것을 말한다.
106 사일(社日) : 제비는 봄 사일에 날아와 가을 사일에 돌아간다고 한다.
107 [교감기] '歎鄂不'에 대해 원교(原校)에서는 "다른 판본에는 '歎白頭'로 되어 있
다"라고 했다.
108 아가위 (…중략…) 않으랴 : 이 구절은 『시경·상체(常棣)』에 보이는 "아가위 꽃
송이 활짝 피어 울긋불긋, 지금 어떤 사람들도 형제만 한 이는 없지[常棣之華,
鄂不韡韡, 凡今之人, 莫如兄弟]"라고 한 구절을 활용한 것이다. 「상체(常棣)」는
형제의 우애를 읊은 시이다.

【주석】

常棣飄零歎鄂不 : 이전에 염숙廉叔 제형諸兄들을 따라 노닐었는데, 지금은 모두 돌아가셨다.

頃從[109]廉叔諸兄游, 今皆凋落.

---

109 [교감기] '從'이 원래 '賊'으로 되어 있다. 전본의 원교(原校)에서는 "손성화(孫星華)가 살펴보건대, '경적(頃賊)' 두 글자는 마땅히 잘못된 것인데, 원본이 이러하기에 그냥 둔다"라고 했다. 지금 고본에 의거해 고친다.

42. 백락천을 모방하여 장난삼아 쓰다
【희녕 4년 섭현에서 지은 작품이다】

戱書效樂天【熙寧四年葉縣作】

造物生成嵇叔嬾	조물주는 혜강을 게으르게 만들었고[110]
好人容縱接輿狂	호인은 접여의 미침을 받아들였다네.[111]
鳥飛魚泳隨高下	새 날고 물고기 헤엄치며 높고 낮음 따르고
蟻集蜂衙聽典常	수많은 관리 모여들어[112] 전상을 듣노라.
母惜此兒長道路	이 아이 먼 길 떠나는 걸 애석해 말라
兄嗟予弟困冰霜	형은 동생이 얼음 서리에 힘든 것 탄식한다네.
酒壺自是華胥國	술 항아리가 바로 화서국[113]이노니

110 조물주는 (…중략…) 만들었고 : 혜강(嵇康)은 진(晉)나라 때 죽림칠현(竹林七賢)의 한 사람이다. 친구인 산도(山濤)가 일찍이 자기의 관직을 대신하도록 그를 천거한 데 대하여 혜강이 거절하는 편지에서, 자신은 성질이 거칠고 게을러서 보름 혹은 한 달씩이나 머리와 얼굴을 씻지도 않고, 잠자리에서는 아주 늦게 일어나곤 하여 몸에는 이가 항상 득실거리며, 방종한 생활이 이미 오래되어 예법에 관한 일을 다스리기에 합당치 못하다고 했던 데서 온 말이다.

111 호인은 (…중략…) 받아들였다네 : 접여(接輿)는 춘추 때 초(楚)나라 사람 육통(陸通)이다. 난세를 만나 미친 체하니 사람들이 초광(楚狂)이라 일컬었다. 접여가 공자(孔子)의 수레 앞을 지나면서 노래하기를, "봉황이여, 봉황이여, 덕이 어찌 그리 쇠했는고. (…중략…) 지금 정사하는 자들은 위태로우니라[鳳兮鳳兮, 何德之衰. (…중략…) 今之從政者, 殆而]"라고 한 말이 있다. 『논어·미자(微子)』에 보인다. 여기에서는 '호인(好人)'은 공자를 가리키는 듯하다.

112 수많은 관리 모여들어 : '의집(蟻集)'은 개미처럼 모여든다는 것으로, 모인 사람이 많은 것을 말한다. '봉아(蜂衙)'는 꿀벌이 아침저녁으로 한 차례씩 둥지를 드나들며 꿀을 장만하기 위해 역사(役事)하는 광경을 말하는데, 이것이 마치 관리가 아침저녁으로 한 차례씩 관아에 출사하는 것과 같다 하여 붙여진 이름이다.

一醉從他四大忙　　　　술 마시며 맘껏 취하느라 사대¹¹⁴ 바쁘다네.

---

113 화서국(華胥國) : 황제(黃帝)가 낮잠을 자다가 꿈속에서 보았다는 이상국가(理想國家)의 이름이다. 황제가 이 나라를 여행하면서 무위자연(無爲自然)의 이상적인 정치가 실현되는 꿈을 꾸고는 여기에서 계발되어 천하에 크게 덕화(德化)를 펼쳤다는 전설이 전한다. 『열자·황제(黃帝)』에 보인다.

114 사대(四大) : 불교에서 인체를 구성하는 네 가지 원소(元素)인 지(地)·수(水)·화(火)·풍(風)을 말한 것으로, 전하여 사람의 몸뚱이를 가리킨다.

43. 여성시【서문을 덧붙이다】【희녕 4년 섭현에서 지은 작품이다】
余成詩【幷序】【熙寧四年葉縣作】

내가 부리는 자 여성余成은 충신忠信을 한결같이 하면서, 잡된 일을 8년 동안 하면서도 한 번도 실수를 한 적이 없었다. 죄 얻는 것을 두려워하면서 덕을 좋아했고 불선不善함을 두려워하면서 벌罰을 신중하게 했으며, 몸소 행하면서 마음을 편안하게 했다. 얼마나 이 일을 했는지는 묻자, 어릴 때부터 지금까지 60년을 마치 하루처럼 일을 했다고 한다. 그 개인적인 처신을 살펴보니, 대단히 청렴하게 하면서 명성을 멀리했었다. 내가 일찍이 벼슬아치 동료들과 그 사람에 대해 논해 보았는데, 비록 옛날 학문을 익혔던 사대부들로 질박하고 강인하며 후한 덕을 지닌 제오공第五公 호위胡威[115]도 이보다는 훌륭하지 않을 것이라고 했다. 이 사람이 어찌 자하子夏가 말한 "비록 배우지 않았지만, 나는 반드시 배웠다고 말할 것이다"라는 경우에 해당하는 사람이 아니겠는가. 내가 가난하여 그 부림을 벗어나게 해 줄 수가 없었다. 그와 함께 강호로 돌아오면서 시를 지어 부끄러움을 쓰노라.

役者余成, 忠信不二, 執鄙事八年, 未嘗見其過. 其畏得而好德, 畏不善而

---

115 호위(胡威) : 진(晉)나라 호위(胡威)가 형주 자사(荊州刺史)로 있는 부친 호질(胡質)을 문후하고 떠날 적에 호질이 비단 1필을 여비로 주었는데, 호위가 무릎을 꿇고서 "대인께서는 청고하신데 어디에서 이런 비단을 얻으셨는지 모르겠습니다"라고 묻고는, 봉록을 모아서 마련한 것이라는 대답을 듣고서 비로소 받았다는 고사가 있다.

愼罰, 躬行而心安樂. 問其部伍, 蓋自其少時至於今, 行年六十矣, 猶一日也. 察其私, 持廉甚謹而遠名. 吾嘗與僚友論其人, 雖古之學問士大夫, 木强而厚於德如第五公胡威, 未能遠過也. 此其人豈子夏所謂雖曰未學吾必謂之學矣者乎. 吾貧, 不能脫其役, 與之同歸江湖之上, 作詩以識愧.

丹籍生涯無列鼎	단적¹¹⁶의 생애로 열정¹¹⁷은 없었지만
白頭忠信可專城	백발 되도록 충신하니 전성¹¹⁸할 만하다오.
自非車騎將軍勢	절로 수레 타는 장군의 기세는 없지만
愧使王尼常作兵	왕니 늘 막부에 있게 함 부끄럽네.

【주석】

愧使王尼常作兵 : 분녕본分寧本에서 "살펴보건대, 원주原注에서 "진晉 왕니王尼가 병대장군兵大將軍의 막부幕府가 되었는데, 낙중洛中의 명사名士 인 왕징王澄과 호모胡母가 병대장군을 보좌하고 있어 모두 그들은 왕니

---

116 단적(丹籍) : 죄인(罪人)을 기록한 명부로 붉은 글씨로 쓰였기 때문에 이렇게 불린다. 여기에서는 여성이 단적을 담당하고 있었다는 의미이다.

117 열정(列鼎) : 솥을 늘어놓는다는 것으로, 신분이 높아짐을 비유한 말이다. 공자(孔子)의 제자 자로(子路)가 "내가 옛날에 어버이를 모시고 있을 때 집이 가난했기 때문에, 나는 되는 대로 거친 음식을 먹는다 하더라도 어버이를 위해서는 백리 밖에서 쌀을 등에 지고 오곤 하였다. 그러나 어버이가 돌아가시고 나서 내가 높은 벼슬을 하여 솥을 늘어놓고 진수성찬을 맛보는 신분[列鼎而食]이 되었는데, 다시 거친 음식을 먹으면서 어버이를 위해 쌀을 지고 왔던 그때의 행복을 이제는 느낄 수 없게 되었다"고 술회한 고사가 있다. 『공자가어·치사(致思)』에 보인다.

118 전성(專城) : 지방 수령이 된다는 말이다.

와 교유했다. 병대장군이 이를 듣자, 왕니는 오랫동안 휴가를 얻어 마침내 막부를 떠날 수가 있었다. 왕니의 자는 계손季孫이다"라 했다"라고 했다.

分寧本云, 按原注, 晉王尼爲兵大將軍幕府,[119] 洛中名士王澄胡母輔之, 皆與尼交. 將軍聞之, 因與尼長[120]假, 遂得離兵. 尼字季孫.[121]

---

119 [교감기] '爲兵大將軍幕府'라는 구절에 대해 살펴보건대, 『진서(晉書)』권49「왕니전(王尼傳)」에는 '初爲護軍府軍士'로 되어 있다.

120 [교감기] '長'이 본래 '表'로 되어 있는데, 고본 및 『진서(晉書)』에 실린「왕니전(王尼傳)」에 의거해 고친다.

121 [교감기] '尼字季孫'에 대해 살펴보건대, 『진서(晉書)』에서는 '王尼字孝孫'이라고 되어 있다.

44. 장중모에게 부치다【희녕 4년 섭현에서 지은 작품이다】

寄張仲謀【熙寧四年葉縣作】

好在張公子	장공자를 좋아하노니
淸秋應苦吟	맑은 가을 응당 괴롭게 읊조리겠지.
衣穿慈母線	어머니가 지어 준 옷[122] 구멍이 나고
囊罄旅人金	길손의 돈 주머니는 텅 비었으리.
早晚辭天闕	조만간 궁궐에서 벗어나
歸來慰陸沉	돌아가 은거하는[123] 그대 위로하리라.
黃花一樽酒	누런 국화의 한 동이 술
期與爾同斟	그대와 함께 마시길 기약하노라.

---

122 어머니가 지어 준 옷 : 맹교(孟郊)의 「유자음(遊子吟)」에서 "인자하신 어머님의 손에 쥔 실은, 길 떠날 아들의 옷을 짓는 거라네. 떠나기에 앞서 꼼꼼히 꿰매시며, 행여 더디 돌아올까 염려하시네. 한 치의 풀과 같은 마음을 가져서, 봄볕 같은 어머님 사랑 보답키 어려워라[慈母手中線, 遊子身上衣. 臨行密密縫, 意恐遲遲歸. 難將寸草心, 報得三春暉]"라고 했다.

123 은거하는 : '육침(陸沈)'은 육지에 물이 없는데도 빠졌다는 말로, 은거(隱居)를 비유한 말이다.

45. 「봄날 노닐다가 열도에 헤어지며」라는 작품에 차운하다.
2수【희녕 3년 섭현에서 지은 작품이다】

次韻春遊別說道. 二首【熙寧三年葉縣作】

첫 번째 수其一

愁眼看春色	근심 속에 봄빛을 보며
城西醉夢中	성 서편에서 취한 듯 꿈꾸는 듯.
柳分楡莢翠	버들 가엔 느릅나무 싹 푸르고
桃上竹梢紅	복사 위로 대나무 끝 붉어라.
燕濕社翁雨	사옹의 비에[124] 제비는 젖었고
鶯啼花信風	꽃 소식 바람에 꾀꼬리는 울어대네.[125]
別離感貧賤	헤어지매 빈천함을 느끼면서

---

124 사옹의 비에 : '사옹우(社翁雨)'는 사일(社日)에 내리는 비인데, 사옹은 사일을 관장하는 신이다. 화신풍(花信風)은 '이십사번화신풍(二十四番花信風)'이 하는 꽃 소식을 알리는 바람을 말한다. 24절기 중 소한(小寒)부터 곡우(穀雨)까지 120일 동안 닷새마다 꽃 소식을 알리는 새로운 바람이 부는데, 그때마다 절후에 맞는 꽃이 차례로 핀다고 한다. 육귀몽(陸龜蒙)의 시에 "몇 방울 사옹우 내리고, 한 줄기 화신풍 부노라[幾點社翁雨, 一番花信風]"라고 했다.

125 사옹의 (…중략…) 울어대네 : '사옹우(社翁雨)'는 사일(社日)에 내리는 비인데, 사옹은 사일을 관장하는 신이다. '화신풍(花信風)'은 '이십사번화신풍(二十四番花信風)'이라고 하는데 꽃 소식을 알리는 바람을 말한다. 24절기 중 소한(小寒)부터 곡우(穀雨)까지 120일 동안 닷새마다 꽃 소식을 알리는 새로운 바람이 부는데, 그때마다 절후에 맞는 꽃이 차례로 핀다고 한다. 육귀몽(陸龜蒙)의 시에 "몇 방울 사옹우 내리고, 한 줄기 화신풍 부노라[幾點社翁雨, 一番花信風]"라고 했다.

殷子正書空	은자처럼 허공에 글을 써보네.[126]

두 번째 수其二

靑春倚江閣	푸른 봄날 강 정자에 기대니
萬象客愁中	온갖 풍경에 길손은 시름겹구나.
江水不勝綠	강물은 더 없이 푸르기만 하고
簷花無賴紅	처마 꽃은 너무도 붉어라.
攲斜半簾日	반쯤 내린 주렴에 해는 기울고
留滯一帆風	한 돛단배에는 바람이 머물러 있네.
携手離筵上	손 잡고 이별의 자리에 이르니
淸樽不易空	맑은 술동이 쉬 비지 않누나.

---

126 은자처럼 (…중략…) 써보네 : 진(晉)나라 때 은호(殷浩)가 일찍이 조정에서 쫓겨
난 뒤로는 집에서 종일토록 공중에다 '돌돌괴사(咄咄怪事)' 네 글자만 허공에 쓰
고 있었다는 고사가 전한다. 『진서 · 은호열전(殷浩列傳)』에 보인다. 여기서는 자
신 또한 은호(殷浩)처럼 허공에 글자나 쓰고 있다는 말이다. 두보의 「대설(對
雪)」에서 "두어 고을 소식이 모두 끊겼는지라, 시름겨워 앉아 허공에 글자를 써
보네[數州消息斷, 愁坐正書空]"라고 했다.

46. 강무대 남쪽에서 감흥이 일어

【원풍 2년 북경에서 지은 작품이다】

講武臺南有感【元豐二年北京作】

月明猶在搭衣竿 　　옷 걸어둔 장대에는 밝은 달빛 내리고

曉踏臺南路屈盤 　　구불구불한 강무대 남쪽 길을 새벽에 걷노라.

騶子雨中先馬去 　　말몰이꾼은 빗속에 먼저 말 타고 가니

村童煙外倚墻看 　　촌아이는 안개 저편에서 담장 기대어 보네.

鴉啼宰木秋風急 　　재목에서는 까마귀 울고 가을바람 거세며

鷺立漁船野水乾 　　고기잡이 배에 백로 있고 들 물은 말라가네.

花似去年堪折贈 　　작년처럼 꽃 피어 꺾어 주노니

插花人去淚闌干 　　꽃 꽂은 사람 떠나가 눈물만 줄줄 흐르네.

47. 손불우가 마실 것을 요구하는데, 중양절의 술을 이미 다 마셨기에 장난삼아 답하며 한 편을 짓다

【희녕 4년 섭현에서 지은 작품이다】

孫不愚索飲, 九日¹²⁷酒已盡, 戲答一篇【熙寧四年葉縣作】

滿眼黃花慰索貧	눈 가득 국화에 가난함을 위안하니
可憐風物逐時新	풍물이 때 맞추어 새로워짐 너무 좋아라.
范丹出後塵生釜	범단은 출사한 후에도 솥에서 먼지 일었고¹²⁸
郭泰歸來雨墊巾	곽태는 돌아가며 빗속에 두건 접혔었지.¹²⁹
偶有淸樽供壽母	우연히 맑은 술 있어 늙은 어머님께 드렸으니
遂無餘瀝及他人	마침내 다른 사람에 줄 술 남지 않았다네.

---

127 **[교감기]** '九日'에 대해 원교(原校)에서는 "2글자가 다른 판본에는 '有'로 되어 있다"라고 했다.

128 범단은 (⋯중략⋯) 일었고 : 후한(後漢) 환제(桓帝) 때 내무(萊蕪) 고을의 수령으로 임명된 범단(范丹)이 가난하게 살면서도 낯빛 하나 변하지 않자, 사람들이 "범사운의 시루 속에서는 먼지만 풀풀 일어나고, 범 내무의 가마솥 속에는 물고기가 뛰어 논다[甑中生塵范史雲, 釜中生魚范萊蕪]"라고 노래를 지어 불렀던 기록이 전한다. 『후한서·독행열전(獨行列傳)』에 보인다. '사운(史雲)'은 범염의 자(字)이다. 이름을 혹 염(冉)이라고도 하는데, 범단보다는 범염(范冉)으로 더 잘 알려져 있다.

129 곽태는 (⋯중략⋯) 접혔었지 : 후한의 곽태(郭泰)는 자가 임종(林宗)인데 당대의 명사(名士)였다. 외출했다가 비를 만나 그가 쓴 각건(角巾)의 한쪽 모서리가 빗물에 젖어 접혔는데, 당시 사람들이 일부러 곽태와 같이 각건의 한 모서리를 접어서 쓰면서 그것을 임종건(林宗巾)이라 불렀다고 한다. 『후한서·곽태열전(郭泰列傳)』에 보인다. 후세에는 명사의 고아(高雅)한 풍치를 모방하는 것을 '점건(墊巾)', '점각(墊角)'이라고 했다.

年豊酒價應須賤 풍년 되어 술값이 응당 비싸지 않으리니

爲子明年作好春 그대 위해 내년에는 좋은 봄 술 만들리라.

48. 외람되게도 수도 형제가 편지를 보내왔는데, 오랫동안 답장을 하지 못했다. 장구를 지어 불민함을 사죄했다

辱粹道兄弟寄書, 久不作報, 以長句謝不敏130

病癖無堪吾懶書	병 감당 못해 답장하는 것 게을렀지만
交親情分豈能疏	친한 정분을 어찌 소원하게 하리까.
深慙煙際兩鴻雁	안개 사이의 두 마리 기러기에
	너무 부끄러우니
遺我罾中雙鯉魚	내 그물 속으로 두 마리 잉어 보내주었다네.
故國靑山長131極眼	고향의 푸른 산은 오래도록 눈에 가득한데
今年白髮不勝梳	올해에는 백발에 빗질도 하지 못한다오.
幾時得計休官去	언제나 벼슬 버리고 떠나가서는
筍葉裹茶同趂虛	댓잎에 차 싸서 함께 저자132에 갈까.

---

130 [교감기] 살펴보건대, 황순(黃䔍)이 작성한 『연보(年譜)』에서는 이 작품을 희녕 (熙寧) 4년에 섭현에서 지은 작품 속에 편입시켰다.

131 [교감기] '長'이 고본에는 '常'으로 되어 있다.

132 저자: 유종원(柳宗元)의 「유주(柳州)」에서 "푸른 대로 소금을 싸서 골짝 손님에 게 주고, 연잎에 밥을 싸서 시장 사람에게 주네[靑箬裹鹽歸洞客, 綠荷包飯趂虛 人]"라고 했는데, 원주(元注)에서 "허(虛)는 시장이다[虛, 市也]"라고 했다.

49. 지명의「조도부 숙질을 초대하며」라는 작품에 화답하다
【원풍 5년 태화에서 지은 작품이다】

和知命招晁道夫叔姪【元豐五年太和作】

過我諸公子	여러 공자들이 떠나가서
寂廖非世娛	쓸쓸하니 세상 즐거움 없다네.
茶須親碾試	차는 모름지기 직접 찧어 맛 봐야 하고
酒可倩行沽	시장의 술을 사오게 할 수도 있네.
日永烏皮几	해가 길어 오피궤[133]에 기대어 있고
窗寒竹火爐	창 싸늘해 죽로[134]를 가까이 하네.
不來尋翰墨	오지 않아 한묵만을 찾노니
僮僕解吳歈[135]	동복도 오나라 노래[136]를 아누나.

---

133 오피궤(烏皮几) 검은 가죽으로 덮은 은궤(隱几)로, 보통 은자(隱者)들이 애용하는 물건으로 일컬어진다.

134 죽로(竹爐) 대나무를 엮고 그 속에 작은 쇠나 구리로 만든 주발을 넣어 불을 피우는 화로이다. 두보의 「관이고청사마제산수도(觀李固請司馬弟山水圖)」에 "간이한 것은 고아한 이의 뜻이요, 편안한 침상과 죽로가 놓였도다[簡易高人意, 匡牀竹火爐]"라고 했다.

135 [교감기] '吳歈'가 고본에는 '挪揄'로 되어 있다.

136 오나라 노래 : '오유(吳歈)'로, 본디 춘추시대 오(吳)나라의 노래이니, 좌사(左思)의 「오도부(吳都賦)」에 "형초(荊楚)의 요염한 춤, 오월(吳越)의 고운 노래[荊艷楚舞, 吳歈越音]"라고 한 예가 있다.

50. 거듭 차운하여 장난삼아 도부에게 주다

再次韻, 戲贈道夫[137]

名教自樂地	명교 가운데 스스로 즐길 곳 있어
思君相與娛	그대와 서로 즐겼던 일 생각나노라.
囊錐見未疾	주머니 속 송곳은 뾰족한 끝 드러냈고[138]
櫝玉待時沽	궤 안의 옥은 팔 때를 기다린다오.[139]
雨歇鳴鳩樹	비 그치자 비둘기는 나무에서 울어대고
薰銷睡鴨爐	향기 사라지도록 화로 옆에서 자네.
不來應夢起	오지 않아도 응당 꿈 깨리니
子學□□歟[140]歟	그대는 날 놀리는 것을 배웠구나.

---

137 [교감기] 살펴보건대, 황순(黃䈙)이 작성한 『연보(年譜)』에서는 이 작품을 원풍(元豐) 5년에 태화에서 지은 작품 속에 편입시켰다.

138 주머니 (…중략…) 드러냈고 : 전국시대 조(趙)나라 평원군(平原君)의 문객(門客)인 모수(毛遂)가 "내가 일찍이 주머니 속의 송곳[囊中之錐]과 같은 입장이었다면, 송곳 끝만 밖으로 나온 정도에 그치지 않고 송곳 자루까지 밖으로 나왔을 것이다"고 하면서 한 번 시험해 주기를 요청했던 고사가 있다. 『사기·평원군열전(平原君列傳)』에 보인다.

139 궤 (…중략…) 기다린다오 : 자공(子貢)이 묻기를, "여기에 미옥(美玉)이 있다면, 독에 넣어 감추어야 합니까, 충분한 값을 받고 팔아야 합니까"라고 하니, 공자가 대답하기를, "팔아야지. 팔아야지. 나는 팔리기를 기다리는 자이다"라고 했다. 『논어·자한(子罕)』에 보인다.

140 [교감기] '□歟' 2글자가 고본에는 본래 빠져있다.

51. 가을날의 상념
秋思

椎牛作社酒新篘	소 잡아 제사 지내고[141] 술도 갓 걸러
扶老將兒嬉隴頭	아이들 노인 부축한 채 언덕에서 노니네.
木落人家見雞犬	잎이 져서 인가의 닭과 개가 보이고
曉寒溪口在汀洲	정주 물가 계곡 입구에 있으니 새벽 싸늘해라.
無功可佩水蒼玉	공은 없지만 수창옥[142]을 찰 만하며
卒歲空思狐白裘	죽도록 헛되이 호백구[143]를 생각한다네.
身到楚儃非屈宋	몸이 초 땅에 이른 굴원과 송옥 아니면서
顧慙疎懶作悲秋	게을리 「비추부」[144] 짓고 있으니 부끄럽구나.

---

141 소 (…중략…) 지내고 : 『한시외전』에 의하면 "소를 잡아서 묘제를 지내는 것이 어버이 생전에 닭고기, 돼지고기로 봉양하는 것만 못하다[椎牛而祭墓, 不如雞豚之逮親存也]"라고 했다.

142 수창옥(水蒼玉) : 물의 빛깔처럼 푸른빛이 도는 옥을 말한다. 『예기·옥조(玉藻)』에서 "대부는 수창옥을 찬다"라고 했다.

143 호백구(狐白裘) : 여우의 겨드랑이에 있는 흰털의 부분만을 모아서 갖옷[裘]을 만든 것이다. 전국시대 제(齊)나라 맹상군(孟嘗君)이 호백구를 갖고 있었는데, 진(秦)나라의 초청을 받고 갔다가 참소에 걸려 갇혀 죽게 되자, 진왕(秦王)의 애희(愛姬)에게 구명(救命)을 청탁하였다. 이 여인이 구명의 대가로 맹상군의 호백구를 요구하였으나 호백구는 이미 진왕에게 선물로 바쳐져 일이 난처해졌다. 마침 수종한 식객 중에 도둑질을 잘하는 사람이 있어서 밤에 진왕의 창고에 들어가 호백구를 훔쳐 내어 이를 여인에게 선사하고, 이 여인이 진왕에게 잘 말해 주어 석방되어 본국으로 돌아갈 수 있었다. 『사기·맹상군전(孟嘗君傳)』에 보인다.

144 「비추부(悲秋賦)」 : 전국시대 초나라의 문인으로, 굴원(屈原)의 제자이기도 한 송옥(宋玉)이 가을을 슬퍼하는 뜻으로 「구변(九辯)」을 노래했는데, 「구변」의 대략에 "슬프다, 가을의 기후여. 쓸쓸하여라, 초목은 낙엽이 져서 쇠하였도다. 처창

하여라, 흡사 타향에 있는 듯하도다. 산에 올라 물을 굽어봄이여, 돌아가는 이를
보내도다[悲哉, 秋之爲氣也. 蕭瑟兮, 草木搖落而變衰. 憭慄兮, 若在遠行. 登山臨水
兮, 送將歸]"라고 했는데, 이것을 속칭 「비추부」라 일컫는다.

52. 희중이 이도위의 북원에서 열린 술자리에 초대했다
【원풍 2년 북경에서 지은 작품이다】

希仲招飲李都尉北園【元豐二年北京作】

曉踏驊騮傍古墻	새벽에 말 타고 옛 담장 옆을 지나가
北園同繫紫游韁	북원에 붉은 말고삐를 함께 매었지.
主人情厚杯無筭	주인은 정 두터워 술잔 끝도 없고
別館春深日正長	별장은 봄 깊어 해도 정말로 길구나.
楊柳陰斜移坐晩	버들 그늘 기울자 저물녘 자리 옮기니
酴醾花暗染衣香	도미[145]의 꽃향기가 옷에 스며드누나.
夜深恐觸金吾禁	밤 깊으면 금오의 금령에 저촉될까 두려워
走馬天街趁夕陽	석양녘에 천가로 말 달려간다오.

---

145 도미(酴醾) : 『왕립지시화(王立之詩話)』에서 "도미는 본래 술 이름이다. 세상에 핀 꽃 가운데 그 빛깔이 도미의 흰 색깔과 비슷하여 그 이름을 취하였다[酴醾, 本酒名也. 世所開花, 本以其顔色似之, 故取其名]"라고 했다.

53. 서산을 지나다

過西山[146]

新春木葉未蒙籠	새 봄이라 나뭇잎은 아직 틔지 않았고
西望天涯幾日通	서쪽으로 하늘 끝 보며 며칠이나 지나왔나.
商洛山間白雲起	상산과 낙산 가운데 흰 구름이 일어나니
行歌思見採芝翁	읊조리고 가면서 채지옹[147]을 생각한다오.

---

146 [교감기] 살펴보건대, 이 작품에서부터 「九日對菊有懷粹老在河上四首」까지는 여덟 개의 시제(詩題)로 총 15수(首)인데, 황순(黃莟)이 작성한 『연보(年譜)』에서는 모두 원풍(元豐) 2년 북경에서 지은 작품 속에 편입시켰다.

147 채지옹(採芝翁) : 진(秦)나라 때의 은자(隱者) 동원공(東園公)·기리계(綺里季)·하황공(夏黃公)·녹리선생(甪里先生)을 말한다. 보통 상산사호(商山四皓)로, 「자지가(紫芝歌)」를 지어 세상에 뜻이 없다는 것을 보였고, 한 고조(漢高祖)가 불렀어도 쉽게 나오지 않았다고 한다.

54. 밤에 옆 배의 최가의 아이가 부르는 노래를 듣고
夜聞鄰舟崔家兒歌

半夜聞歌客寢驚　　밤중의 노래 소리에 길손은 잠에서 깨니
空餘縹緲渡江聲　　아득한 허공으로 강물 건너오네.
湘妃舞罷波紋冷　　상비[148] 춤 마치니 물결 차갑게 일렁이고
月欲銜山天未明　　달은 산을 머금으려 하는데 하늘은 어둑해라.

---

148 상비(湘妃): 순(舜)임금의 비(妃)인 아황(娥皇)과 여영(女英)을 말한다. 순임금이 남쪽 지방을 순수하다가 죽었으므로 창오(蒼梧)에다 장사지냈는데, 아황과 여영이 상강(湘江)에 이르러 둘이 부둥켜안고 울다가 상강에 빠져 죽었고 그들이 흘린 피눈물이 대나무에 떨어졌으므로 반죽(斑竹)이 생겼다 한다. 두보의 「미피행(渼陂行)」에서 "상비와 한녀 두 수신(水神)이 나와서 노래하고 춤추며, 금지와 취기의 빛이 어른거리네[湘妃漢女出歌舞, 金支翠旗光有無]"라고 했다.

55. 거듭 답하다

重答

莫怪東墻擲果頻	동쪽 담장으로 과일 자주 던짐[149] 괴이타 마소
沈郞眉宇正靑春	심랑의 모습은 바로 청춘이라오.
自言多病腰圍減	병이 많아 허리 가늘어졌다고 말을 하지만
依舊瓊林照映人	예전처럼 경림[150]에서 빛나는 사람이라오.

---

149 과일 자주 던짐 : '척과(擲果)'는 여인들이 아름다운 남자에게 애정을 표시하는 것을 의미한다. 진(晉)나라 문장가인 반악(潘岳)은 용모가 매우 아름다워 젊은 시절 밖으로 나가 노닐면 여인들이 너도나도 과일을 던지며 유혹하여 수레에 가득 싣고 돌아올 정도였다고 하는데, 이를 차용하여 한 말이다. 『진서·반악열전 (潘岳列傳)』에 보인다.

150 경림(瓊林) : 경림원(瓊林苑)의 준말로, 송나라 때 새로 급제한 자들에게 축하 연회를 베풀어 주었던 장소이다.

56. 홍구에서

鴻溝

이 작품부터 「자산묘子産廟」라는 작품까지는 「화이수재사절구和李秀才
四絶句」에 해당하는데, 산곡 황정견이 만년에 다만 「양박묘楊朴墓」한 수
만을 취했다.

此詩止子産廟, 乃和李秀才四絶句, 山谷晚年獨取楊朴墓一首.

英雄竝世不相容	영웅을 세상에서 받아들이지 못하였고
割據山川計亦窮	산천에 거처하려는 계획 또한 궁핍하였네.
溝水已東全入漢	도랑물 동쪽으로 흘러가
	모두 한수로 들어가니
淮陰誰復議元功	회음에서 누가 다시 큰 공을 의론하리까.

57. 배진공의 서당에서

裴晉公書堂

裴公入相便論兵	배공은 재상되어 곧바로 병사를 논하며
躍馬淮西一戰平	회서에서 말 타고 한 번 싸워 평정하였네.
黃閣不須金印好	황각에서의 금인의 벼슬 좋아하지 않아서
却來山下作書生	도리어 산 아래에 와서 서생이 되었다네.

58. 자산묘에서

子産廟

區區小鄭多君子	구구한 소정에는 군자들도 많지만
誰若公孫用意深	누가 공손처럼 마음 씀이 깊었던가.
監巫[151]執節誅腹誹	무당 감독하며 절개 지켜 복비[152]를 주벌했고
不除鄕校獨何心	향교를 철폐하지 않았으니
	홀로 무슨 마음이었나.[153]

---

151 [교감기] '巫'가 본래 빠져있는데, 고본에 의거해 보충한다.

152 복비(腹誹) : 입으로 말하지 않고 마음속으로 비방한다는 뜻으로, 『사기·평준서(平準書)』에 보면, 한(漢)나라 무제(武帝) 때에 염리(廉吏)인 대농(大農) 안이(顏異)가 무제의 불합리한 하문(下問)에 앞뒤가 맞지 않다고 대답했다. 당시 그와 사이가 좋지 않던 혹리(酷吏)인 어사대부(御史大夫) 장탕(張湯)이 어떤 사람에게 안이가 황제의 조명(詔命)을 불편하게 여긴다는 말을 듣고 안이에게 물었다. 이에 안이가 웃으면서 대답하지 않자, 무제에게, "안이는 구경(九卿)으로서 정령(政令)이 불편한 것을 보고 들어와서 말하지 않고, 마음속으로 비방하였으니, 사형으로 논해야 한다"고 아뢰어 안이가 주벌되었는데, 이 뒤로부터 복비의 법이 전례가 되었다.

153 향교를 (…중략…) 마음이었나 : 춘추시대 정(鄭)나라의 어진 재상 정자산(鄭子産)과 관련된 일화이다. 정나라 사람들이 향교(鄕校)에 모여 노닐면서 집정(執政)의 잘잘못을 비난하니, 연명(然明)이 자산(子産)에게 향교를 허무는 것이 어떻겠냐고 하자, 자산이 말하기를 "무엇 때문에 허물겠는가. 사람들이 조석으로 알현하고 물러 나와 노닐면서 집정의 선악을 의논한다 하니, 저들이 선하다고 하는 것을 내가 행하고 저들이 악하다고 하는 것을 내가 고친다면, 이들이 바로 나의 스승이다. 무엇 때문에 향교를 허물겠는가[何爲, 夫人朝夕退而游焉, 以議執政之善否, 其所善者, 吾則行之, 其所惡者, 吾則改之, 是吾師也, 若之何毁之]"라고 하니, 연명이 탄복했다고 한다. 『춘추좌전·양공(襄公) 31년』 조에 보인다.

59. 이십제 창이 '화'자에 화답한 것을 보고 생각나는 대로 읊조리다. 5수

見二十弟倡和花字, 漫興. 五首

첫 번째 수其一

落絮遊絲三月候	버들 솜 지고 아지랑이 오르는 삼월
風吹雨洗一城花	바람이 비 몰아와 온 성 꽃을 적시네.
未知東郭清明酒	모르겠네, 동곽의 청명시절 술이
何似西窗穀雨茶	서창의 곡우시절 차와 비교하면 어떠할지.

두 번째 수其二

官馳鳴鐸逐鹽車	관청 낙타 방울 울리며 소금 수레 따르니
只見風塵不見花	보이는 건 바람 먼지요, 꽃은 보이지 않네.
空作江南江北夢	부질없이 강남과 강북의 꿈을 꾸노니
辛夷躑躅倚山茶	신이화[154] 철쭉이 산다[155]에 기대어 있네.

---

154 신이화(辛夷花) : 백목련(白木蓮)을 말한다.
155 산다(山茶) : 동백(冬柏)의 별칭인데, 동백꽃은 겨울부터 이른 봄까지 계속하여 핀다.

세 번째 수其三

睡起草玄三畝宅　　잠 깨어 삼묘의 집에서 『태현경』 쓰는데

無人載[156]酒眼昏花　　술 실고 오는 이 없고 눈도 흐릿하여라.

不知誰勸路門講　　모르겠네, 누가 노문[157]의 학문 권하면서

天上日長坐[158]賜茶　　하늘의 해 긴 날에 차를 보내어 줄지.

네 번째 수其四

鄴城也似洛城闊　　업성은 낙성처럼 드넓어

□□園林學養花　　□□ 원림에서 꽃 재배하는 것 배우노라.

欲把一樽隨飮處　　술 잔 들고 가는 곳마다 마시고자 하는데

□□處處鎖官茶　　□□ 곳곳마다 관청 차 가득하네.

다섯 번째 수其五

池面白魚吹落絮　　연못 위 흰 물고기는 진 버들 솜 불고

156　[교감기] '載'가 고본에는 '送'으로 되어 있다.

157　노문(路門) : 천자의 궁궐 문 가운데 하나이다. 천자의 궁궐 문은 다섯으로, 바깥
　　에서부터 고문(皐門), 고문(庫門), 치문(雉門), 응문(應門), 노문(路門)의 순으
　　로 되어 있으며, 제후의 문은 셋으로, 바깥에서부터 고문(庫門), 치문(雉門), 노
　　문(路門)의 순이다. 그러나 이에 대해서 여러 가지 이설(異說)이 있다.

158　[교감기] '坐'가 본래 빠져 있는데, 고본에 의거해 보충한다. 원교(原校)에서는
　　"다른 판본에는 '爲'로 되어 있다"라고 했다.

□□□□退枯花　　　　□□□□ 마른 꽃 물러나누나.
無因光祿賜官酒　　　광록으로 인한 관청 술 하사받지 못하니
且學潞公灌蜀茶　　　또한 노공이 촉차 마시는 걸 배울 뿐.

60. 9월 9일 국화를 대하니, 하수 가에 있는 수노가 그리워 짓다. 4수【뒤 2수는 비파를 타던 여종을 위해 지은 것이다】

九日對菊, 有懷粹老在河上. 四首【後二首爲琵琶女奴作】

첫 번째 수其一

月邀棊約屢登臺　　달빛 속에 바둑 약속으로 자주 대에 오르니

學省公廳只對街　　학성공의 관청은 다만 거리 대하고 있으리.

九日菊花孤痛飮　　구일 국화 속에 홀로 맘껏 술 마시니

百端人事可安排　　온갖 사람 일이 가지런히 정리 되리라.

두 번째 수其二

黃花節晩猶可惜　　늦은 시절 누런 국화가 오히려 사랑스러운데

靑眼故人殊未來　　청안의 옛 벗은 자못 오지 않누나.

金蘂飛觴無計共　　누런 꽃술과 술잔을 함께 할 수 없는데

香鈿滿地始應回　　향기론 비녀 땅 가득한 구일 돌아왔어라.

세 번째 수其三

憶得舊時重九日　　예전의 중양절이 생각나노니

紫萸黃菊壓梳釵　　붉은 수유와 누런 국화가 빗과 비녀 덮었지.

寒花有意催垂淚　　찬 꽃은 마음 있어 눈물 떨구길 재촉하는데
喜鵲無端屢下堦　　까치는 뜬금없이 자주 계단으로 내려오네.

네 번째 수其四

碧窗閑殺春風手　　푸른 창에 너무도 한가로운 봄바람 같은 솜씨[159]
古柳堤[160]鶯幾日回　　제방의 옛 버들에 언제나 꾀꼬리 돌아오려나.
縱有黃花堪對酒　　비록 누런 꽃 있어 마주하고 술 마시겠지만
應無紅袖與傳杯　　응당 술잔 전해줄 붉은 소매는 없으리라.

---

159 봄바람 같은 솜씨 : 비파를 타는 여인의 솜씨를 표현한 말이다. 왕안석(王安石)
　　의 「명비곡(明妃曲)」에서 "황금 한발에 봄바람 같은 손으로[黃金捍撥春風手]"라
　　고 했다.
160 [교감기] '堤'가 고본에는 '啼'로 되어 있다.

61. 사창과 왕박유에게 보내다【원풍 2년 북경에서 지은 작품이다】

贈謝敞王博喩【元豐二年北京作】

高哉孔孟如秋月	위대하도다, 가을 달 같은 공맹이여
萬古淸光仰照臨	만고세월 맑은 빛을 우러러 본다오.
千里特來求驥馬	천 리 밖에서 준마 구했기에 왔는데
兩生於此敵南161金	두 사람은 이에 남금162에 해당한다오.
文章最忌隨人後	문장은 다른 사람보다 뒤지는 걸
	가장 싫어했고
道德無多只本心	도덕이 다만 본심에는 많지 않다네.
廢軫斷弦塵漠漠	부서진 수레와 끊어진 줄에는
	먼지만 가득하니
起予惆悵伯牙琴	백아 거문고의 슬픔이 내게 일어나누나.

---

161 [교감기] '南'이 고본에는 '黃'으로 되어 있다.
162 남금(南金) : 남방에서 생산되는 황금으로 값이 일반 황금의 두 배가 된다. 옛날
 회이(淮夷)가 노 희공(魯僖公)에게 남금을 조공(朝貢)으로 바친 일이 있다. 『시
 경·반수(泮水)』에서 "남방의 좋은 황금을 많이 조공으로 바쳤다[元龜象齒, 大賂
 南金]"라고 했다.

62. 곽감부의 「영설」에 화답하다

【원풍 2년 북경에서 지은 작품이다】

和答郭監簿詠雪【元豐二年北京作】

細學梅花落晚風　　　매화꽃 늦바람에 떨어지는 걸 잘 배운 듯
忽[163]飜柳絮下春空　　홀연 버들 솜처럼 휘날려 봄 하늘에 내리네.
家貧無酒願鄰富　　　집 가난해 술 없으니 이웃집 부유하길 바라고
官冷有田知歲豐　　　관청 싸늘해도 밭이 있어 풍년듦을 알겠어라.
夜聽枕邊飄屋瓦　　　밤에 베개머리에서 기왓장에 날리는 걸 듣고
夢成江上打船蓬　　　꿈속에선 강가 뱃머리를 친다오.
覺來幽鳥語聲樂　　　잠 깨니 그윽한 새의 울음소리에 즐거우니
疑在白鷗寒葦中　　　마치 흰 갈매기가 찬 갈대 속에 있는 듯.

---

163 [교감기] '忽'이 고본에는 '輕'으로 되어 있다.

63. 숙직하며 진자혜에게 부치다

直舍, 寄陳子惠

廣文賓退下簾重
凉氣微生筆硯中
不得朱絃寫流水
綠槐陰合鳥呼風

광문은 빈객 물러나 주렴 거듭 내리니
찬 기운이 붓과 벼루에서 미세하게 일어나네.
거문고로 흐르는 물을 그리지는[164] 못하지만
푸른 홰나무 그늘 아래 바람결엔 새소리.

---

164 거문고로 (…중략…) 그리지는: 이 구절은 춘추시대 백아(伯牙)와 종자기(鍾子期)의 고사를 활용한 것이다. 백아가 거문고를 잘 탔는데 종자기는 이것을 잘 알아들었다. 그리하여 백아가 마음속에 '높은 산[高山]'을 두고 거문고를 타면 종자기는 이를 알아듣고 "아, 훌륭하다. 험준하기가 태산과 같다[善哉, 峨峨兮若泰山]"라고 하였으며, 백아가 마음속에 '흐르는 물[流水]'을 두고 거문고를 타면 종자기는 이를 알아듣고 "아, 훌륭하다. 광대히 흐름이 강하와 같다[善哉, 洋洋兮若江河]"라고 했다. 이를 지음(知音)이라 하여 친구 간에 서로 상대의 포부나 경륜을 알아줌을 비유하게 되었다. 『열자·탕문(湯問)』에 보인다.

64. 정회의 「우후」라는 작품에 화운하다
【희녕 8년 북경에서 지은 작품이다】

和庭誨雨後【熙寧八年北京作】

小霽臥觀書	잠시 비 개어 누워 책 보며
涼軒夏簟舒	시원한 집에 여름 대자리 펼쳤네.
天靑印鳥跡	푸른 하늘엔 새 자취 찍혀 있고
雲黑卷犀渠	방패[165] 같던 검은 구름 걷히었네.
新月來高樹	초승달은 높은 나무에 걸리었고
淸風轉廣除	맑은 바람은 넓은 뜰에 불어오네.
雨師眞解事	우사가 진실로 일을 제대로 하여
一爲洗空虛	한 번 비 내려 허공을 씻었구나.

---

165 서거(犀渠) : 『국어・오어(吳語)』에서 "무소의 가죽으로 만든 방패이다"라고 했다.

65. 정회의 「고우불출」이라는 작품에 화운하다

和庭誨苦雨不出166

端居廣文舍	아담한 광문의 집
暑服似純綿	여름 옷 마치 생사 같구나.
綠竹塵蒙合	푸른 대나무에 먼지 끼었고
紅榴日炙蔫	붉은 석류는 날마다 익어가누나.
披襟風入幌	바람 휘장으로 들어와 옷깃 날리고
灑面雨連天	연일 비가 내려 얼굴에 비 뿌리네.
莫惜167角巾墊	각건이 접히는 것168 애석타 말고
勤來坐馬韉	말안장에 앉아 부지런히 오시게나.

【주석】

勤來坐馬韉 : 두보의 「추일기부영회봉기정감심이빈객지방일백운秋日

---

166 [교감기] 살펴보건대, 황순(黃𩆵)이 작성한『연보(年譜)』에서는 이 작품을 희녕(熙寧) 8년에 북경에서 지은 작품 속에 편입시켰다.

167 惜 : 중화서국본에는 '借'로 되어 있으나,『산곡집(山谷集)』에는 '惜'으로 되어 있다.

168 각건이 접히는 것 : 후한의 곽태(郭泰)는 자가 임종(林宗)인데 당대의 명사(名士)였다. 외출했다가 비를 만나 그가 쓴 각건(角巾)의 한쪽 모서리가 빗물에 젖어 접혔는데, 당시 사람들이 일부러 곽태와 같이 각건의 한 모서리를 접어 쓰면서 그것을 임종건(林宗巾)이라 불렀다고 한다. 후세에는 명사의 고아(高雅)한 풍치를 모방하는 것을 '점건(墊巾)', '점각(墊角)'이라고 했다.『후한서·곽태열전(郭泰列傳)』에 보인다.

<u>夔府詠懷奉寄鄭監審李賓客之芳一百韻</u>」에서 "아이가 가서 물고기 통발을 보고,
사람 와도 말안장에 앉네"라고 했다.

　老杜有兒去看魚筍,[169] 人來坐馬韉之句.

---

169 [교감기] '筍'가 본래 '筒'으로 되어 있는데, 오류이다. 지금 고본에서 두보의 「秋
　　日夔府詠懷奉寄鄭監審李賓客之芳一百韻」의 원래 작품을 참고하여 고친 것에 따
　　른다.

66. 정회의 「안추과출성」이란 작품에 차운하다

次韻庭誨按秋課出城[170]

風鳴落葉[171]地	잎 진 곳에는 바람이 불어대고
露著晚瓜田	저물녘 오이밭에는 이슬이 내리었네.
官道奔車氣	관청 길에는 분주한 수레의 기운
經家煮棗煙	지나는 인가엔 대추 굽는 연기.
穫人歌挃挃	벼 베는 사람은 벼 베는 노래하고
公子騎翩翩	공자는 말 타고 날 듯 가네.
旁舍未隱屜[172]	이웃 관청에서는 은휼隱恤하지 않았노니
明秋願有年	내년 가을엔 풍년 들길 바라노라.

---

170 [교감기] 살펴보건대, 황순(黃㽦)이 작성한 『연보(年譜)』에서는 이 작품을 희녕 (熙寧) 8년에 북경에서 지은 작품 속에 편입시켰다.
171 [교감기] '葉'이 고본·건륭본에는 '意'로 되어 있다.
172 [교감기] '未隱屜'가 고본에는 '來高隱'으로 되어 있다.

67. 큰바람【희녕 8년 북경에서 지은 작품이다】

大風【熙寧八年北京作】

霜重天高日色微	높은 하늘에 서리 두텁고 햇빛은 희미한데
顚狂紅葉上墻飛	붉은 잎 미친 듯 뒤집히며 계단으로 날아오네.
北風不惜江南客	북풍은 강남의 길손 불쌍히 여기지 않고
更入破窗吹客衣	다시 창 뚫고 길손 옷에 불어오누나.

68. 사문 이문원의 정자에 쓰다【희녕 8년 북경에서 지은 작품이다】

題司門李文園亭【熙寧八年北京作】

白氏草堂元自葺	백 씨의 초당[173]은 본래 스스로 지은 집
陶公[174]三徑不教荒	도공은 삼경[175]이 황폐해지지 않게 했다네.
靑蕉雨後開書卷	푸른 파초에 비 지난 뒤에는 책을 읽고
黃菊霜前碎鵠裳	누런 국화에 서리 내리기 전엔
	고니 치마 자르네.
落日看山凭曲檻	지는 해에 산 보며 난간에 기대이고
淸風談道據胡牀	맑은 바람에 도 논하며 호상에 의지하네.
此來遂得歸休意	이곳에 와서 마침내 귀거래의 뜻 얻었으니
却莫翻然起相湯	도리어 탕을 도우려는 뜻[176] 일으키지 마시게나.

---

173 백 씨의 초당 : '백 씨(白氏)'는 당(唐)나라 백거이(白居易)를 가리킨다. 백거이는 여산(廬山)의 수려한 경관에 심취하여 그곳에 여산초당(廬山草堂)을 짓고 그 근처에 있는 두 암자를 오가며 그곳의 고승들과 자유로운 생활을 했다.

174 [교감기] '公'이 고본에는 '家'로 되어 있다.

175 도공은 삼경 : '도공(陶公)'은 도잠(陶潛)을 말한다. '삼경(三徑)'은 본래 전한(前漢) 때 장후(蔣詡)가 두릉(杜陵)에 은거하면서 집 안에 세 가닥 길을 만들어 놓고 당시 고사(高士)였던 양중(羊仲)과 구중(求仲), 두 사람하고만 어울렸다는 고사와 관련되어 있다. 도잠 역시 「전거(田居)」라는 작품에서 "평소 마음 정히 이와 같나니, 삼경을 열어 삼익우(三益友)를 맞으리[素心正如此, 開徑望三益]"라고 한 바 있다.

176 탕을 도우려는 뜻 : 『서경·탕서(湯誓)』의 서문에서 "이윤이 탕을 도와 걸을 정벌하려고, 이로부터 올라와 드디어 명조의 들에서 걸과 싸우고, 탕서를 지었다[伊尹相湯伐桀, 升自陑, 遂與桀戰于鳴條之野, 作湯誓]"라고 했다.

69. 차운하여 대원의 제편에 화운하다. 9수

【치평 3년에 지은 작품이다】

次韻和臺源諸篇. 九首【治平三年作】

남병산南屛山

襞積藍光刻削成	주름처럼 쌓인 산 빛이 깎아지는 곳에서
主人題作正南屛	주인이 남병산을 대상으로 시 지었다네.
身更萬事已頭白	몸은 온갖 일 겪어 이미 흰머리가 되었지만
相對百年終眼靑	서로 한평생 대하며 반갑게 맞이한다오.
煙雨數峯當隱几	안개 비 몇 봉우리는 은궤에서 마주하고
林塘一帶是中庭	숲 못이 바로 뜰의 가운데가 되었다네.
紅塵車馬無因到	홍진 세상의 거마가 이르지 않는 곳이기에
石壁松門本不扃	석벽의 소나무 문에 본래 빗장 하지 않았네.

칠대봉七臺峯

欲雕佳句累層巒	첩첩의 산을 좋은 시로 읊조리고자 하나
深愧揮斤斲鼻端	코 끝 도끼로 깎아내리는 재주[177]에

---

177 코 (⋯중략⋯) 재주 : 영(郢) 땅 사람이 백토(白土) 가루를 자기 코끝에 바르되 매 미날개처럼 엷게 하고 장석(匠石)으로 하여금 깎아내게 하니, 장석은 큰 자귀를 휘둘러 바람을 일으켜 깎아내리어 백토가 다 벗겨지고 코는 상하지 않았다 한다. 『장자ㆍ서무귀(徐無鬼)』에 보인다.

대단히 부끄럽네.

作者七人俱老大	시 지은 일곱 사람 모두 늙었지만
昻藏却立古衣冠	헌칠하게 도리어 옛 의관을 걸쳤구나.
千年避世朝市[178]改	천년토록 피한 세상은 바뀌었지만
萬籟入松溪澗寒	바람은 솔에 들어와 계곡은 싸늘하구나.
我有號鐘鎖蛛網	나에게 거미줄에 휩싸인 호종[179]이 있노니
何時對汝發淸彈	어느 때나 널 대하고 맑은 곡조 연주하려나.

칠대계七臺溪

先生行樂在淸溪	선생은 맑은 계곡에서 즐겁게 노닐면서
滿世功名對畫脂	세상 가득한 공명을 덧없이[180] 여기었다네.
一道寒波隨眼淨	한 줄기 찬 물결 보이는 곳마다 깨끗하고
百年高柳到天垂	백 년의 높은 버들나무 하늘을 찌를 듯.
昔人無處問誰氏	옛사람이 누구인지 물을 곳도 없는데
遺礎有情猶舊基	남은 주춧돌의 옛 터가 유정도 하여라.

---

178 [교감기] '朝市'가 고본에는 '市朝'로 되어 있다.
179 호종(號鐘) : 제 환공(齊桓公)이 가지고 있었다는 명금(鳴琴)의 이름이다.
180 덧없이 : '화지(畫脂)'는 기름덩이에 그림을 그린다는 말로, 아무 보람이 없음을 뜻한다. 한(漢)나라 환관(桓寬)의 「염철론(鹽鐵論)」에 "안으로 바탕이 없이 겉으로 문만 배운다면, 아무리 어진 스승이나 훌륭한 벗이 있더라도 마치 기름덩이에다 그림을 그리거나 얼음에다 조각하는 것과 같아서 시간만 허비하고 보람은 없을 것이다[內無其質而外學其文, 雖有賢師良友, 若畫脂鏤氷, 費日損功]"라고 했다.

猿鶴至今煙慘澹	원숭이 학은 지금도 안개 속에 슬피 울어대나
賢愚俱盡水漣漪	현우는 모두 사라진 채 물결만 일렁이누나.
四時相及漏催滴	물시계 재촉하듯 사계절이 번갈아 들고
萬事不疑冰泮澌	얼음이 녹듯 모든 일 의아해 하지 않네.
聊欲烹茶羹杞菊	차 끓이고 기국[181]으로 죽 쓰고자 하니
身如桑苧與天隨	몸은 상저[182]마냥 하늘 이치 따르리라.

첩병암疊屛巖

篁竹參天無人行	하늘 찌를 듯한 대숲엔 오가는 이 없는데
來游者多蹊自成	구경 온 사람 많아 샛길 절로 만들어졌네.
石屛重疊翡翠玉	첩첩의 석병은 비취빛의 옥이요
蓮蕩宛轉芙蓉城	연꽃 물결 일렁이니 부용성이로다.
世緣遮盡不到眼	세상 인연 완전히 끊겨 사람들 오지 않는데
幽事相引頗關情	그윽한 일로 서로 이끄니 자못 정이 있어라.
一爐沈水坐終日	화로에 침수향 피우며 종일 앉아 있노니
喚夢鵓鴣相應鳴	꿈속에 비둘기와 서로 응당 노래하겠지.

---

181 기국(杞菊) : 구기자와 국화를 말한다. 당(唐)나라 시인 육귀몽(陸龜蒙)이 일찍
   이 집의 앞뒤에 구기자(枸杞子)와 국화(菊花)를 심어 놓고 봄·여름으로 그 지엽
   (枝葉)을 채취해 먹으면서 「기국부(杞菊賦)」를 지은 바 있다.
182 상저(桑苧) : 뽕과 모시를 심고 가꾸는 것으로 농사를 뜻하는 말로 쓰인다. 당
   (唐)나라 때 은사(隱士)로 『다경(茶經)』을 지은 육우(陸羽)의 호가 상저옹(桑苧
   翁)이다.

영수대靈壽臺

藤樹誰知先後生	등나무와 영수대 누가 먼저 일까
萬年相倚共枯榮	만년토록 서로 의지한 채 영고 함께 했네.
層臺定自有天地	층층 대에는 절로 또 다른 세계 있노니
鼻祖已來傳父兄	비조 이래로 부형에게 전해졌다네.
虎豹文章藏霧雨	호표의 무늬는 안개비 속에 감춰졌고
龍蛇頭角聽雷聲	용사의 두각은 우레 소리를 내는구나.
何時暫取蒼煙策	언제나 잠시나마 창연책[183]을 취해
獻與本朝優老成	본조의 훌륭한 노성인에게 드릴까.

선교동仙橋洞

橫閣晴虹渡石溪	횡각 개이어 무지개가 석계를 건너오니
幾年鑰鎖鎭瑤扉	몇 해나 빗장 잠근 채 요비[184] 감추었나.
洞中日月眞長久	골짜기의 세월은 진실로 장구하니
世上功名果是非	세상의 공명은 누가 그르고 옳았던가.
叱石元知牧羊在	돌 꾸짖은 것은 본래 양이 있음 안 것이요[185]

---

183 창연책(蒼煙策) : 푸른 이내 속에 살아가고자 하는 계획을 말하는 것으로 보인다.
184 요비(瑤扉) : 요대(瑤臺)의 문비(門扉)를 말한다.
185 돌 (…중략…) 것이요 : 『신선전(神仙傳)』에서 "황초평(黃初平)이 14세 때 양(羊)을 먹이다가 금화산(金華山)에 들어가 40년 동안 나오지 않았는데, 그의 형 초기(初起)가 마침내 동생을 찾아 양의 소재를 묻자 뒷산에 있다고 하므로 가서 보매 백석(白石)만 있었다. 초평이 백석을 꾸짖으며 '양들아, 일어나라'라고 하니, 백

爛柯應有看棊歸	도끼자루 문드러짐은 응당
	바둑 보고 온 때문이네.[186]
若逢白鶴來華表	만약 백학이 화표주에 오는 것을 만나거든
識取當年丁令威	그 당시의 정령위인 줄 알리라.[187]

영춘대靈椿臺

固蔕深根且一丘	언덕에 꼭지 단단하고 뿌리 깊은데
少時嘗恐斧斤求	어릴 적엔 늘 도끼질 당할까 걱정했다오.
何人比擬明堂柱	어떤 사람은 명당의 기둥감이라고 하는데
幾歲經營江漢洲	언제부터 강한의 물가에 자리를 잡았는가.
終以不才名四海	끝내 재목 못된다고 세상에 이름났기에
果然無禍閱千秋	과연 재앙 없어 천년 세월을 살았구나.
空山萬籟月明底	빈산에 바람 일고 맑은 달빛 내리니

석이 모두 양이 되어 일어났다"라고 했다.
186 도끼자루 (…중략…) 때문이네 : 진(晉)나라 왕질(王質)이 산에서 나무하다가 몇 명의 동자(童子)가 바둑을 두며 노래하는 것을 구경하였는데, 얼마 뒤에 왜 안 가느냐는 동자의 말을 듣고 일어서려 하니 도끼자루가 모두 썩어 있었고, 산을 내려와 보니 아는 사람들이 모두 죽고 없더라는 '왕질난가(王質爛柯)'의 이야기가 남조(南朝) 양(梁) 임방(任昉)의 『술이기(述異記)』 권상(卷上)에 나온다.
187 만약 (…중략…) 알리라 : 요동(遼東) 사람 정영위(丁令威)가 신선이 되고 나서 1천 년 만에 학으로 변해 다시 고향을 찾아와서는 요동 성문의 화표주(華表柱) 위에 내려앉았다는데, 소년 하나가 활을 쏘려고 하자 허공으로 날아올라 배회하다가 탄식하면서 떠나갔다는 전설이 전한다. 『수신후기(搜神後記)』에 보인다.

安得閒眠石枕頭	어찌하면 돌베개하고 편안히 잠들까.

운도석雲濤[188]石[189]

造物成形妙畫工	조물주가 만든 모습을
	화공이 오묘하게 그리니
地形咫尺遠連空	땅에 붙어 있으면서 멀리 허공까지 이어졌네.
蛟鼉出没三萬頃	삼만의 주름에서 교룡과 악어가 출몰하고
雲雨縱橫十二峯	열두 봉우리에서는 구름비가 종횡하누나.
清坐使人無俗氣	맑은 곳에 앉으니 속기를 없어지게 하고
閒來當暑起淸風	여름에 왔는데도 시원한 바람이 불어오누나.
諸山落木蕭蕭夜	온 산의 나뭇잎이 쓸쓸이 지는 밤
醉夢江湖一葉中	술 취해 강호에서 일엽편주 탄 꿈꾸노라.

군옥봉群玉峯

洞天名籍知第幾	동천에서 그 명성 몇 번째 일런가
洞口諸峯蒼翠堆	골짝 입구 여러 봉우리 푸른빛 쌓여 있구나.

---

188 [교감기] '濤'에 대해 원교(原校)에서는 "다른 판본에는 '溪'로 되어 있다"라고 했다. 살펴보건대, 고본에는 '溪'로 되어 있다.
189 [교감기] '石'이 본래 빠져있는데, 고본에 의거해 보충한다.

雕虎嘯風斤斧去	호랑이 울자 바람 불어와[190]
	나무꾼은 떠나가고
飛廉吹雨曉煙回	비렴[191]은 비 몰아와 새벽안개에 휩싸이네.
日晴圭角升雲氣	구름 기운이 봉우리로 올라가 날 개이었고
月冷明珠割蚌胎	조개에서 명주를 뺀 듯[192] 달빛은 차갑구나.
種玉田中飽春笋	밭에 옥을 심고 봄 죽순에 배 부르니
仙人憶得早歸來	선인도 일찍 돌아올 것을 생각하리라.

---

190 호랑이 (…중략…) 불어와 : '조호(雕虎)'는 얼룩무늬 호랑이를 말한다. 남조 양(梁)의 유효표(劉孝標)의 「광절교론(廣絶交論)」에서 "풀벌레 울자 언덕 베짱이 뛰고, 호랑이 울부짖자 맑은 바람 일어난다[夫草蟲鳴則阜螽躍, 雕虎嘯而淸風起]"라고 했다. 또한 『구한서·정전전(鄭畋傳)』에서 "얼룩무의 호랑이가 울부짖자 바람이 일어나누나[雕虎嘯以風生]"라고 했다.

191 비렴(飛廉) : 신화에 나오는 바람 귀신 이름이다.

192 조개에서 명주를 뺀 듯 : '명주(明珠)'는 명월주(明月珠)로, 대합에서 나오는 진주 비슷한 구슬이다. 밤에도 환히 비춘다고 한다. '방태(蚌胎)'는 대합조개를 말한다.

70. 영중의 야헌에 지어 보내다

【원풍6년 태화에서 지은 작품이다】【영중은 진관의 아래에 있었다】

寄題瑩中野軒【元豊六年太和作】【瑩中係陳瓘】

開軒城市如村落	야헌의 성시는 촌락과 같고
人似往時陳太丘	사람은 그 옛날의 진태구[193]라네.
暄景半窗行野馬	햇살 따사롭자 반창에는 아지랑이 피어나고
雨寒疏竹上牽牛	찬 비에 성긴 대나무엔 나팔꽃[194] 오르누나.
平生江海心猶在	한평생 강해에 마음 오히려 있었노니
退食詩書吏罷休	벼슬 물러나 쉬며 시서를 읽는다오.
□□□□□□力	□□□□□□
必知耆[195]舊想風流	반드시 알리라, 늙은 벗도 풍류 생각함을.

---

193 진태구(陳太丘) : 후한(後漢) 때의 어진 관리였던 진식(陳寔)을 가리키는데, 진식이 일찍이 태구(太丘)의 장(長)을 지냈으므로 이렇게 일컫는 것이다. 태구는 하남성(河南省) 영성현(永城縣)에 있는 지명이다. 진식은 그의 두 아들인 진기(陳紀)·진심(陳諶)과 더불어 세 부자(父子)가 당시에 학덕(學德)이 높기로 모두 유명했다.
194 나팔꽃 : '견우(牽牛)'는 견우화(牽牛花)로 나팔꽃을 가리키는 것으로 보인다.
195 [교감기] '耆'가 원래 '書'로 되어 있는데, 고본에 의거해 고친다.

71. 숙조 소경이 바둑 두는 것을 보고【치평 2년에 지은 작품이다】

【소경의 휘는 순이고 자는 원지로 벼슬은 태상소경이다】

觀叔祖少卿奕棊【治平二年作】【少卿諱淳, 字元之, 官太常少卿】

世上滔滔聲利間	세상은 명성과 이익에 넘실거리는데
獨憑棊局老靑山	홀로 바둑판에 기대어 청산에서 늙어가네.
心遊萬里不知遠	마음은 만 리 노닐면서 먼지도 모르고
身與一山相對閒	몸은 산 속에 있으면서 한가롭게 대하네.
夜半解圍燈寂寞	한밤중 적막한 등불 아래 허리띠 풀고
樽前飜却酒璘珊	술동이 앞 술에는 옥빛이 넘실거리누나.
因觀勝負無常在	승부가 늘상 정해지는 것이 아님을 보니
生死□□□不關	살고 죽는 것이 □□□과 관련 없어라.

72. 창에 비친 햇살

【원우 8년, 어머니 상을 당했을 때 집에 있으면서 지은 작품이다】
窗日【元祐八年丁母艱家居作】

歎息西窗過隙駒　　　서창서 틈 지나는 망아지[196]를 탄식하는데

微陽初至日光舒　　　미세한 양기 비로소 이르러 햇살 퍼지네.

□□□長宮中線　　　□□□ 궁중의 실은 길어지는데[197]

添得思堂一卷書　　　어머니가 남기신 한 권의 책 얻었다네.

---

196 틈 지나는 망아지 : 『장자·지북유(知北遊)』에서 "사람이 천지 사이에 살아가는
것이 준마가 틈 사이를 지나는 것과 같아 잠깐 사이일 뿐이다[人生天地之間, 若白
駒之過郤, 忽然而已]"라고 했다.

197 궁중의 실은 길어지는데 : 동지가 지난 뒤에는 낮의 시간이 점점 늘어나서 일하
는 양도 그만큼 늘어난다는 말이다. 옛날에 궁중에서 여공(女功)으로 해가 길고
짧아지는 것을 측정하였는데, 동지 뒤에는 낮 시간이 점점 늘어나서 평소에 비해
실 한 가닥만큼 여공이 늘어났다[宮中以女功揆日之長短, 冬至後日晷漸長, 比常日
增一線之功]는 기록이 전한다. 『세시광기·당잡록(唐雜錄)』에 보인다.

73. 곽명숙의 「등현루견사장구」에 차운하다
【원풍 6년 덕평에 이르렀을 때 지은 작품이다】
次韻郭明叔登縣樓見思長句【元豐六年赴德平作】

令尹登臨多暇日	영윤은 유람하며 한가로운 날이 많아
杖生芝菌筆生埃	지팡이엔 버섯 피고 붓은 먼지에 덮였네.
溪橫鳳尾寒光去	시내는 봉미 가로지르며 찬 빛 떠나가고
山擁旌陽翠氣來	산은 정양 둘러 푸른 기운 밀려오네.
晚市張燈明遠近	저물녘 거리에 등불 밝혀 원근을 비추는데
□□留客舞徘徊	□□ 머문 길손은 배회하누나.
紅裳珠履知多在	붉은 치마 옥 같은 신 많음을 알겠는데
點檢惟無□秀才	살펴보니 오직 □수재만이 없구나.

74. 동관승사에서 상서랑 조종민의 묵죽 한 가지를 얻었는데 붓의 기운이 천하에서 오묘했다. 이를 위해 칠언절구 2수를 지었다【원풍 3년 관직이 바뀌어 태화로 가는 길에 짓다】

銅官僧舍得尙書郞趙宗閔墨竹一枝, 筆勢妙天下, 爲作小詩 二首【元豐三年改官太和經途作】

첫 번째 수其一

省郞潦倒今何處	성랑은 낙척한 채 지금 어디에 있나
敗壁風生霜竹枝	허물어진 벽엔 바람 들고 대나무엔 서리 내렸네.
滿世□□專翰墨	온 세상에 □□ 오로지 한묵뿐이니
誰爲眞賞拂蛛絲	누가 참으로 즐기려 거미줄을 제거하겠는가.

두 번째 수其二

獨來野寺無人識	홀로 들판 절에 오니 아는 사람도 없어
故作寒崖雪壓枝	일부러 찬 벼랑에 눈 내린 가지를 그렸다지.
想得平生藏妙手	생각해보니, 평생 오묘한 솜씨 감추었으니
只今猶在鬢如絲	지금 살아 있다면 흰머리 되었겠네.

75. 새벽에 상부에서 나와 관소로 가며

【희녕 8년 북경에서 지은 작품이다】

曉出祥符, 趨府【熙寧八年北京作】

朝霞藻繪舜衣裳	아침 노을 퍼지니 순임금의 의상이요
天碧山靑認赭黃	하늘과 산 푸르니 천자의 의복[198]이어라.
憶得御爐煙直下	기억나네, 궁궐 화로에서 연기 깔릴 때
紫宸辭罷過宮廊	궁궐에서 사직하며 궁궐 행랑 지났었지.

---

198 천자의 의복 : '자황(赭黃)'은 자황포(赭黃袍)의 준말로, 천자의 의복을 뜻한다.

76. 밤에 『촉지』를 보다【희녕 8년 북경에서 지은 작품이다】
夜觀蜀志【熙寧八年北京作】

蓋世英雄不自知	세상 뒤덮은 영웅을 절로 알지 못했노니
暮年初志各參差	젊은 날과 모년의 뜻이 각기 어긋났네.
南陽隴底臥龍日	남양의 언덕 아래 누워 있던 용이요[199]
北固樽前失箸時	북고의 술동이 앞에서 젓가락 떨어뜨렸네.[200]
霸主三分割天下	패주는 천하를 셋으로 나누었고
宗臣十倍勝曹丕	종신[201]의 재주는 조비보다 열 배나 되었지.
寒爐夜發塵書讀	찬 화롯불에 밤에 먼지 털며 책 읽노니
似覆輸籌一局棊	마치 승부에서 진 바둑판을 뒤집는 듯.

---

199 남양의 (…중략…) 용이요 : '와룡(臥龍)'은 제갈량(諸葛亮)의 별칭이다. 유비(劉備)가 형주(荊州) 신야(新野)에 있을 적에 서서(徐庶)가 "제갈공명은 사람 중의 와룡이다[諸葛孔明者, 臥龍也]"라고 추천하였으므로, 유비가 삼고초려(三顧草廬)한 끝에 제갈량을 얻어서 그의 도움으로 촉한(蜀漢)을 세우고 제위(帝位)에 오른 고사가 전한다. 『삼국지·제갈량전(諸葛亮傳)』에 보인다.

200 북고의 (…중략…) 떨어뜨렸네 : '북고(北固)'는 지금 단도현(丹徒縣) 북쪽에 있는 산이름으로 삼면(三面)에 물이 둘러 있고 형세가 험준한 곳으로 유명하다. '실저(失箸)'는 『삼국지·촉지(蜀志)』에, 유비(劉備)와 조조(曹操)가 서로 영웅을 겨룰 때 한자리에서 술을 마셨는데, 갑자기 우렛소리가 들리자, 유비는 들었던 젓가락을 갑자기 떨어뜨리고 조조에게, '성인(聖人)도 갑자기 우렛소리가 나고 바람이 불 때는 반드시 얼굴빛을 변하였다'고 변명한 데에서 인용되었다.

201 종신(宗臣) : 제갈량을 말한다.

77. 용천의 여위가 선이에 대해 묻자 칠언절구 2수를 지어 장난삼아 답하다

【원풍 5년 태화에서 지은 작품이다】【용천은 태화의 옆 고을이다】

戲答龍泉余尉問禪二小詩【元豐五年太和作】【龍泉, 太和隣邑】

첫 번째 수 其一

重簾複幕鎖蛾眉 　겹겹 주렴과 장막에 아미를 감춰두었고

銀燭金荷醉舞衣 　은촛대와 금하[202]에 술 취해 춤추는 옷.

長爲扶頭欠斝[203]酒 　영원히 취하기에는[204] 말 술이 부족하노니

不關禪病減腰圍 　선병과 관계없이 허리 야위어졌다네.

두 번째 수 其二

飜頭作尾掉枯藤 　머리 뒤집혀 꼬리 되어 마른 등나무 흔드니

臘月花開更造冰 　섣달에 꽃 피어났다가 다시 얼음 되었네.

何似淸歌倚桃李 　어찌 같으랴, 도리에 기대 맑은 노래 부르며

一爐沈水醉紅燈 　침수향 화로 가에서 붉은 등불 아래

　　　　　　　취하는 것과.

---

202 금하(金荷) : 하엽(荷葉) 모양의 금으로 만든 술잔을 가리킨다.

203 [교감기] '斝'가 고본에는 '斗'로 되어 있다.

204 취하기에는 : '부두(扶頭)'는 술 취한 모습을 말한다.

78. 장난삼아 원옹에게 보내다【원풍 6년 태화에서 지은 작품이다】

戲贈元翁【元豐六年太和作】

從來五字弄珠璣	이제까지 오언시로 아름다움 다투었는데
忍負僧床鎖翠微	어찌 취미로 둘러싸인 승상에선 그만두랴.
傳語風流三語掾	풍류로 삼어연[205]이라는 것이 전해지노니
何時綴我百家衣	언제나 내 백가의 옷[206]을 꿰매주려나.

---

205 삼어연(三語掾) : 진(晉)나라 때 완수(阮修)가 문학(文學)으로 명성이 있었으므로, 태위(太尉) 왕연(王衍)이 일찍이 그에게 노장(老莊)과 유교(儒敎)의 이동(異同)에 대하여 물었다. 그가 "아마 서로 같지 않겠는가[將無同]"라는 세 글자[三字]로 대답하자, 왕연이 그의 말을 좋게 여겨 당장 불러서 연(掾)으로 삼았으므로, 세상에서 그를 '삼어연'이라 칭했던 데서 온 말이다.

206 백가의 옷 : 집구시(集句詩)를 말한다. 송나라 혜홍(惠洪)의 『냉재야화』에 "집구시(集句詩)를 산곡(山谷) 황정견(黃庭堅)이 백가의체(百家衣體)라고 했다"라고 했다.

79. 현 서편에서 일을 하다 기쁘게도 비가 내려 임공점 대부에게 부치다【희녕 4년 섭현에서 지은 작품이다】

行役縣西, 喜雨, 寄任公漸大夫【熙寧四年葉縣作】

行役勞人望縣齋	힘들게 일하며 현재를 바라다보니
心如枯井喜塵埃	마른 우물 같은 마음에 먼지 일어 기쁘구나.
靑燈簾外蕭蕭雨	푸른 등불의 주렴 밖에 비가 내리고
破夢山根殷殷雷	꿈 깬 산자락에선 우레가 치누나.
新麥欲連天際好	갓 자란 보리는 하늘과 잇닿아 보기 좋고
濃雲猶傍日邊來	짙은 구름은 여전히 해 주변에 몰려오네.
田歌已有豐年意	들노래에는 이미 풍년의 마음 담겨 있노니
令尹眉頭想豁開	영윤의 얼굴도 활짝 펴지겠지.

80. 장난삼아 써서 수고암에 보내다
【원풍 5년 태화에서 지은 작품이다】

戲贈207水牯菴【元豐五年太和作】

水牯從來犯稼苗	물소는 예로부터 벼이삭 짓밟았기에
著繩只要鼻穿牢	코를 뚫어 줄로 묶어두었다네.
行須萬里無寸草	맘대로 다니면 만 리에 풀도 없어지고
臥對十方208同一槽	십방에 누우면 마굿간과 한가지라네.
租稅及時王事了	때에 맞춰 세금 거두어 왕사 마치고
雲山橫笛月輪高	구름 덮인 산에서 젓대 부니 달도 높아라.
華亭浪說吹毛劒	화정의 취모검209을 부질없이 말하노니
不見全牛可下刀	그 칼 아래에는 온전한 소 없다네.

207　[교감기] '贈'이 고본에는 '題'로 되어 있다.
208　[교감기] '十方'에 대해 원교(原校)에서는 "다른 판본에는 '千峯'으로 되어 있다"
　　라고 했다.
209　취모검(吹毛劍) : 칼날에 털을 불어 날리면 잘릴 정도로 예리한 검을 말한다.

81. 계해 입춘일에 석지사에서 차를 끓여 마시다가 경술
연간에 성 이십구 중숙이 고을을 다스리고 있을 때 이름을
써 놓은 것을 보았다. 이에 이 절이 얼마 되지 않아 지어진
것을 탄식하고 고을의 학궁이 사라져 다시 회복할 수
없다는 것에 슬펐다【원풍 6년 태화에서 지은 작품이다】

癸亥立春日, 煮茗於石池寺, 見庚戌中盛二十舅中叔爲縣時題名, 歎此寺不

日而成, 哀縣學弊而不能復【元豐六年太和作】

中叔風流映江左	중숙의 풍류는 강좌에 빛나노니
當年桃李自光輝	당시 복사 도리도 절로 화려했다오.
看成佛屋上雲雨	사찰 지붕에는 비구름 피어오르니
不忍學宮荒蕨薇	고사리에 황폐해진 학궁을 어이하랴.
人物深藏靑白眼	사람들에 대한 청백안[210]을 깊이 숨기었었고
官聯曾近赭黃衣	관직은 일찍이 천자[211]의 곁에 가까웠다네.
蛛絲柱後惠文暗	거미줄 엉킨 주후혜문[212]이 어둑해졌으니

---

210 청백안(靑白眼) : 호오(好惡)를 분명히 하여 마음에 들지 않으면 가차없이 끊어
버리는 태도를 말한다. 진(晉)나라 완적(阮籍)이 반가운 이를 만나면 청안(靑眼)
으로 대하고 어설픈 사람을 만나면 백안시(白眼視)했던 고사가 있다. 『세설신어
·간오(簡傲)』에 보인다.
211 천자 : '자황(赭黃)'은 자황포(赭黃袍)의 준말로, 천자의 의복을 뜻한다.
212 주후혜문(柱後惠文) : 법관(法官)이 쓰던 모자 이름으로, 곧 형벌(刑罰) 위주의
정사를 의미한다. 한(漢)나라 때의 명신 장창(張敞)의 아우 장무(張武)가 양(梁)
나라의 상(相)으로 나가면서 "양나라는 큰 도회지로서 관리와 백성들이 피폐한
상태이니, 마땅히 주후혜문으로 다스려야 한다"라고 말하자, 장창이 듣고서 웃

憔悴今乘別駕歸　　　서글피 지금 별가를 타고 돌아가노라.

【주석】

人物深藏靑白眼 : 중숙은 속으로 사람들에 대해 잘 알고 있었기에 일찍이 위험한 말이나 극단적인 논의를 하지 않았다.

中叔胷中人物了了, 而未嘗危言劇論.

으며 안심했다는 고사가 전한다. 『한서 · 장창전(張敞傳)』에 보인다.

82. 대도사를 초대하여 거문고를 연주하게 하다

【희녕 8년 북경에서 지은 작품이다】

招戴道士彈琴【熙寧八年北京作】

春愁如髮不勝梳　　빗질도 못할 듯한 백발 같은 봄날 근심
酒病綿綿困未蘇　　술병에 찌들어 노곤함이 풀리지도 않네.
欲聽淳音消妄想　　좋은 연주 듣고 망상을 없애고자 하니
抱琴端爲一來無　　거문고 안고 한 번 오지 않으시려나.

83. 연수사에서 작은 홍약 한 송이를 보았는데, 소위와 양주에서는 취서시라고 부른다

【원풍 6년 태화에서 지은 작품이다】

延壽寺見紅藥, 小魏揚州號爲醉西施【元豐六年太和作】

醉紅如墮珥	취해 붉은 것이 마치 귀고리 떨어진 듯
柰此惱人香	사람 유혹하는 향기 어이 견디랴.
政爾無言笑	참으로 너는 말과 미소 없노니
未應吳國亡	오나라 망하게 하진 않았으리.

84. 강사에 이르자 중이 금실을 두른 원숭이 가죽으로 책상을 덮었었다【원풍 4년 태화에서 지은 작품이다】

臨江寺, 僧以金線猿皮蒙棐几【元豊四年太和作】

蒙茸冒枯几	수북한 털로 작은 책상 덮으니
想像掛霜枝	마치 서리 내린 가지를 걸어둔 듯.
永失[213]金衣友	영원히 황금 빛 옷 입은 벗 잃었으니
文章安用爲	문장을 어디에다 쓰겠는가.

---

213 [교감기] '失'이 고본에는 '矢'로 되어 있다.

85. 군용을 전송하다【원풍 5년 태화에서 지은 작품이다】

送君庸【元豊五年太和作】

北風吹雨薄寒生
人與臘梅相照明
恨君草草渡江去
重約歸時五²¹⁴鳳笙

북풍이 비 몰아와 서늘한 기운 이는데
사람과 납매만이 환하게 비추고 있구나.
그대 성급히 강 건너 떠나감이 한스럽지만
돌아와 오봉루에서 생황 불자고
거듭 약속했네.

---

214 [교감기] '五'가 고본·건륭본에는 '舞'로 되어 있다.

86. 북원을 거닐다가 매화를 꺾어 군용에게 보내다

北園步, 折梅, 寄君庸[215]

林中破笑派雪雨	숲속에서 내리는 눈비에 미소 지으며
不著世間笑粉塵	세속에서 벗어나 세속 먼지 비웃겠지.
覆入[216]曉風香滿袖	새벽 바람결에 향기가 소매로 밀려드는데
無人同詠一枝春	한 가지의 봄을 함께 노래할 이가 없어라.

---

215 **[교감기]** 살펴보건대, 황순(黃㽦)이 작성한 『연보(年譜)』에서는 이 작품을 원풍(元豐) 5년 태화에서 지은 작품 속에 편입시켰다.

216 **[교감기]** '入'에 대해 원교(原校)에서는 "다른 판본에는 '立'으로 되어 있다"라고 했다. 살펴보건대, 고본에는 '立'으로 되어 있다.

87. 하룻밤 비바람에 화약이 모두 떨어진 채 오직 희렴 한 떨기만이 있었는데, 깨끗하여 마음에 들었다. 이에 장난 삼아 짓다【원풍 6년 태화에서 지은 작품이다】

一夕風雨, 花藥都盡, 唯有豨薟一叢, 濯濯得意, 戲題.217【元豐六年太和作】

紅藥山丹逐曉風	홍약218과 산단219이 새벽바람에 지고
春榮今到豨薟叢	봄꽃으로는 희렴220 한 떨기만 남았구나.
朱顔頗欲辭鏡去	고운 얼굴 거울에서 사라지려고 하니
煮葉掘根儻見功	잎 삶고 뿌리 캐 먹으면 효능 있겠지.

---

217 [교감기] 고본에는 작품의 제목 아래 '是日丙午四月朔'이라는 원주(原注)가 있다.
218 홍약(紅藥) : 작약(芍藥)을 말한다.
219 산단(山丹) : 해당화(海棠花)를 말한다.
220 희렴(豨薟) : 국화과에 속하는 일년생 초본식물로, 약초로 활용된다.

88. 만흥【원풍 5년 태화에서 지은 작품이다】

漫興【元豊五年太和作】

肉食傾人如出凡	육식에 사람 경도되면 무리에서 벗어난 듯하나
藜羹賦我是朝三	여뀌 국이 날 먹여주는 것은 조삼모사로다.
曉來不倦聽衙鼓	새벽 와 관아의 북소리 듣는 것 지겹지 않노니
雲裏捲簾山正南	구름 속에 주렴 걷으니 산 바로 남쪽이노라.

89. 유사주에게 부치다【원풍 7년 덕평에서 지은 작품이다】

寄劉泗州【元豐七年德平作】

萬馬千艘要路津　　온갖 말과 배가 오가는 나루에

禪翁新畫兩朱輪　　선옹이 새로 두 붉은 수레바퀴 그렸네.

行春定得忘言對　　봄놀이하며 말 잊고 마주하리니

金碧浮圖何姓[221]人　금벽 부도는 어떤 사람이리오.

---

221 [교감기] '姓'에 대해 원교(原校)에서는 "다른 판본에는 '國'으로 되어 있다"라고
했다.

90. 차운하여 임중미에게 답하다

【원풍 5년 태화에서 지은 작품이다】

次韻答任仲微【元豐五年太和作】

伯氏文章足起家	백 씨의 문장은 집안 일으키기 충분한데
雁行惟我乏芳華	형제 중에 나만이 화려함 부족하다네.
不堪黃綬腰銅印	황금빛 인끈과 허리에 동인을 감당치 못하니
只合淸江把釣車	다만 맑은 강에서 낚시하는 것이 합당하다네.
縮項魚肥炊稻飯	살찐 축항어²²² 에 밥을 해 먹고
吳兒何敢當倫比	어찌 감히 오아²²³ 에게 견주려고 하겠는가
扶頭酒熟臥蘆花	부두주²²⁴ 는 익어가고 갈대 사이에 누웠다네.
或有離騷似景差	조금은 경차²²⁵ 처럼 이소를 이을 뿐이라오.

---

222 축항어(縮項魚) : 목이 짧은 고기로 축경편(縮頸鯿)이라 하는데, 곧 병어를 가리 킨다.

223 오아(吳兒) : 진(晉)나라 때 오(吳)땅에 살던 은사(隱士)인 하통(夏統)을 가리키 는데, 흔히 목석같은 사람을 가리키는 말로 쓰인다. 하통이 일찍이 낙양(洛陽)의 물 위에서 가충(賈充)과 어울려 노닐 적에, 가충이 미녀들을 실은 배를 하통의 배 주위로 세 겹이나 둘러싸게 했다. 그런데도 하통이 여전히 단정하게 앉아 미 동(微動)도 하지 않자, 가통이 "이 오아(吳兒)는 정말 목인(木人)이요, 석심(石 心)이다"라고 하면서 탄복했다는 고사가 전한다. 『진서·은일열전(隱逸列傳)』에 보인다.

224 부두주(扶頭酒) : 사람을 쉽게 취하게 만드는 술로, 독한 술을 말한다. 백거이(白 居易)의 「조음호주주기최사군(早飮湖州酒寄崔使君)」에서 "한 통의 독한 술을, 술병에 그득 쏟아부으니[一榼扶頭酒, 泓澄瀉玉壺]"라고 했다.

225 경차(景差) : 전국시대 초(楚)나라 굴원(屈原)의 제자로서 초사(楚辭)를 잘했는 데, 「속소(續騷)」, 「대초(大招)」 등의 사부를 지었다.

91. 하주부와 소재랑이 「사가」라는 시를 보내왔기에 장난삼아 화답하다

何主簿蕭齋郎贈詩思家, 戲和答之226

善吟閨怨斷人腸	규원을 잘 읊조려 애간장 끊어지게 하니
二妙風流不可當	두 젊은이의 풍류는 대적할 수가 없구나.
傅粉未歸啼玉筋	분 마르고 고향 못 돌아가 옥 젓가락은 울고
吹笙無伴澀銀簧	생황 부는데 짝 없어 음악소리 껄끄럽네.
睡添鄉夢客床冷	고향 꿈꾸는 길손의 침상은 차갑기만 하고
瘦盡腰圍衣帶長	허리 야윈 몸의 옷과 허리띠는 길기만 해라.
天性少情詩亦少	천성이 정도 부족하고 시도 부족하노니
羨他蕭史與何郎	저 소사227와 하랑228에게 부끄럽기만 해라.

---

226 [교감기] 살펴보건대, 황순(黃䇖)이 작성한 『연보(年譜)』에서는 이 작품을 원풍(元豐) 5년 태화에서 지은 작품 속에 편입시켰다.

227 소사(蕭史) : 춘추시대 진 목공(秦穆公) 때의 피리의 명인으로, 목공의 딸 농옥(弄玉)과 결혼하여 봉대(鳳臺)에서 살다가 몇 년 후에 봉황을 따라 하늘로 날아 올라갔다고 한다. 『열선전(列仙傳)』에 보인다. 여기에서는 소재랑을 소사에 견준 것이다.

228 하랑(何郎) : 삼국시대 위나라 사람인 하안(何晏)을 가리키는데, 그는 용모가 아주 아름답게 생긴 미남자로서 또한 곱게 꾸미기를 매우 좋아하여 항상 얼굴에 백분(白粉)을 발랐다고 한다. 『세설신어·용지(容止)』에 보인다. 여기에서는 하주부를 하랑에 견준 것이다.

92. 차운하여 위주부에게 화창하다
【원풍 5년 태화에서 지은 작품이다】

次韻, 和魏主簿【元豐五年太和作】

梅蘂觸人意	매화 꽃술은 사람의 마음 흔들어
繞枝三四旋	가지 주변을 서너 번이나 돌았네.
玄冥與之笑	현명[229]도 매화꽃 보면 미소 지을 테고
青帝不爭權	청제[230]도 힘을 다투지 않으리라.
簾晚壽陽醉	수양의 저물녘 주렴 아래 취하고
雲深姑射眠	고야의 구름 깊은 곳에서 잠드네.
愁蛾英半落	눈썹 같은 꽃잎은 절반이나 떨어졌고
嬌靨菡初圓	아름다운 연봉우리는 비로소 동그라네.
短簿吹羌笛	위주부[231]가 오랑캐 젓대를 불고
諸郎宴洞天	여러 사람들 동천에서 술자리 열었네.
官棲仇覽棘	벼슬은 구람으로 가시나무에 있지만[232]

---

229 현명(玄冥) : 겨울 귀신의 이름이다. 『예기·월령(月令)』에서 "겨울철의 상제(上帝)는 전욱(顓頊)이요, 그 귀신은 현명이다"라는 했다.

230 청제(青帝) : 오행(五行)의 학설에 따르면, 동방(東方)은 목(木)에 속하는데, 목은 또 봄과 청색과 인(仁)을 상징하므로, 봄을 주재하는 귀신을 동황(東皇) 혹은 청제(青帝) 등으로 부르게 되었다고 한다.

231 위주부 : '단부(短簿)'는 단주부(短主簿)의 준말로, 보통 주부의 벼슬을 가리킨다. 여기에서는 위주부를 말한다.

232 구람(仇覽)으로 가시나무에 있지만 : '구람(仇覽)'은 동한(東漢) 때 고성(考城) 사람으로 자는 계지(季智)이다. 고성 영(考城令) 왕환(王渙)이 구람을 주부(主

才拍翰林肩　　　　재주는 한림233의 어깨를 칠만 하네.

風力能冰酒　　　　바람의 힘은 술을 얼릴 수도 있으며

霜威欲折綿　　　　서리 위엄은 실을 끊으려고 하네.

錦衾寒有恨　　　　비단옷 차가운 것이 한스럽고

花信遠難傳　　　　꽃 소식 멀리까지 전하기 어렵구나.

飲罷鍾催曉　　　　술 다 마시니 종소리 새벽을 재촉하고

詩成律換年　　　　시 짓자 한 해가 바뀌었구나.

餘香勤管領　　　　남은 향기에 관청 일은 수고롭겠지만

莫厭屢中賢　　　　자주 현인 맞이하는 것 싫다 마오.

簿)로 임명하려다가 그의 그릇이 워낙 큰 것을 보고서 "가시나무는 봉황이 깃들 곳이 못 된다. 100리의 지역이 어떻게 대현이 밟을 땅이리오[枳棘非鸞鳳所棲, 百里豈大賢之路]"라고 탄식하고는 한 달 치 월급을 구람의 태학(太學) 학자금으로 내준 고사가 전한다. 『후한서·순리열전(循吏列傳)』에 보인다.

233　한림(翰林) : 한림 공봉(翰林供奉)의 벼슬을 지낸 이백(李白)을 가리킨다.

93. 남안의 시험장에 마실 술이 없었다. 이에 주도보가 공상에서 한 동이 술을 가져와 때때로 마주하며 마셨다. 오직 시험이 끝나면 술도 다 마실까 걱정했는데, 종이 다른 술동이도 있다고 말을 했다. 목부용이 활짝 피어 있었기에 장난삼아 시를 지어 도보에게 올린다

【원풍 4년 태화에서 지은 작품이다】

南安試院, 無酒飮. 周道輔自贛上携一樏, 時時對酌. 惟恐盡試畢, 僕夫言尙有餘樽. 木芙蓉盛開, 戲呈道輔【元豐四年太和作】

聞說君家好弟兄	듣자니, 그대 집의 형제들은 우호하며
窮鄕相見眼俱靑	궁벽한 마을에서도 서로 즐겁게 맞이한다지.
偶同一飯論三益	우연히 함께 마시면서 삼익[234]을 논하고
頗爲諸生醉六經	자못 제생들을 위하여 육경에 취한다오.
山邑已催乘傳馬	산 고을에선 승전[235]의 말 재촉하는데도
曉窗猶共讀書螢	새벽 창에서 오히려 함께 책 읽고 있다네.
霜花留得紅粧面	흰머리에도 고운 얼굴 유지하면서
酌盡齋中竹葉甁	서재에서 죽엽주를 다 마신다오.

---

234 삼익(三益) : 세 사람의 유익한 벗이라는 말이다. 『논어·계씨(季氏)』에서 "유익한 벗이 셋이 있고 손해되는 벗이 셋이 있으니, 정직하고 성실하고 견문이 많으면 유익하다[益者三友, 損者三友. 友直 友諒, 友多聞, 益矣]"라고 했다.
235 승전(乘傳) : 왕명을 받들어 출사(出使)하는 것을 말한다.

94. 청은의 지정 선사에게 주다

【희녕 원년 섭현에서 지은 작품이다】

贈淸隱持236正禪師【熙寧元年葉縣作】

淸隱開山有勝緣	산 속의 청은사에 좋은 인연이 있노니
南山松竹上參天	남산에는 송죽이 하늘 높이 솟아 있다네.
擗開華岳三峯手	화악에서 삼봉237의 솜씨 열어젖혔었고
參得浮山九帶禪	부산에서 구대의 선238에 참여하였다네.
水鳥風林成佛事	물새 나는 풍림에 사찰을 만들어
粥魚齋鼓到江船	죽어239과 재고240에 강 배들도 이른다네.
異時折脚鐺安穩	훗날 다리 부러진 솥241에도 편안하리니

---

236 [교감기] '持'가 본래 '寺'로 되어 있는데, 고본에 의거해 고쳤다.

237 삼봉(三峯) : 『화산기(華山記)』에서 "그 삼봉을 곧바로 올라가면 맑은 하늘을 볼 수 있다[其三峯直上, 晴霽可觀]"라고 했다.

238 구대(九帶)의 선(禪) : 불교 선종(禪宗)에서 말하는 아홉 가지 종류의 교리로, 불정법안장대(佛正法眼藏帶)·불법장대(佛法藏帶)·이관대(理貫帶)·사관대(事貫帶)·이사종횡대(理事縱橫帶)·굴곡수대(屈曲垂帶)·묘엽겸대(妙葉兼帶)·금침쌍소대(金針雙鎖帶)·평회상실대(不懷常實帶)이다.

239 죽어(粥魚) : 목어(木魚)로, 절에서 염불이나 독경, 예불, 공양 등의 때를 알리기 위해 만든, 나무로 된 물고기 모양의 북을 말한다.

240 재고(齋鼓) : 절에서 식사 시간을 알리기 위해서 치는 북을 말한다.

241 다리 부러진 솥 : 『전등록(傳燈錄)』에서 "분주(汾州)의 무업선사(無業禪師)가 "옛날 도(道)를 얻은 사람은 득의한 이후에 띠로 엮은 돌집에서 다리 부러진 솥으로 밥을 해 먹으면서 32년을 보냈다[古得道人, 得意之後, 茅茨石室, 向折脚鐺子裏煮飯, 喫過三十二十年]"라 했다"라고 했고 또한 "무주(婺州) 초덕송선사(招德誦禪師)가 중에게 묻길 "너는 언제 암자를 떠나려는가"라 하니 중이 "오늘 아침입니다"라 했다. 선사가 "올 때 가지고 온 다리 부러진 솥을 누구에게 줄 것인가"

更種平湖十頃蓮　　　　다시 평호 십 이랑에 연꽃 심으리.

라 묻자 중은 말이 없었다[婺州招德誦禪師問僧, 你什麼時離庵. 曰, 今朝. 師曰, 來時折脚鐺了, 分付與阿誰. 僧無語]"라고 했다.

95. 공택의 「우후」라는 작품에 차운하다
【원풍 3년 관직이 바뀌어 태화로 가는 도중에 지은 작품이다】
次韻公擇雨後【元豐三年改官太和道中作】

二聖勤民損膳羞　　　이성[242]은 백성 수고에 반찬을 줄였노니
雨餘今見角田秋　　　비 개인 후에 지금 각전의 가을을 보노라.
碧酒尙堪遮眼醉　　　술 감당할 수 있어 눈가림하며[243] 취하는데
紅榴不解替人愁　　　붉은 석류도 근심을 풀어주지 못하누나.

---

242 이성(二聖) : 송나라 흠종(欽宗)과 휘종(徽宗)을 가리킨다.
243 눈가림하며 : 『전등록(傳燈錄)』에 의하면, 한 중이 약산(藥山) 유엄 선사(惟儼禪師)에게 묻기를 "화상(和尙)께서 평소에 다른 사람에게는 경(經)을 보지 못하게 하시면서 어찌하여 스스로는 경을 보십니까"라고 하자, 유엄 선사가 대답하기를 "나는 다만 눈가림을 하기 위해 보는 것이다[我只圖遮眼]"고 했다는 데서 온 말이다.

손성화의 취진본 『산곡시집주』에 대한 발문

孫星華跋聚珍本山谷詩集注

　　살펴보건대, 『산곡시집주山谷詩集注』는 『사고전서四庫全書』에 수록된 것이고 『내집內集』과 『외집外集』은 양회염정채진본兩淮鹽政採進本이며, 『별집別集』은 옹방강翁方綱의 가장본家藏本을 편수한 것으로 『총목표주總目標注』에 의거하면 이와 같다. 이 취진본聚珍本 또한 여기에서 나온 것이다. 룡乾隆 49년1784에 남강南康 사람 온산蘊山 중승 사계곤謝啓昆이 옹방강의 『전서全書』를 채우는 찬수관纂修官으로 있을 때에 손수 베끼고 교정하여 강우江右에서 저본을 판각하여 올렸다. 이 본과 비교해보면 『외집보外集補』 4권과 『별집보別集補』 1권이 많으니, 옹본翁本에 본래 있었던 것인지는 모르겠다. 혹은 사계곤이 거듭 판각할 때에 보태어 넣은 것으로도 보이는데, 서문序文과 발문跋文 가운데 또한 자세한 설명이 없다.

　　오직 『별집보목록別集補目錄』 뒤에 사계곤의 발문 몇 줄이 있는데, 여기에서 "이 『별집』의 시와 주注가 원래 같지 않기에, 지금 임연任淵·사용史容·사계온史季溫 삼가三家의 주본注本에는 없는 38수首를 베껴 한 권의 책으로 만들었다"라고 했다. 이에 의거하면 보충한 『외집』과 『별집』은 모두 사계곤의 손에서 나온 것인 듯하다. 실제로 이 다섯 권에 대해 임연·사용·사계온 삼가三家는 주석을 덧붙이지 않았으니, 주본注本의 뒤에 반드시 보충할 필요는 없을 듯하다. 게다가 각본閣本은 이미 주注가 없는 산곡시문山谷詩文 내집과 외집 및 별집 전체를 수합했으니,

다시 거듭 낼 필요는 없다.

이에 사계곤이 판각한 본을 취해 이 본과 비교해 본다면, 무릇 내집과 외집 및 별집 세 문집 중의 정문正文과 주문注文은 거의 다름이 없다. 오직 제목의 글자에 몇 글자 정도의 차이가 있을 뿐이다. 또한 사계곤이 판각한 본은 협주夾注를 고쳐 큰 글자로 썼고, 모든 제목 아래의 주注는 산곡의 사적事蹟으로, 이 본과는 간혹 앞뒤의 배치가 바뀐 것이 있다. 그러나 사주史注의 『외집』과 사본謝本에서는 「유명중묵죽劉明仲墨竹」과 「방목정放目亭」이란 두 부賦 작품을 가장 앞쪽에 두었는데, 이 본에는 없다. 혹여 당시의 관신館臣이 시주詩注 안에 부주賦注를 섞이게 할 필요가 없다고 해서 삭제한 것인지도 모른다. 아니면 의거했던 판본에 각기 다름이 있었기 때문인지도 모른다. 이것에 관해서는 상고할 수가 없다.

다만 사계곤이 판각하여 붙인 『외집보』와 『별집보』 5권은 이미 세상에 전해지기에 일단 예에 따라 판각하여 보충해 습유拾遺로 만들었다. 뒷날 혹여 임연·사용·사계온이 한 예에 따라 주注를 붙이는 사람이 있었으면 한다. 또한 내집과 외집 및 별집 속에 있는 각 시작품의 제목을 글자 수나 제목 아래 주문注文의 앞뒤가 바뀐 것은 모두 작품의 큰 의미와는 무관한 것들이다. 사주史注의 『외집』 앞부분에 수록된 두 편의 부賦가 이 본에는 예전에 없었기에 개정改訂하여 증각增刻하지 않을 수가 없었고 또한 취진구본聚珍舊本에 실린 그대로 두었다.

광서光緒 갑오년甲午年, 1894 맹동孟冬에 회계會稽 사람 성화星華 손희손孫

憙蓀 쓰다.

按山谷詩集注, 四庫著錄者, 內集外集係兩淮鹽政採進本, 別集係編修翁方綱家藏本, 據總目標注如此. 此聚珍本亦從此出也.

逮乾隆四十九年, 南康謝蘊山中丞啓昆, 取翁氏充全書纂修官時手鈔校進底本刻於江右, 較此本多外集補四卷, 別集補一卷, 不知係翁本所原有, 或謝氏重刻時所增入, 序跋中亦未說明原委. 惟別集補目錄後, 謝氏有跋文數行, 謂此別集詩與注本不同, 今以三家注本所無者二十八首抄爲一卷云云. 據此, 則所補外集別集, 似皆出謝氏手也. 其實此五卷, 任史三家旣未加注, 似可不必補於注本之後. 況閣本旣收無注之山谷詩文內外別集全本, 自更無容重出. 玆取謝刻本與此本參校, 凡內外別三集中正文注文, 均無甚異同, 惟題目字數間有長短. 又謝本改夾注爲大字, 故每題下所注山谷事蹟, 與此本或偶易先後. 而史注外集, 謝本以劉明仲墨竹放目亭兩賦冠首, 爲此本所無, 或係當時館臣以詩注內不必雜以賦注, 因而刪薙, 抑係所據之本各有不同. 此則無可稽考.

特謝刻所附之外集別集補五卷, 旣有流傳, 姑依式刻補, 作爲拾遺, 冀他日或有援任史之列以注之者. 若內外別集中所列各詩題字之長短及題下注文之偶易先後, 皆屬無關宏旨. 卽史注外集卷端所列兩賦, 爲此本向所未有, 故均未改訂增刻, 庶免更動, 且亦藉留聚珍舊本之面目耳.

光緒甲午孟冬, 會稽孫星華憙蓀識.

산곡시별집보

山谷詩別集補

청 사계곤 편

淸 謝啓崑 編

1. 4월 말인데 날씨가 갑자기 가을 같았기에 마침내 겹옷을 입고서 북사정에 놀러가 불어난 강물을 구경했다

【희녕 원년 섭현에서 지은 작품이다】

四月末, 天氣陡然如秋, 遂御裌衣, 游北沙亭, 觀江漲【熙寧元年葉縣作】

沙岸人家報急流	모래언덕의 인가에서 물살 거세다 보고하니
船官解纜正夷猶	선관에서는 닻 푸는 것 망설인다네.
震雷將雨度絶壑	비 내리려는 우레 속에 계곡을 지나가니
遠水粘天吞釣舟	먼 물은 하늘 닿아 고깃배를 삼키누나.
甚欲去揮白羽箑	흰색 깃털 부채를 버리어야 할 듯 하고
可堪更着紫茸裘	다시 조금은 두툼한 옷[1] 입어야 할 듯.
平生得意無人會	평생도록 득의함 알아주는 이 없었는데
浩蕩春[2]鋤且自由[3]	호탕한 해오라기[4]는 또한 자유롭구나.

1 　가는 두툼한 옷 : '자용구(紫茸裘)'는 가늘고 부드러운 짐승의 털로 만든 옷을 말한다. 당(唐)나라 두목(杜牧)의 「양주(揚州)」에서 "취한 젊은이들을 소란스러운데, 조금은 두툼한 옷 반쯤 벗어제꼈네[喧鬧醉年少, 半脱紫茸裘]"라고 했다.

2 　春 : 중화서국본에는 '春'으로 되어 있으나, 『산곡집(山谷集)』에는 '春'으로 되어 있다.

3 　[교감기] 고본에는 작품 아래 '右皆載蜀本'이라는 원주(原注)가 있다.

4 　해오라기 : 해오라기[鷺鷥]는 얕은 물을 건널 때에 머리를 숙였다 치켜들었다 하는 모습이 마치 절구질하고 호미질하는 것처럼 생긴 까닭에 이름을 '용서(舂鋤)'라고 한다.

2. 송경첨과 함께 변수행이란 작품을 나누어 짓다

【희녕 5년 국자감교수로 있을 때 지은 작품이다】

同宋景瞻分題汴上行【熙寧五年國子監教授作】

東風何時來	봄바람이 언제 불어와서는
隄柳芳且柔	제방 버들 피어나고 부드럽게 했나.
河冰日已銷	언 강물을 해가 이미 녹이어
漫漫春水流	넘실거리며 봄물은 흘러가누나.
寒梅未破蕚	찬 매화는 아직 꽃망울 터뜨리지 않았지만
芳草綠猶稠	방초는 푸른빛 오히려 짙어졌구나.
歲月不我還	세월은 날 기다리지 않고 가니
念此人生浮	이를 생각하니 인생 부질없어라.
高車無完輪	수레 높으면 바퀴가 온전할 수 없는 법
積水有覆舟	물이 쌓이면 배가 뒤집히는 법.
鹿門不返者	녹문5에서 돌아오지 않는 사람은
誰得從之游6	어떤 사람 만나 따라 노니는 걸까.

---

5   녹문(鹿門) : 후한(後漢) 방덕공(龐德公)은 본래 남군(南郡)의 양양(襄陽)에 살
    았는데, 형주 자사(荊州刺史) 유표(劉表)가 초빙하자 나아가지 않고 가솔을 모두
    거느리고 녹문산(鹿門山)에 들어가 다시는 세상에 나오지 않았다. 『후한서·일
    민열전(逸民列傳)』에 보인다.
6   [교감기] 고본에는 '右蜀本已刊'이라는 원주(原注)가 있다.

3. 배꽃【원풍 2년 북경에서 지은 작품이다】
梨花【元豐二年北京作】

巧解逢人笑	아름답게 사람 만나서는 웃지만
還能辭蝶飛	오히려 나비 날아드는 것 사양한다네.
淸風時入戶	맑은 바람 때때로 지게문에 불어오니
幾片落新衣	몇 조각 꽃잎이 새 옷에 떨어지누나.

4. 성심헌에 쓰다【원풍 6년 태화에서 지은 작품이다】【자은사에서는 푸른 산을 맞주 보게 하려고 연방의 대나무 그늘아래에 창을 열었었다. 그래서 내가 이를 '성심'이라고 불렀다】

題醒心軒【元豐六年太和作】【慈恩寺淸山主開窗于碾坊竹陰, 余命之7日醒心】

盡日竹風談法要	진종일 대바람에 법요를 말하노니
無人竹影又斜陽	사람 없이 대 그림자에 또 석양이 드네.
他時若有相應者	훗날 만약 이곳에 오는 사람이 있거든
莫負開軒人姓黃	성심헌을 연 황 씨 성 갖은 이 잊지 말게.

7　[교감기] '之'자가 본래 빠져 있는데, 고본에 의거해 보충했다.

5. 중추에 달을 보이지 않고 계속 비가 내리어 가을 수확이
   제대로 이루어지지 않을까 걱정하는 작품을 받들어 보고서
   그 작품에 삼가 차운하다【원풍 7년에 지은 작품이다】
   承示中秋不見月, 及憫雨連作, 恐妨秋成, 奉次元韻【元豐七年】

秀稻秋風喜太平	가을바람 속의 벼 이삭에 태평시절 즐거운데
獨疑連雨未全晴	계속된 비 개이지 않아 홀로 두렵다네.
銀蟾似亦無聊賴	달빛도 또한 믿을 수가 없을 듯
黙度寒宵嬾吐明	추운 밤을 달빛 없는 가운데 묵묵히 보내네

6. 왕 씨 몽석의 부채에 쓰다【원우 2년 비서성에서 지은 작품이다】

書王氏夢錫扇【元祐二年秘書省作】

壓枝梅子大於錢　　　가지에 매달린 매실은 동전보다 큰데

慚愧春光又一年　　　부끄럽게도 봄빛에 또 한 해가 가네.

亭午無人初破睡　　　한낮에도 사람 없어 이제야 잠을 깨니

杜鵑啼在柳梢邊　　　두견새가 버드나무 주변에서 우는구나.

7. 왕연이 은혜롭게 차를 보내왔기에 사례하다

【원우 2년 비서성에서 지은 작품이다】

謝王煙之惠茶【元祐二年秘書省作】

平生心賞建溪春	평생 마음으로 건계의 봄[8] 즐겼노니
一丘風味極可人	한 언덕의 풍미가 너무도 내게 맞았다네.
香包解盡寶帶胯	향기론 꾸러미를 푸니 보대에는 찻잎 있고
黑面碾出明窓塵	검은 빛 맷돌에 가니 밝은 창에 먼지 이네.
家園鷹爪改嘔冷	집안 뜰의 찻잎[9]은 속을 차갑게 만들었고
官焙龍文常食陳	관청 차[10]는 용문[11]으로 늘 마시었다네.
於公歲取壑源足	공은 해마다 학원에서 충분히 취하니
勿遣沙溪來亂眞	사계 보내와 참됨 어지럽게 하지 마소.[12]

---

8   건계(建溪)의 봄 : '건계(建溪)'는 중국 복건성(福建省)에 있는 차의 명산지로 뒤
    에 차의 이명(異名)으로 불렸다.
9   찻잎 : '응조(鷹爪)'는 부드러운 차를 말하는데, 그 모양이 마치 매의 발톱처럼
    생겼다고 해서 붙여진 이름이다.
10 관청 차 : '관배(官焙)'는 관청에서 만든 차를 말한다.
11 용문(龍文) : 용단(龍團)으로 봉룡단차(鳳龍團茶)의 준말이다. 송(宋)나라 조정
    에서 최상품(最上品)으로 아꼈던 차이다.
12 공은 (…중략…) 마소 : 건주(建州)의 차는 북원(北苑)의 학원(壑源)에서 나는 것
    을 으뜸으로 여겼고 사계(沙溪)의 차를 하품으로 여겼다.

8. 유중수 「전원」에 화답하다

【원우 2년 비서성에서 지은 작품이다】

和答劉中叟殿院【元祐二年秘書省作】

平生劉宗正	평생 유종정에게는
聞有湖海氣	호해의 기운 있다 들었네.
黃石與兵書	황석공[13]이 병서를 주었고
雷霆鎖胷次	우레를 가슴 속에 담고 있었지.
跨馬開武溪	말을 타고 무계[14]를 토벌했으며
韔弓作文史	무인이면서도 문인이 되었다네.
守祧仁九族	사당 지키면서 구족에게 어질게 했고
琢玉詔萬世	옥을 차고 벼슬하여 만세에 전해지리라.

---

13 황석공(黃石公) : 진(秦)나라 말기의 선인(仙人)으로, 장량(張良)이 젊은 시절에 이교(圯橋)에서 어떤 노인을 만났는데, 그 노인이 신발을 다리 아래로 떨어뜨리고는 장량에게 주워 오게 하였다. 장량이 신발을 주워다 주자 장량에게 병서 하나를 주면서 말하기를 "이것을 읽으면 왕자(王者)의 스승이 될 것이다. 13년 후에 네가 나를 제북(濟北)에서 만날 것인데, 곡성산(穀城山) 아래 누런 돌이 바로 나일 것이다"라고 했는데, 그 노인이 바로 황석공이었다. 『사기·유후세가(留侯世家)』에 보인다.

14 무계(武溪) : 오랑캐가 거주하고 있는 지역을 말한다. 『후한서·마원전(馬援傳)』에서 "유향(劉向)이 무릉(武陵)의 오계(五溪)에 있는 오랑캐를 공격했다[劉向擊武陵五溪蠻夷]"라고 했는데, 그 주(注)에서 "무릉에는 다섯 계곡이 있다[武陵有五溪]"라고 했다. 『통전(通典)』에서 "검주(黔州)로 통하는 곳을 오계라고 한다[黔中通謂之五溪]"라고 했는데, 그 주(注)에서 "오계는 유계(酉溪)·진계(辰溪)·무계(巫溪)·무계(武溪)·원계(沅溪) 등을 말한다[酉辰巫武沅等溪也]"라고 했다.

去乘御史騘	어사의 말을 타고 떠나가노니
權貴斂手避	권귀들이 손 거둔 채 피했다네.
時時侵諫草	이따금 소장을 올려 간하면서도
頗用文章戲	자못 시문을 지어 즐기었다오.
風人託草木	시인으로 초목에 의탁했었고
騷客拾蘭蕙	이소의 객이 되어 난초 혜초 주웠지.
傾懷謝僚友	마음 쏟아 벼슬동료들에게 사례했는데
句法何莊¹⁵麗	그 작품이 너무도 웅장하고 아름다웠네.
諸公遊蓬壺	여러 공들과 봉호¹⁶에서 노닐었는데
賤子濫末¹⁷至	못난 내가 외람되어 말석에 있었다오.
風流餘翰墨	그 풍류가 시문으로 남겨져 있노니
想見經行地	그 노닐던 곳을 상상해 볼 수 있네.
烏啼霜臺栢	까마귀가 상대의 잣나무¹⁸에서 울었는데
岑絶不可詣	드높아 이를 수가 없었다네.
峩峩觸邪冠	높다랗게 사악함 물리치는 관¹⁹을 썼는데

---

15 [교감기] '莊'이 고본에는 '壯'으로 되어 있다.
16 봉호(蓬壺) : 봉래(蓬萊) 즉 고대 전설 속의 바다 속의 선산(仙山)을 말한다.
17 [교감기] '末'이 고본에는 '未'로 되어 있다.
18 상대의 잣나무 : '상대(霜臺)'는 어사부(御史府)로, 규찰(糾察)하고 탄핵하는 책
    임을 맡았으므로 추상(秋霜)같이 엄하다 하여 상대라고도 한다. 또 한(漢)나라
    때 어사부에 측백나무 숲이 있었기 때문에 사헌부를 백림(柏林)이라고도 하는
    데, 이후로 측백은 사헌부를 상징하는 나무가 되었다. 여기에서는 유전원이 어사
    부에 있었다는 의미로 보인다.
19 사악함 물리치는 관 : 해치관(獬豸冠)을 가리키는 것으로 보인다. 해치는 뿔이

此中有餘事	이 가운데에서도 여사 있었지.
翳國妙藥石	나라 다스리며 약과 침을 오묘하게 했고
立朝極涇渭	조정에 서서 위수와 경수[20] 분별했다오.
餘子蠹靑簡	자식들도 청간을 좀 먹으리니
走亦行幙被[21]	달려가 또한 벼슬살이 하리라.

하나인 신수(神獸)의 이름인데, 이 짐승은 성질이 충직하여 곡직(曲直)을 잘 분
변할 뿐만 아니라, 사람들이 서로 싸우는 것을 보면 그중에 사악하고 부정한 자
를 뿔로 받아버린다는 전설에서 온 말이다. 그래서 예로부터 어사 등 집법관들은
반드시 해치의 모양으로 장식한 관을 썼다. 여기에서는 유전원이 해치관을 썼다
는 의미로 보인다.

20 위수와 경수 : '경위(涇渭)'는 옳고 그름과 청탁(淸濁)에 대한 분별이 엄격함을
    이르는 말이다. 원래 중국 섬서성(陝西省)에 있는 두 물 이름인데, 경수(涇水)는
    물이 탁하고 위수(渭水)는 맑기 때문에 비유한 것이다.

21 [교감기] 고본에는 작품 끝에 '右蜀本已刊'라는 원주(原注)가 있다.

9. 백시의 「팽려춘목도」에 쓰다

【원우 3년 비서성에서 지은 작품이다】

伯時彭蠡春牧圖【元祐三年秘書省作】

岳陽樓上春已歸	악양루에 봄 이미 돌아와
湖中鴻鴈拍波飛	호수에서 기러기 물결치며 나네.
布帆天濶隨鳥道	돛 펼친 넓은 하늘에 새 길을 따르고
石林風晚吹人衣	석림의 저녁 바람은 옷에 불어오누나.
春水初生及馬腹	봄물이 생겨나 말이 이 물을 마시고
浮灘欲上西山麓	개울에 떠서 서산 산기슭에 오르려 하네.
遙看絶嶺秀雲松	멀리 산봉우리의 구름 낀 소나무 보이고
上有垂蘿暗谿谷	위엔 넝쿨 있어 계곡은 어둑하기만 하네.
沙眠草齕性不驕	모래사장에서 자고 풀 먹는 성품
	교만하지 않고
側身注目鳴相招	몸 기울여 자세히 보니 울며 서로 부르는 듯.
林間瞥過星爍爍	숲 사이 한 순간 지나가니 별빛이 반짝이고
原上獨立風蕭蕭	들판 위에 홀로 서니 바람이 불어오누나.
君不見	그대는 보지 못했나
中原眞種胡²²塵沒	중원에 참된 종자 어찌 다 사라졌으리오
南行市骨何倉卒	남쪽 가 뼈 사는 것²³에 어찌 그리 바빴던가.

---

22 [교감기] '胡'가 고본에는 '邊'으로 되어 있다.

祗收力健載征夫　다만 힘센 말 모아 정부를 실어야 하니
肯向時危辨奇骨　어찌 위급한 때에만 기걸 찬 뼈대 변별하랴.
卽今貢馬西北來　지금 공마는 서북쪽에서 오고
東西坊監屯雲開　동서에 방감[24]을 구름 사이에 열었다네.
紛然駑驥同一秣　어지럽게 둔한 말과 준마를 함께 기르니
爾可不憂四蹄脫　그대는 네 발굽 빠질까 걱정할 필요 없다오.

23　**뼈 사는 것** : 천리마를 구하기 위해 죽은 천리마의 **뼈**를 산 것을 말한다. 연 소왕(燕昭王)이 국가를 강성하게 만들기 위해 천하의 현사들을 초치하고자 인재를 추천하게 하니, 곽외(郭隗)가 "옛날에 어떤 임금이 내관(內官)에게 천금을 주고서 천리마를 구해 오게 하였는데, 말이 이미 죽었기에 500금을 주고 말의 **뼈**를 사서 돌아오자 그 임금이 크게 노하였습니다. 그러자 내관이 말하기를 "죽은 말의 **뼈**도 사 왔는데 하물며 산 말이겠습니까. 머지않아 천리마가 이를 것입니다"라고 했는데, 1년이 되지 않아 천리마가 세 마리나 왔다고 합니다. 지금 반드시 인재를 오게 하려면 저부터 등용하십시오. 그러면 저보다 어진 사람이 어찌 천리를 멀리 여기겠습니까"라고 했다. 그래서 연 소왕이 황금대를 세우고 곽외를 스승으로 섬기니 천하의 인재들이 앞다투어 연나라로 모여들었는데, 그 속에는 악의(樂毅)와 같은 훌륭한 인물도 포함되어 있었다 한다. 『사기·연소왕세가(燕昭王世家)』에 보인다.

24　**방감(坊監)** : 말을 길러 감독하는 관청을 말한다.

10. 백시의 말 그림에 쓰다【원우 3년 비서성에서 지은 작품이다】

題伯時馬【元祐三年秘書省作】

我觀李侯作胡馬	내가 이후가 그린 호마 그림을 보고서
置我𣼸勒陰山下	내 측륵 음산[25] 아래 두었다네.
驚沙隨馬欲暗天	달리는 말에 모래 날려 하늘은 어둑해지고
千里絶足略眼跨[26]	천리 달리는 준마가 눈앞에서 달려가네.
自當初駕沙苑丞	처음에는 사원[27]의 벼슬아치가 탔었는데
豈復更數將軍霸	다시 장군 패[28]가 있을 줄 어이 알았으랴.

25　측륵(𣼸勒) 음산(陰山) : '측륵'과 '음산'은 모두 악부樂府와 관련된 언급으로 보인다. 북제(北齊)의 곡율금(斛律金)이 지은 「칙륵가(𣼸勒歌)」에서 "측륵천은 음산 아래 흐르고 하늘은 천막처럼 사방 초원을 덮었네. 하늘은 푸르디 푸르고 초원은 넓디 넓은데 바람 불어 풀이 누우니 소와 양이 보이네[𣼸勒川陰山下, 天似穹廬, 籠蓋四野, 天蒼蒼, 野茫茫, 風吹草低見牛羊]"라고 한 바 있다. 「칙륵가」는 악부(樂府) 잡가(雜歌)의 편명으로, 동위(東魏)의 고환(高歡)이 북주(北周) 옥벽성(玉壁城)을 공격하다 실패하자 사기를 진작시키기 위해 그의 장수 곡율금을 시켜 짓게 한 것이다. 이 그림과 관련해『산곡시집주(山谷詩集注)』권7에 실린 「詠李伯時摹韓幹三馬次蘇子由韻簡伯時兼寄李德素」라는 작품이 있는데, 이 작품을 언급한 것으로 보인다.

26　[교감기] '跨'에 대해 원교(原校)에서는 "다른 판본에는 '過'로 되어 있다"라고 했다.

27　사원(沙苑) : 섬서성(陝西省)의 위수(渭水) 부근을 가리키는 지명인데, 그 일대는 모두 목축하기에 아주 알맞은 곳이라 한다. 두보의 「사원행(沙苑行)」에서 "사원 속의 준마들 무려 삼천 필, 푸르고 푸른 무성한 풀 추위에도 죽지 않네[苑中騋牝三千匹, 豐草青青寒不死]"라고 했다.

28　장군(將軍) 패(霸) : 조패(曹霸)는 조조(曹操)의 후손으로, 당 현종 때 대장군이 되었다가 죄를 받고 삭탈관직되었다. 그림을 잘 그렸는데, 특히 인물화와 말 그림을 잘 그려서 마치 살아 있는 것과 같았다고 한다. 조패와 관련해 두보는 「단청인(丹青引)」에서 "잠깐 사이 대궐 안에 진짜 용마를 그려 놓자, 만고의 보통 말들

李侯今病廢右臂　　이후는 지금 병들어 오른팔 못 쓰지만

此圖筆妙今無價　　이 그림 오묘해 지금 가치 따질 수 없네.

깨끗이 씻겨 없어졌네[須臾九重眞龍出, 一洗萬古凡馬空]"라고 한 바 있다.

11. 동파 소식의 「죽석도」에 쓰다

【원우 3년 비서성에서 지은 작품이다】

題東坡竹石【元祐三年秘書省作】

怪石岑崟當路	기이한 돌이 험준하게 길에 늘어섰고
幽篁深不見天	그윽한 대나무에 하늘도 보이질 않네.
此路若逢醉客	이 길에서 만약 취한 길손 만난다면
應在萬仞峯前	응당 만 길 높은 봉우리 앞에 있는 듯.

12. 단련사 유영년이 각응을 그린 그림을 보다
【원우 2년 비서성에서 지은 작품이다】

觀劉永年團練畫角鷹【元祐二年秘書省作】

劉侯才勇世無敵	유후의 재주와 용맹 대적할 이 없고
愛畫工夫亦成癖	그림 그리는 것 좋아해 또한 빠져들었네.
弄筆掃成蒼角鷹	붓 놀려 푸른 뿔의 매를 그렸는데
殺氣稜稜動秋色	그 기세가 위엄 있어 가을빛 진동하네.
爪[29]拳金鉤觜屈鐵	발톱은 말린 금 고리, 털은 굽은 철인 듯
萬里風雲藏勁翮	만 리의 바람 구름에 굳센 깃 감추었네.
兀立槎枒不畏人	나뭇가지에 우뚝 서서 사람 두려워하지 않고
眼看靑冥有餘力	눈으로 푸른 하늘 보면서 남은 힘도 있다오.
霜飛晴空塞草白	허공에서 서리 날려 변방 풀은 시들고
雲垂四野陰山黑	사방 들판에 구름 깔리어 음산은 어둑해라.
此時軒然盍飛去	이때에 훨훨 어찌 날아가지 않고
何乃欂䗶立西壁	우뚝하게 서쪽 벽에 서 있으랴.
祇應眞骨下人世	다만 참된 뼈대로 인간 세상에 내려 왔는데
不謂雄姿留粉墨	웅장한 자태 그림으로 그려질 줄 몰랐으리.
造次更無高鳥喧	갑자기 높이 나는 새들의 시끄러움 없으니
等閒亦恐狐狸嚇	여우 살쾡이의 노함 두려워하는 것과 같네.

---

29 [교감기] '爪'가 본래 '瓜'로 되어 있는데, 고본에 의거해 고쳤다.

旁觀未必窮神妙　　　얼핏 보면 신묘함을 다 궁구하지 못하지만
乃是天機貫胷臆　　　이에 천기가 가슴을 관통한다네.
瞻相突兀摩空材　　　하늘을 닿을 훌륭한 재주 우러러 보면서
想見其人英武格　　　영무한 품격의 그 사람을 상상해 본다오.
傳聞揮毫頗容易　　　듣자니, 붓 휘두르는 것 자못 쉽게 하면서
持以與人無甚惜　　　다른 사람에게 주는 것도 아끼지 않는다지.
物逢眞賞世所珍　　　사물 그린 참된 그림으로 세상에서 진귀하니
此畫他年恐難得[30]　　이 그림 훗날에는 얻기 어려울 듯해라.

30　[교감기] 고본에는 작품 끝에 '右皆家傳'이라는 원주(原注)가 있다.

13. 왕진경의 「평원계산폭」에 쓰다

【원우 3년 비서성에서 지은 작품이다】

題王晉卿平遠溪山幅.31【元祐三年秘書省作】

風流子晉罷吹笙	풍류스런 자진32이 생황 불기 마치니
小筆溪山刮眼明	작은 모습의 계산이 눈에 밝게 들어오네.
相倚鴛鴦得偎暎33	깃들어 있는 원앙도 설핏 비치는데
一川風雨斷人行	한 냇물의 비바람이 인적을 끊어놓았네.

---

31 [교감기] '溪山幅' 3글자가 본래 빠져 있는데, 고본에 의거해 보충한다.

32 자진(子晉) : 왕자교(王子喬)로 더 많이 알려진 주 영왕(周靈王)의 태자 진(晉)
    이 피리 불기를 좋아하여 곧잘 봉황의 울음소리를 내곤 하였는데, 선인(仙人) 부
    구공(浮丘公)을 따라 숭산(嵩山)에 올라가서 선도(仙道)를 닦은 뒤, 30년이 지
    난 칠월 칠석에 구지산(緱氏山) 정상에 백학(白鶴)을 타고 내려와서 산 아래 가
    족들에게 손을 흔들어 인사하고는 며칠 뒤에 떠나갔다는 전설이 있다.『열선전·
    왕자교(王子喬)』에 보인다.

33 [교감기] '暎'이 고본에는 '睡'로 되어 있다.

14. 대서의 수각에서 진경가의 소화가 젓대 부는 소리를 듣다
【원우 3년 비서성에서 지은 작품이다】

大暑水閣, 聽晉卿家昭華吹笛【元祐三年秘書省作】

蘄竹能吟水底龍	기죽[34]으로 물 밑 용을 연주할 수 있노니
玉人應在月明中	옥 같은 사람 응당 밝은 달 속에 있으리.
何時爲洗秋空熱	언제나 가을 하늘의 열기를 씻어내어
散作霜天落葉風	서리 내려 잎 지는 바람 불러올거나.

---

34 기죽(蘄竹) : 호북성(湖北省) 기춘(蘄春)지역에서 생산되는 대나무로, 젓대 등을 만들었다.

15. 계유년 8월 백장산의 숙선사와 함께 따뜻한 물로 씻고서 짧은 시를 지어 구선 순공 장로에게 올리다

【원우 8년 어머니 상을 당하여 집으로 돌아가면서 지은 작품이다】

癸酉八月, 同百丈蕭禪師, 溫湯, 作小詩, 呈九仙舜公長老【元祐八年丁母喪歸家作】

九仙漚和湯	구선이 따뜻한 물에 담그게 하여
浴此二水牯	이 두 물소[35]를 목욕시켜주었다네.
主人無施心	주인은 베풀려는 마음 없었지만
冷暖各得所	차고 따듯함이 각기 꼭 맞았네.
道途開十方	길은 십방의 세계로 열려 있고
瓢杓汲萬古	표주박으로 만고의 세월 긷노라.
欲問源從來	근원을 묻고자 하노니
大雄山有虎[36]	대웅산[37]에 호랑이가 있다 하네.

---

35 두 물소 : '이수고(二水牯)'는 황정견 자신과 백장숙선사를 가리킨다.
36 [교감기] 고본의 원주(原注)에서 '右蜀本已刊'이라고 했다.
37 대웅산(大雄山) : 강서성(江西省) 남창부 봉신현에 있는 산으로, 백장산(百丈山)이라고도 하며, 백장대사(百丈大師)가 백장청규(百丈淸規)를 만들어서 선문(禪門)의 의식(儀式)을 제정한 곳이다.

16. 죽지사 2수【소성 2년에 지은 작품이다】

竹枝詞. 二首【紹聖二年】

첫 번째 수其一

三峽猿聲淚欲流	삼협의 원숭이 울음은 눈물 떨구게 하지만
夔州竹枝解人愁	기주의 「죽지사」는 근심을 풀어주노나.
渠儂自有回天力	저 노래는 절로 천심도 돌릴 수 있노니
不學垂楊繞指柔	늘어진 버들이 요지유38 됨 배우지 않으리.

두 번째 수其二

塞上柳枝且莫歌	변방의 버들가지 또한 노래하지 마소
夔州竹枝奈愁何	기주의 「죽지사」의 수심 어이하랴.
虛心相待莫相誤	허심함으로 서로 대우하며 어긋남 없노니
歲寒望君一來過	세한에 그대 보러 한 번 왔다 가리라.

살펴보건대, 소성 2년 공이 기주夔州에 있었기 때문에 작품 가운데에 모두 기주의 「죽지竹枝」라는 말이 있게 된 것이다.

38　요지유(繞指柔) : 손가락에 두를 수 있다는 말로 지극히 유약함을 말한다. 『문선(文選)』에 실린 유곤(劉琨)의 「중증노심(重贈盧諶)」에서 "어찌 생각했으랴, 백번 달군 강철이 손가락에 두를 수 있도록 부드러워짐을[何意百鍊鋼, 化爲繞指柔]"라고 했다.

按紹聖二年公在, 故詩中皆有夔中竹枝語.

17. 자주의 소산 총죽을 읊조리다

【원부 2년 융주에서 지은 작품이다】

詠子舟小山叢竹【元符二年戎州作】

病竹猶能冠叢	병든 대나무도 오히려 떨기를 이루어
夏篁解籜怱怱	여름 대숲에서 대 꺼풀 벗기 바쁘구나.
細草因依岑寂	가는 풀은 이로 인해 적막하기만 하니
小山紫翠嵌空	소산에는 붉고 푸른빛이 영롱하구나.

18. 빈노가 동지에 회포를 적어 자주에게 보여준 작품에 차운한다. 아직 뵙지 못했을 때에 지은 자주가 돌아갈 때에 보냈다【원부 2년 융주에서 지은 작품이다】

次韻斌老冬至書懷示子舟篇. 未[39]見及之作, 因以贈子舟[40]歸【元符二年戎州作】

二宗性淸眞	두 종친의 성품은 맑고 참되어
俱抱歲寒節	모두 세한의 절개를 품고 있네.
常思風雲會	늘 풍운의 만남[41]을 생각하면서
爲國奮忠烈	나라 위해 충렬을 떨치었다네.
道方滄波頹	도가 바야흐로 물결에 무너지고
位有豺虎竊	지위는 승냥이와 범이 훔쳤다네.
夫婦相魚肉	부부가 서로 어육[42]이 되었으며
關中一丈雪	관중에는 한 길의 눈이 쌓이었네.
北風夜涔涔	북풍이 밤에 몰아치자
竹枯松柏折	대나무 시들고 송백도 끊어졌다오.

---

39 [교감기] '未'가 고본에는 '末'로 되어 있다.

40 [교감기] '舟'가 고본에는 '眞'으로 되어 있는데, 의거한 바가 분명하지 않다.

41 풍운의 만남 : '풍운회(風雲會)'는 풍운(風雲)의 제회(際會)를 말한다. 『주역·건괘(乾卦)』 구오(九五) 문언(文言)에 "구름은 용을 따르고 바람은 범을 따른다[雲從龍, 風從虎]"라고 한 데서 온 말로 훌륭한 군주와 신하의 만남을 뜻한다.

42 어육(魚肉) : 물고기와 육고기를 통칭한 말인데, 사람들을 잔인하게 짓밟아 해치는 것을 비유하는 말로도 쓰인다. 『후한서·중장통전(仲長統傳)』에서 "백성들을 어육으로 만들어 그 욕심을 채웠다[魚肉百姓, 以盈其欲]"라는 구절이 보인다.

泰來拔茅連	때가 되면 잔디 뿌리를 뽑듯 할 테고[43]
井收寒泉冽	우물에서 시원한 찬 샘물 길으리라.
天地復其所	천지가 그 마땅한 곳으로 회복되면
我輩皆慰愜	우리들 모두 마음 위로가 되리라.
何爲對樽壺	어찌하여 술동이만을 대하면서
似見小敵怯	작은 도적 보고 두려워하는 모습 보이랴.
大宗垂紫髯	대종은 자줏빛 수염 드리웠고
貴氣已森列	귀한 기운은 이미 엄숙하네.
小宗新換骨	소종은 갓 환골탈태하여
健啗頗腴悅	맘껏 먹으며 자못 건장해졌네.
昨宵連環夢	어젯밤에 연달아 꿈을 꾸어
秣馬待明發	말 꼴 먹이고 날 밝길 기다렸네.
寒日一線長	추워져 한 가닥 실이 길어져[44]
把酒相喩說	술잔 들고 서로 즐겁게 얘기했지.
人生但安樂	한평생 편안하게 즐길 뿐

---

43 때가 (…중략…) 테고 : 『주역·태괘(泰卦)』 초구(初九)에서 "띠 풀의 엉켜있는 뿌리를 뽑는 것과 같아 어진 동류(同類)들과 함께 나아가니 길하다[拔茅連茹, 以其彙征, 吉]"라는 말이 나온다.

44 추워져 (…중략…) 길어져 : 동지가 지난 뒤에는 낮의 시간이 점점 늘어나서 일하는 양도 그만큼 늘어난다는 말이다. 옛날에 궁중에서 여공(女功)으로 해가 길고 짧아지는 것을 측정하였는데, 동지 뒤에는 낮 시간이 점점 늘어나서 평소에 비해 실 한 가닥만큼 여공이 늘어났다[宮中以女功揆日之長短, 冬至後日晷漸長, 比常日增一線之功]는 기록이 전한다. 『세시광기·당잡록(唐雜錄)』에 보인다.

逢世無巧拙　　　　　세상에서 공졸할 필요 없다오.

斑衣戲親庭　　　　　색동옷으로 부모님 즐겁게 하면서[45]

不作經年別　　　　　한 해도 떨어져 지내지 않았는데,

猶有未歸心　　　　　오히려 돌아가지 못한 사람 있어

遠寄丁香結　　　　　멀리서 정향결[46]을 부치누나.

---

45 색동옷으로 (…중략…) 하면서 : 춘추(春秋)시대 초(楚)나라의 은사(隱士)인 노
　　래자(老萊子)가 어버이를 기쁘게 해 드리기 위하여 색동옷[斑衣]을 입고 춤을
　　추었다는 고사가 전한다. 『초학기·효자전(孝子傳)』에 보인다.

46 정향결(丁香結) : 마음에 맺혀 풀리지 않는 감정을 말한다. 이상은(李商隱)의
　　「대증시(代贈詩)」에서 "파초 잎은 피질 못하고 정향은 맺혀 있어, 봄바람을 함께
　　향해 제각기 수심이로세[芭蕉不展丁香結, 同向春風各自愁]"라고 했다.

19. 빈노가 그린 두 대나무 그림에 장난삼아 쓰다
【원부 2년 융주에서 지은 작품이다】
戲題斌老所作兩竹梢【元符二年戎州作】

老竹帖妥不作奇	노죽의 그림 평범하여 기이하지 않지만
嫩篁翹翹動風枝	여린 대나무 가지 바람에 너울대누나.
是中有目世不知	이 가운데 세상사람 알지 못하는 안목 있노니
吾宗落筆風煙隨	우리 종친의 붓질에는 풍연이 따르는구나.

20. 빈노가 보내온 「영목기국팔운」에 삼가 차운하다
【원부 2년 융주에서 지은 작품이다】

奉次斌老送癭木棋局八韻【元符二年戎州作】

鉤工運斤斧	장인이 도끼를 휘둘러
蟠木破權奇	나무 쪼개어 바둑판을 만들었네.
離離稻田畦	벼 밭의 고랑처럼 똑바로 줄 그었고
日靜波文稀	'일'자 반듯해 삐뚤한 선 없다오.
居然有心作	한순간 바둑 두고 싶은 생각 있어
箇是偶爾爲	한 수 한 수 바둑을 둔다네.
正當合戰地	마치 전쟁터에 있는 듯
仍有曳尾龜	이에 꼬리 끄는 거북이[47]도 있다네.
膠漆與顔色	바둑판에 얼굴을 바짝 붙이고[48]

---

47 꼬리 끄는 거북이 : '예미구(曳尾龜)'는 꼬리를 끄는 거북이라는 말이다. 초왕(楚王)의 사자(使者)가 장자(莊子)를 찾아와서 초나라를 맡아 달라는 초왕의 부탁을 전하자, 장자가 말하기를 "내가 듣자하니, 초나라에는 신귀(神龜)가 있어 죽은 지 3천 년이나 되었는데, 이것을 상자에 넣어 묘당(廟堂)에 높이 보관하고 있다고 한다. 이 거북은 죽어서 뼈를 남겨 귀중하게 되기를 바라겠는가, 차라리 살아서 진흙 속에 꼬리를 끌고 다니기를 바라겠는가"라고 하며 부탁을 거절한 고사가 있다. 『장자ㆍ추수(秋水)』에 보인다. 여기에서는 바둑의 형세에 대해 말한 것으로 보인다.

48 바둑판에 (…중략…) 붙이고 : '교칠(膠漆)'은 부레풀과 옻나무의 칠처럼 뗄 수 없는 인간관계를 맺게 되는 것을 비유한 말이다. 보통 교분이 두터운 우정을 가리킬 때 쓰는 표현이다. 한(漢)나라 사람 뇌의(雷義)와 진중(陳重)의 우정이 매우 두터웠으므로 그때 사람들이 말하기를, "아교(阿膠)와 칠(漆)이 굳다고 하지

金銅利關機	바둑알로 빙 두르니 이롭구나.[49]
抱器心自許	재주 지님은 마음으로 절로 인정하고
成功世乃知	공 이룸은 세상 사람들도 이에 안다오.
吾宗爲湔祓	우리 종친이 깨끗하게 만들어[50]
枯木更生輝	늙은 나무가 다시 빛을 내었다오.
背城儻借一	성을 등지고 한 번 승부를 겨룬다면[51]

만, 뇌의와 진중 두 사람의 우정만큼 굳지는 못하다[膠漆自謂堅, 不如雷與陳]"라고 했다. 『후한서·독행열전(獨行列傳)』에 보인다. 여기에서는 바둑판을 응시하느라 얼굴을 바짝 붙이고 있다는 의미로 보인다.

49 바둑알로 (…중략…) 이롭구나 : '관기(關機)'는 새를 잡기 위해 설치한 그물 정도의 의미로, 음모나 계략 정도를 비유하는 말이다. '금동(金銅)'은 바둑알을 가리키는 것으로 보이며, 이 구절은 바둑판의 형세를 언급한 것으로 보인다.

50 깨끗하게 만들어 : '전불(湔祓)'은 '전불(翦拂)'과 같은 의미로 쓰인다. 말의 털을 다듬고 먼지를 씻어 준다는 말이다. 춘추시대 초(楚)나라 한명(汗明)이 춘신군(春申君)에게 "천리마(千里馬)에 대해서 들어보았습니까. 천리마가 짐을 끌만큼 늙어서 소금 수레를 끌고 태항산(太行山)을 오르는데, 발굽은 갈라지고 무릎은 꺾이고, 꼬리는 해지고 가죽은 문드러지고, 소금이 녹아내려 땅을 적시고 온몸이 땀으로 뒤범벅이 된 채 산중턱에서 온 힘을 다해도 올라가지 못하고 있었습니다. 이때 말을 잘 감정하는 백락(伯樂)이 이 꼴을 보고 수레에서 내려 통곡하고 옷을 벗어 걸쳐 주었습니다. 천리마가 이에 고개를 숙이고 숨을 내뿜다가 머리를 들고 슬프게 부르짖으니, 울음소리가 하늘을 찌르는데 마치 쇳소리와 같은 것은 어째서이겠습니까. 이는 백락이 자기를 알아주었기 때문입니다. 지금 불초한 제가 궁벽한 마을에서 곤액을 당하고 비천하게 산 지가 오래인데 주군께선 어찌 저를 칭찬하고 이끌어주어[湔祓] 저로 하여금 주군을 위해 양산(梁山)에 올라 크게 울게 할 뜻이 없으십니까"라고 했다. 『전국책·초책(楚策)』에 보인다.

51 성을 (…중략…) 겨룬다면 : 촉한(蜀漢)의 후주(後主) 유선(劉禪)이 위(魏)에 패하여 항복하려 하자 유심(劉諶)은 노하면서 "만일 꾀가 없고 힘이 없어 화패(禍敗)가 반드시 미친다 하더라도 부자·군신이 성을 등지고 끝까지 싸워서 사직(社稷)을 위하여 함께 죽어야 한다"라고 했다. 후주가 듣지 않자 그는 먼저 처자를 죽인 다음 자신도 따라 죽었다. 『삼국지·후주전열주(後主傳列註)』에 보인다. 여

觀我凱旋歸   이기고 돌아가는 내 모습 보게 되리라.

기에서는 자신과 바둑 한 판을 둔다는 의미로 보인다.

21. 석각이 그린 「기직도」에 쓰다【원부 3년에 지은 작품이다】
題石恪畫機織圖【元符三年】

荷鋤郎在田	호미 멘 사람은 밭에 있고
行餉兒未返	구걸하러 간 아이는 돌아오지 않았네.
終日弄鳴機	종일토록 베틀로 베를 짜면서
恤緯不思遠	북실만 걱정하지[52] 먼 일 생각 못하네.

52　북실만 걱정하지 : 당장 눈앞에 닥친 일만 걱정한다는 의미로 보인다. 『춘추좌씨
전(春秋左氏傳)』 소공(昭公) 24년 조의 "과부가 베 짜는 북실이 끊어질 것은 걱
정하지 않고 천자의 나라인 주나라가 망할 것을 걱정한다는 말이 있는데, 이는
그 재앙이 자기에게도 미칠 것이라고 여겨서이다[嫠不恤其緯, 而憂宗周之隕, 爲
將及焉]"라는 말이 있다.

22. 가죽신 바닥을 석추관에게 보내다. 3수

【원부 3년 융주에서 지은 작품이다】

以皮鞵底贈石推官. 三首【元符三年戎州作】

첫 번째 수 其一

道人不凋琢	도인은 꾸미지 않아도
萬鏡自明已	온갖 거울이 절로 밝다네.
願公勤此履	바라건대, 공은 부지런히 이걸 신고
深徹法源底	법원의 아래에까지 깊이 이르시게나.

두 번째 수 其二

毗盧足趺光	비로[53]의 발등이 빛이 나
照耀世界海	세계의 바다를 밝게 비추누나.
旋嵐黑風起	매서운 검은 바람 일어나더라도
到岸得自在	언덕에 절로 이르게 될 걸세.

세 번째 수 其三

鼻孔隨人走	콧구멍은 사람 따라 내달리고

53　비로(毗盧) : 여기에서는 스님을 가리킨다.

日中忽見斗	대낮에도 갑자기 북두성을 본다네.[54]
踏定太衝脈	밟으면 태충맥[55]이 정해지리니
壁上挂着口	입은 벽에 걸어두시게나.

---

54 대낮에도 (…중략…) 본다네 : 『주역·풍괘(豐卦)』 육이(六二)에서 "떼적을 풍부하게 하였다. 해가 중천(中天)에 있는데도 두성(斗星)을 보니, 가면 의심받는 병을 얻으나 부신(孚信)이 있어 발하면 길(吉)하리라[豐其蔀. 日中見斗, 往, 得疑疾, 有孚發若, 吉]"라고 했다. 해가 중천에 있어서 성(盛)하게 밝은 때에 처하였는데도 두성(斗星)이 나타나 보이니, 지극히 광대(光大)한 세상에서 어두운 행실을 한다는 비유이다.

55 태충맥(太衝脈) : 혈(穴)의 하나로, 엄지발가락과 집게발가락 사이로부터 발등 위로 두 치 자리에 있다.

23. 전덕순이 지은 「녹원탄의주유작」이라는 작품에 차운하다【건중정국 원년 형남에서 지은 작품이다】

次韻錢德循鹿苑灘艤舟有作【建中靖國元年荊南作】

鹿苑灘頭秋月明	녹원탄 가에는 가을 달 밝아
使君輟棹愛江清	사군은 노 멈추고 강 맑음 아끼누나.
塵埃一段思歸路	티끌세상에서 돌아가길 생각하노니
已聽荊州漁鼓鳴[56]	이미 형주의 고깃배 노랫소리 들리는 듯.

---

56 [교감기] 고본에는 '右已載達本'이라는 원주(原注)가 있다.

24. 범덕유가 붓을 잘 만드는 사람에게 붓을 모아 열 개를 만들고서는 나누어 보내주었다

【숭녕 3년 악주에서 지은 작품이다】

范德孺須筆裒諸工佳者, 共成十枝, 分送【崇寧三年鄂州作】

臨池聞道學書成	듣자니, 못 가에서 글씨를 배워
已許家鷄勝伯英	이미 집닭[57]이 되어 백영[58]보다 낫다 하네.
雪竹霜毛分一束	눈 맞은 대에 서리 같은 털을 묶어 보냈으니
開包何異五侯鯖	포장 열어보니 어찌 오후정[59]과 다르랴.

---

57 집닭 : '가계(家鷄)'는 집닭으로, 진(晉)나라 때 서가(書家)였던 유익(庾翼)이 왕희지(王羲之)와 명성을 겨루던 때에 자기의 서법을 우세하게 여겨 집닭에 비유하고, 왕희지의 서법을 경멸하여 들꿩에 비유했던 데서 온 말이다. 소식(蘇軾)의 「서유경문좌장소장왕자경첩(書劉景文左藏所藏王子敬帖)」에서 "집닭과 들꿩은 똑같이 제기에 올랐거니와, 봄 지렁이 가을 뱀은 다 화장대로 들어갔는데, 그대 집에 소장한 글씨 두 줄에 열두 자는, 그 기개가 업후의 삼만 축을 압도하다마다[家鷄野鶩同登俎, 春蚓秋蛇總入奩. 君家兩行十二字, 氣壓鄴侯三萬籤]"라고 했다.

58 백영(伯英) : 후한 장지(張芝)의 자이다. 초서(草書)를 잘 써서 사람들이 초성(草聖)으로 일컬었다.

59 오후정(五侯鯖) : 한(漢)나라 성제(成帝)의 외삼촌인 왕담(王譚), 왕상(王商), 왕립(王立), 왕근(王根), 왕봉(王逢) 5형제가 모두 후(侯)에 봉해졌으므로 이들을 오후(五侯)라고 불렀다. 정(鯖)은 어육(魚肉) 등을 섞어서 끓인 진기한 음식이다. 당시 오후가 서로 사이가 좋지 못해 빈객들이 이집 저집 돌아다니지 못했는데, 언변이 좋았던 누호(婁護)는 오후의 집을 두루 돌아다녔고, 각 집안의 진기한 요리를 합쳐서 찌개로 만들었으므로 사람들이 '오후정'이라고 불렀다 한다. 『서경잡기(西京雜記)』에 보인다.

25. 내가 지난해에 장사에 있으면서 수차례 처도 원실과 서로 따르며 술을 마시었다. 고개를 넘어온 이후로는 다시 이러한 즐거움이 없었다. 이에 느꺼움이 일고 탄식하며 장난삼아 칠언절구 한 수를 짓는다【숭녕 4년 의주에서 지은 작품이다】【처도의 이름은 담이고 원실의 이름은 온이다】

予去歲在長沙, 數與處度元實相從把酒. 自過嶺來, 不復有此樂. 感歎之餘,

戲成一絶【崇寧四年宜州作】【處度名湛, 元實名溫】

玄霜搗盡音塵絶　　　현상⁶⁰ 다 찧느라 소식이 끊어진 채

去作湖南萬里春　　　호남의 만 리 봄 속으로 떠나왔다네.

想見山川佳絶地　　　산천의 멋진 곳이 보이는 듯하노니

落花飛絮轉愁人⁶¹　　지는 꽃 날리는 버들 솜이 사람 시름케 하네.

60　현상(玄霜) : 신선이 먹는다는 불로장생의 선약을 말한다.
61　[교감기] 고본에는 '右皆家傳'이라는 원주(原注)가 있다.

황순이 쓴 송본『예장황선생별집』에 대한 발문

黃罃跋宋本豫章黃先生別集

    선태사先太史의 『별집別集』은 모두 지금의 『예장전후집豫章前後集』에는 실려 있지 않다. 아마도 이 씨李氏가 편찬한 것이 홍 씨洪氏가 편차한 구본舊本을 그대로 따른 것이 많았기에 「훼벽서毀壁序」가 수록되지 않았고 「승천탑원기承天塔院記」는 실로 만년 재앙의 빌미가 되었기에 또한 다시 빠지게 된 것이다. 나 황순黃罃은 불초不肖하지만, 일찍이 선태사께서 집에 전해오는 문집을 분류하고 편차하면서 잃어버린 것을 널리 구하여 시 76수를 얻었다고 들었었다. 내가 이것에 이어 얻은 것을 마땅히 붙여 보탠다.

    순희淳熙 임인년壬寅年, 1182 2월 1일 제손諸孫 황순黃罃 삼가 쓰다.

    先太史別集, 皆今豫章前後集未載. 蓋李氏所編, 多循洪氏定次舊本, 故毀壁序所以不錄, 而承天塔院記實兆晚年之禍, 亦復遺逸. 罃不肖, 竊聞先訓, 用是類次家所傳集, 博求散亡, 得詩七十六首云云. 嗣是有得, 當附益之. 淳熙壬寅二月旦, 諸孫罃謹識.

사계곤이 『산곡별집보』에 붙인 발문

謝啓昆跋山谷別集補

살펴보건대, 이 『별집別集』에 실린 시는 사계온史季溫의 주注와 같지 않다. 지금 임연任淵과 사용史容이 주注를 붙인 삼집三集에 없는 28수首의 작품을 모아 한 권으로 만들었다. 제목 아래의 주注는 분녕分寧에서 새로 판각한 본에 의거했다.

사계곤謝啓昆 쓰다.

按此別集詩與史系溫注者不同, 今以任史注三集所無者二十八首, 抄爲一卷. 其題下注, 依分寧新刻本. 謝啓昆識.